rororo

«Eine originelle und sympathische Heldin, der eine große Zukunft bevorsteht.»
Le Monde de Livres

Virginie Brac ist eine der renommiertesten französischen Kriminalautorinnen. Im Jahr 2004 wurde sie für ihr Werk mit dem Grand Prix de Littérature Policière ausgezeichnet. Ihre ungewöhnliche Heldin Dr. Véra Cabral hat sie bisher in drei Romanen auf Verbrecherjagd geschickt. Im Rowohlt Taschenbuch Verlag ist bereits erschienen: «In den Nächten brütet still der Tod. Ein Fall für Véra Cabral» (rororo 24242).

VIRGINIE BRAC

Du hast ein dunkles Lied mit meinem Blut geschrieben

VÉRA CABRALS ZWEITER FALL

Roman

Deutsch von Karolina Fell

Rowohlt Taschenbuch Verlag

Die Originalausgabe erschien 2004 unter dem Titel «Double Peine» bei
Éditions Fleuve Noir, Département d'Univers Poche

Deutsche Erstausgabe
Veröffentlicht im Rowohlt Taschenbuch Verlag,
Reinbek bei Hamburg, Juli 2007

Redaktion: Christian Wolf
Umschlaggestaltung: any.way, Barbara Hanke/Cordula Schmidt
(Foto: Bo Zaunders/Corbis)
Satz Janson Text PostScript (InDesign) bei Pinkuin
Satz und Datentechnik, Berlin
Druck und Bindung, Clausen & Bosse, Leck
Printed in Germany
ISBN 978 3 499 24282 3

1

NORMALERWEISE sollte ich ganz woanders sein. Normalerweise, das heißt, wenn die französische Psychiatrie nicht gerade total den Bach runterginge, sollte ich auf dem Weg zu einer schicken Party in einer Villa am Park von Saint-Cloud sein. Und warum bin ich es nicht? Warum leben Notfallpsychiater nicht in Saus und Braus? Weil es den Leuten immer schlechter geht. Nicht bloß den Psychiatern, allen anderen auch.

Die Lampions auf dem Fest verlöschen einer nach dem anderen, während ich mit unserer Einsatzkoordinatorin Sheila, die mich per Funk im Auto angerufen hat, harte Verhandlungen führe.

«Warum ich? Haben die keinen Psychiater in Fleury?»

«Er sagt, er braucht Hilfe.»

«Wir alle brauchen Hilfe. Außerdem habe ich keinen Bereitschaftsdienst. Ruf die anderen an.»

Ich erzähle ihr nicht, dass ich auf die tolle Idee gekommen bin, zu dieser Einladung meine geschiedene Schwester mitzunehmen, die jetzt neben mir im Auto sitzt. Was soll ich bloß mit ihr machen? Sie von der Stadtautobahn aus zurücktrampen lassen? Oder soll sie lieber den ganzen Abend lang auf dem Gefängnisparkplatz im Auto rumsitzen?

Samstagabend, Porte de Vincennes. Die Autos schieben sich dicht an dicht voran, die Straßenlaternen recken sich dem malvenfarbenen Himmel entgegen, als witterten sie eine verheißungsvolle Nacht. Ich höre, wie sich Sheila mit Christian rumzankt, dem neuen Psychiater in unserem Team. Sie hat ihn mitten in einem Einsatz erwischt, was seinem genervten Flüstern sehr gut anzuhören ist.

«Unmöglich. Ich hab grade einen Selbstmordversuch am Hals, ich kann hier nicht weg.»

«Es ist aber ein Code 10», beharrt Sheila.

«Ehrlich, Sheila. Ich habe hier beide Hände voll zu tun.»

Er unterbricht den Funkkontakt. Der Selbstmordversuch macht ihm größere Sorgen als Sheilas gute Laune. Das ist äußerst leichtsinnig von ihm. Obwohl Sheila auf der untersten Sprosse der Leiter steht, verfügt sie über Mittel und Wege, uns das Leben zur Hölle zu machen. Als Telefonistin, die unsere Einsätze koordiniert, hat sie die Macht, uns spät in der Nacht weit weg und zu den richtig gemeinen Fällen zu schicken.

Nach ihrer Niederlage gegen Christian ermahnt sie mich.

«Das ist dein Fall, Véra. Geiselnahme in der Frauenabteilung. Sie warten schon auf dich.»

Ich gebe auf. Ich weiß schließlich, was ein Code 10 bedeutet. Ich wende mich zu Rosemarie, die als gute Gewerkschaftlerin entsetzt die Augen aufreißt.

«So was lässt du mit dir machen?»

«In Frankreich gibt es eben nicht genügend Psychiater. Dafür kann niemand etwas.»

«Was ihr braucht, sind ein paar Identifikationsfiguren. Ein paar Psychiater, die der nächsten Generation Lust darauf machen, diesen Beruf zu ergreifen.»

Im Klartext: keine solchen Kriecher wie mich.

Wir kommen an die Porte d'Italie, und während ich von der Stadtautobahn herunterfahre, erkläre ich: «Ich setze dich bei einem Taxenstand ab.»

«O nein! Ich kenne überhaupt niemanden bei den Markovitchs! Schließlich warst du diejenige, die gesagt hat, dass ich mitkommen soll!»

«Du hast mich doch darum angefleht.»

«Stimmt genau! Ich gehe nie aus! Wie soll ich da jemanden kennenlernen?»

Ich hole tief Luft. Ich kann mich jetzt nicht mit ihr streiten, auch wenn sie noch so große Lust darauf hat. Ich bin mit meinen Gedanken schon längst woanders.

«Hör mal», sage ich und bemühe mich um einen beschwichtigenden Ton, «tu mir den Gefallen und geh hin. Hugo wird garantiert total wütend sein, also sag ihm, dass ich nachkomme, sobald ich dort fertig bin.»

Fleury-Mérogis, seine Freuden, seine Leiden, die immense Ausdehnung seiner Strafvollzugsanstalt. Von außen erkenne ich die düstere Erscheinung wieder, die ich schon hundertmal im Fernsehen gesehen habe, die Betonklötze, die Mauern, die Wachtürme, die Sicherheitszäune zwischen den Gebäuden, all das in ein dämmriges Licht getaucht, das die Schattenzonen noch tiefer und dunkler wirken lässt.

Ich habe den Parkplatz kaum erreicht, als mir schon zwei uniformierte Gestalten bedeuten, das Auto abzustellen. Andere kreisen mich ein, um meine Personalien zu überprüfen. Wir wechseln mit gedämpfter Stimme ein paar kurze Sätze, dann werde ich in das Gefängnis eskortiert. Überall herrscht Stille, nur unterbrochen von einem gelegentlichen Schrei aus dem Inneren des Gebäudes oder von einem Ruf, den der Wind bis zu uns herüberträgt.

«Auf dieser Seite hier liegt die Männerabteilung», erklärt der Polizist, der mich begleitet. «Sie haben keine Ahnung, was hier los ist, andernfalls würden sie die Gelegenheit nutzen und ein richtiges Chaos veranstalten. So haben wir noch eine Chance, dass alles glattgeht.»

Wir laufen durch endlose Gänge. Die Türen öffnen und schließen sich wie Schleusen, kein Wort fällt, nichts von dem, was sich zurzeit im Frauentrakt abspielt, soll nach außen dringen.

Plötzlich verändert sich die Atmosphäre. Die inhaftierten Frauen sind wach und lauschen hinter ihren geschlossenen Zellentüren auf jeden Laut. Sie warten, sie lauern. Zwei Wärterinnen in marineblauen Röcken übernehmen mich und begleiten mich weiter bis zur Sporthalle, wo mich das übliche Aufgebot an Sicherheitskräften erwartet. Alle schweigen, sind extrem angespannt und achten auf das leiseste Geräusch.

Der Leiter des Einsatzkommandos stellt mir Dr. Ballisti

vor, den Psychiater der Haftanstalt. Für einen Mann von kaum fünfzig Jahren wirkt dieser Dr. Ballisti ziemlich verbraucht. Er ist unheimlich dick, doch es sind nicht die Pfunde eines lebenslustigen Bonvivants, die er mit sich herumschleppt, sondern die eines gestressten Mannes, der seinen Körper vernachlässigt. Seine blasse Haut und seine müden Augen hinter den kleinen runden Brillengläsern lassen persönliche Katastrophen ahnen, die er offensichtlich zu vergessen sucht, indem er sich von seiner Arbeit total aufreiben lässt.

Ohne lange Vorreden fängt er mit seinen Erklärungen an.

«Es ist alles ganz schnell gegangen, als gerade die Zellen abgeschlossen und die Schlafmittel verteilt wurden. Die Insassin hat eine Aufseherin, die sie gut kannte, unter einem Vorwand in ihre Zelle gelockt. Dann hat sie ihr die Schlüssel abgenommen und sich mit ihr und dem Baby ihrer Zellengenossin, die noch nicht von der Dusche zurückgekommen war, eingeschlossen. In Anbetracht dieses präzisen Vorgehens kann man mit Bestimmtheit von einer geplanten Sache ausgehen.»

«Und niemand hat etwas gesehen?»

«Die anderen Aufseherinnen waren damit beschäftigt, die letzten Insassinnen in ihre Zellen zu bringen.»

«Ist sie bewaffnet?»

«Sie hat die Pistole der Aufseherin, die sie als Geisel genommen hat, und eine Rasierklinge. Es ist bisher kein Schuss gefallen. Sie droht damit, das Baby zu erdrosseln, wenn wir versuchen, in die Zelle einzudringen.»

«Wie alt ist das Baby?»

«Neun Monate. Es hat zuerst viel geweint, aber nachdem wir ein Fläschchen hineingereicht haben, ist es scheinbar eingeschlafen. Jedenfalls hoffe ich, dass es schläft ...»

Ich auch. Wir kennen alle beide die mögliche Alternative, nämlich dass es tot ist.

«Und die Aufseherin?»

«Sie hat geschrien, um ihre Kolleginnen zu alarmieren, aber da war es schon zu spät. Was seitdem in der Zelle vorgefallen ist, wissen wir nicht. Wir haben keinerlei Geräusche mehr gehört.»

Auch das lässt nichts Gutes ahnen.

Es ist zwanzig vor acht. Seit der Geiselnahme ist etwas mehr als eine Stunde vergangen, und die Situation lässt schon sämtliche Anzeichen einer psychologischen Blockade erkennen. Dafür gibt es mehrere Hinweise. Die Stille auf der anderen Seite der Zellentür zum Beispiel, und auch die Tatsache, dass die Insassin keinerlei Forderungen gestellt hat, deutet auf eine sich anbahnende Tragödie hin. Ich bin genauso pessimistisch wie Dr. Ballisti, aber schließlich soll ich ihm Mut machen, also frage ich nur: «Und sie hat überhaupt nicht gesagt, was sie will?»

«Doch. Dass man sie in Ruhe lässt.»

«Das war alles?»

«Sonst hat sie nichts weiter gesagt, als wir sie durch die Tür befragt haben. Sie hat uns den Eindruck vermittelt, als würden wir sie belästigen. Das ist schon reichlich seltsam. Als ob sie das Gefängnis ausgeblendet hätte. Ich dachte sofort, sie bringt das Baby ohne zu zögern um, falls wir Gewalt anwenden.»

«Ich verstehe. Kennen Sie sie aus Ihrer Sprechstunde?»

Er schüttelt betrübt den Kopf.

«Ich weiß nur, dass sie Giselle Leguerche heißt. Sie ist nie zu mir gekommen, hat sich immer vollkommen unauffällig verhalten und nie um Schlafmittel oder Beruhigungsmittel gebeten. Ich habe keine Akte von ihr, gar nichts. Für mich hat sie nicht existiert.»

Ballisti macht sich Vorwürfe, Vorwürfe, weil sie ihm durchgerutscht ist. Auch wenn täglich fünfzig Häftlinge zu ihm kommen, also viel zu viele, auch wenn er das ganze Gefängnis am Hals hat, auch wenn er nicht alles voraussehen kann, er macht sich trotzdem Vorwürfe.

«Und der Arzt?»

«Sie war sechs Monate nach ihrer Inhaftierung wegen Amenorrhö bei ihm, aber er hat keine Behandlung angefangen.»

Natürlich. Wenn man alle Frauen behandeln würde, deren Regel im Gefängnis ausbleibt, hätte man viel zu tun. Neben Haarausfall und Schlafstörungen ist das noch der geringste Preis, den sie zahlen müssen. Für den Arzt war das nichts Besonderes, und Giselle Leguerche ist kein zweites Mal zu ihm gekommen.

Ich erkundige mich, weshalb sie in Haft ist.

«Sie hat im Büro eine Kollegin umgebracht. Sie ist seit zehn Jahren hier.»

«Keine strafmildernden Umstände?»

«Soweit ich weiß, nicht. Das Opfer war ihre beste Freundin, und sie hat niemals eine Erklärung dazu abgegeben, warum sie die Tat begangen hat. Kein Mensch hat verstanden, was zwischen den beiden vorgefallen ist. Sie hat sich von Anfang an sehr gut an das Gefängnisleben angepasst, sodass ihr Strafmaß gemindert wurde und sie vorzeitig aus der Haft entlassen werden sollte. Und das Seltsamste an der Sache», fügt er entmutigt hinzu, «nächste Woche wäre sie entlassen worden.»

Das wird ja immer besser. Eine verurteilte Mörderin kommt ein paar Tage vor ihrer Freilassung auf die Idee, sich vor den Augen von hundert Zeugen einen Rückfall zu leisten.

Der Einsatzleiter, der sich seit einer guten Viertelstunde geduldet hat, unterbricht unser Zwiegespräch.

«Und? Wie gehen wir vor?»

Ich mache den einzigen Vorschlag, der mir durchführbar erscheint.

«Ich versuche, mit ihr zu reden …»

«Und wenn Sie das nicht schaffen, breche ich die Tür auf», erklärt er.

«Das machen Sie nicht!», dröhnt Ballisti.

Seine Stimme hallt in der Stille nach. Alle Blicke richten sich auf uns. Er spricht wieder leiser.

«Sie wartet doch bloß darauf, dass Sie die Tür aufbrechen! Dann hat sie endlich eine Rechtfertigung dafür, das Baby umzubringen. Und daran sind dann Sie schuld!»

«Wenn Sie mich fragen, ist das Baby schon längst tot», erklärt der Einsatzleiter mit unverhohlener Geringschätzung.

Er hält Psychiater für absolut nutzlos, und Ballisti mit seinem hoffnungslosen Blick und seinem Übergewicht wird an dieser Meinung bestimmt nichts ändern.

«Es ist nicht tot», hält Ballisti dagegen. «Sie wartet ab. Sie wartet auf unsere Reaktion, bevor sie ihre Drohung in die Tat umsetzt. Das ist wie mit einer Zeitbombe: Sie braucht einen Auslöser.»

Ballistis Problem ist, dass er hier schon alles gesehen und alles gehört hat. Er schlägt sich mit dem Mut der Verzweiflung, ohne an den Erfolg zu glauben. Das spürt der Einsatzleiter und fühlt sich davon in seiner Entschlossenheit, Gewalt anzuwenden, nur noch bestärkt.

«Doktor Cabral», drängt er mich, «wir brauchen eine schnelle Lösung. Wenn sich das Gerücht verbreitet, dass hier im Gefängnis eine Geiselnahme läuft, riskieren wir einen Aufstand …»

Also gut. Ich glaube, ich weiß inzwischen über die wichtigsten Fakten Bescheid.

«Führen Sie mich zu der Zelle», fordere ich den Einsatzleiter auf.

«Wollen Sie nicht Ihren Regenmantel ausziehen?»

Ich mustere ihn, als hätte er mir ein unsittliches Angebot gemacht.

«Danke. Ich fühle mich darin sehr wohl.»

Es muss ja schließlich niemand wissen, dass ich in einem anderen Leben gerade in einem ziemlich kurzen schwarzen Kleid mit einem Ausschnitt bis zum Bauchnabel auf dem Weg zu einer Party war.

Der Einsatzleiter führt mich durch die Reihe bewaffneter Männer, die bereit zum Eingreifen auf dem Gang warten. Er gibt ihnen ein Zeichen, sich zurückzuziehen. Hinter den Zellentüren spüre ich die Anwesenheit der Häftlinge, die mit den Ohren an den Türen lauschen. Nun kommt der Einstieg in das Gespräch, und das ist immer der heikelste Moment. Ich muss nur noch anklopfen.

«Viel Glück», murmelt Ballisti und legt mir kurz die Hand auf die Schulter.

Ich werfe ihm einen dankbaren Blick zu und setze mich in Bewegung.

Ich stehe mitten im Gang allein vor der Zellentür.

«Giselle Leguerche? Ich bin Doktor Cabral. Würden Sie mir die Tür öffnen? Ich möchte gern mit Ihnen sprechen …»

Im Psychiatrischen Kriseninterventionszentrum, in dem ich angestellt bin, arbeiten wir nach der Regel, uns klar und eindeutig vorzustellen: Wir sagen ohne Umschweife, wer wir sind und was wir wollen. Normalerweise funktioniert das am besten. Aber heute nicht.

Geduldig setze ich erneut an.

«Madame Leguerche? Bitte, ich würde gern zu Ihnen hineinkommen, um mit Ihnen zu sprechen …»

Das Guckloch auf Augenhöhe ist geöffnet, doch sie hat es von der anderen Seite verhängt. Ich rede gut zehn Minuten, bis mich endlich eine raue, aggressive Stimme unterbricht.

«Verdammt, wie lange wollen Sie mir denn eigentlich noch auf die Nerven fallen?»

«Bis Sie mich hineinlassen.»

«Und warum willst du rein, du blöde Schlampe?»

Jetzt komme ich ohne Umschweife zur Sache.

«Ich will verstehen, was du willst … Ich kann nicht durch die Tür mit dir reden … Wenn es etwas Persönliches ist, sollten wir uns besser in Ruhe unterhalten …»

«Das ist vollkommen überflüssig! Es ist nichts Persönliches!»

«Jetzt hör schon auf, Giselle … Du machst das alles doch nicht bloß zum Spaß …»

«Was weißt du schon? Wer bist du überhaupt?»

«Ich bin Psychiaterin. Ich versuche, dich zu verstehen. Aber nicht so, vom Flur aus.»

«Und was machen die Bullen?»

«Sie hören zu.»

«Also ist das eine Falle? Ich warne euch: Wenn das eine Falle ist, murkse ich den kleinen Scheißer ab!»

Aber so schnell lasse ich mich nicht entmutigen.

«Jetzt hör mal, du lässt mich rein, erzählst mir, was mit dir los ist, danach gehe ich wieder, erkläre ihnen alles, und dann sehen wir, was wir tun können … Was hältst du davon?»

Ich bin mit dem Satz noch nicht fertig, als sie die Tür öffnet. Dabei achtet sie darauf, in Deckung zu bleiben. Reflexartig schlüpfe ich in das Innere der Zelle, als die Tür auch schon wieder hinter mir zuschlägt.

Eine große Frau von rund vierzig Jahren steht vor mir.

«Meine Fresse, du bist verflucht hartnäckig», stellt sie fest.

Zuerst nehme ich nur ihre Brüste wahr, schwere Brüste mit großen Warzenhöfen, die unter den viel zu kurzen Seitenteilen eines blauen Uniformhemdes schaukeln. Schon seltsam, was für eine hypnotische Wirkung Brüste haben. Es dauert ein oder zwei Sekunden, bevor mir bewusst wird, dass Giselle Leguerche die Uniform der Aufseherin übergezogen hat, deren Leiche vor meinen Füßen liegt. Sie konnte weder das Hemd noch den Rock schließen, dessen Nähte zu platzen drohen. Soweit ich erkennen kann, trägt sie nichts darunter. Sie verströmt die sexuelle Anziehungskraft einer prähistorischen Venus.

Davon abgesehen hatte Ballisti recht. Giselle Leguerche hat die Pistole der Aufseherin nicht benutzt. Sie hat es auf die blutige Art gemacht.

«Hast du 'ne Kippe?», fragt sie.

Ich schüttle den Kopf. Zwischen den Pritschen, die an die Wand geschraubt sind, der Toilette, dem Kinderbettchen, den Fotos an den Wänden, den Behältern mit Kaffee, Milch, Zucker, den Fläschchen, den Windelpaketen, die sorgfältig an den Wänden entlang gestapelt sind, ist kein Quadratzentimeter freier Raum. Eine kleine, vergitterte Fensterluke sorgt für die Belüftung.

«Tut mir leid. Ich rauche nicht.»

«Ich hätte jetzt echt Bock, eine zu rauchen, aber die Kippen hat meine Zellenkollegin. Sie hat ein Kind und raucht, kannst du dir das vorstellen? Reines Pack hier, kann ich dir sagen … Als ich schwanger war, habe ich damit aufgehört.»

Ich antworte nicht, denn gerade habe ich bemerkt, dass sie eine Schnur um den Hals des Babys geschlungen hat, das in seinem Bettchen schläft. Das andere Ende der Schnur ist um ihr Handgelenk geknotet. Jedes Mal, wenn sie sich bewegt, zieht sich die Schlinge zusammen. Falls die Polizei einen Vorstoß wagt, reicht ein kräftiger Ruck aus der Entfernung, und sie hat das Kind erdrosselt.

Haarsträhnen hängen ihr ins Gesicht, dicke, braune Strähnen mit etwas Weiß darin, hinter denen sie mich aufmerksam beobachtet. Ihre Züge sind in den Gefängnisjahren hart geworden, ihre Backenknochen stehen vor, ihre Wangen sind eingefallen, es sieht aus, als wäre ihr Gesicht aus Stein gemeißelt. Alles an ihr erinnert an diese Bronzestatuen, die im Kommunismus so beliebt waren. Alles, bis auf die braunen Augen mit den goldenen Sprenkeln darin. Ich verstehe, warum sie mich hereingelassen hat. Sie muss sich mit ihrer Leiche schwer gelangweilt haben.

Ich frage sie: «Und wo ist denn dein Kind?»

«Tot. Mein Vater hat es umgebracht. Kannst du dir so was vorstellen? Er hat meinen Sohn umgebracht, und kein Mensch hat ihn dafür zur Verantwortung gezogen. Ich habe meine Kollegin umgebracht und zehn Jahre gekriegt. Es trifft eben immer dieselben.»

«Und die Aufseherin?»

Schulterzucken.

«Keine Ahnung. Eigentlich war sie sogar ganz nett.»

Ich sehe hinunter auf die zähe, dunkle Flüssigkeit, die langsam auf Hals und Schultern der Leiche gerinnt. Irgendetwas hier entgeht mir völlig, aber darum kann ich mich jetzt nicht kümmern. Ich steige über den Körper hinweg, passe dabei auf, dass ich nicht in die Blutlache trete, und setze mich auf eine der Pritschen.

«Und jetzt?»

Sie steht in ihrer vollen Größe über mir.

«Was, und jetzt?»

«Was willst du? Was sollen wir machen?»

«Bist du wirklich Ärztin?», fragt sie mich zweifelnd. «Du kommst mir verdammt nochmal überhaupt nicht so vor.»

«Willst du raus oder hier drinbleiben?»

«Und wenn mir das egal wäre?»

Ich denke einen Moment darüber nach, bevor ich antworte: «In dem Fall wäre es besser, du gehst raus. Die Tote fängt langsam an zu stinken. Du würdest es mit ihr zusammen nicht mehr lange aushalten.»

Sie gleitet an dem Bettchen entlang. Mit angehaltenem Atem beobachte ich, wie sich die Schnur zwischen ihrem Handgelenk und dem Baby spannt. Das Kind bewegt sich leicht, wacht aber nicht auf. Im tiefen Säuglingsschlaf bemerkt es nicht, dass es ein bisschen weniger Luft bekommt.

Nur nichts überstürzen. So tun, als ob man alle Zeit der Welt hätte. Als ob nach diesem Leben noch viele andere kämen und man die freie Wahl hätte.

«Glaubst du, dass sie mich woandershin verlegen?», fragt sie.

«Ich weiß nicht. Warum?»

«Hast du's immer noch nicht kapiert? Da hast du ewig an der Uni studiert und immer noch nicht kapiert, was los ist? Draußen warten sie auf mich.»

«Wer?»

«Wegen meinem Sohn. Das ist es, was ich nicht packe. Diese Lügenmärchen. Immer nur Lügen, im Radio, im Fernsehen, überall …»

Ihre Goldaugen sehen mich flehentlich an. Sie streichelt unbewusst ihre Brüste. Ich ahne, dass sie auch nicht mehr als ich von dem versteht, was in ihr vorgeht. Sie ist so orientierungslos, dass sie sich selbst zum Rätsel wird.

Sie lacht traurig auf.

«Hast du gesehen, was ich gemacht habe? Ich hab's wieder getan. Sie haben mir zehn Jahre aufgebrummt, weil sie gedacht haben, dann begreife ich es, aber ich habe nichts begriffen. Ich kann hier nicht raus. Ich bin ein Niemand. Ein Tier.»

«Das glaube ich nicht.»

«Und sagst du ihnen das auch?»

«Ich soll ihnen sagen, dass du kein Tier bist? Das mache ich. Ich verspreche dir, dass ich es mache.»

«Ja, sicher. Jetzt bin ich am Arsch, aber früher war ich mal wer. Bevor er mir das angetan hat ...»

«Von wem redest du? Was hat man dir angetan?»

Schweigen. Ich bin im Begriff, die Frage zu wiederholen, als sie erklärt: «Ich habe meinen Sohn nicht umgebracht. Und pass auf, das soll keine Ausrede sein, ich hätte es sonst nämlich selber getan. Er hat mich einfach zu sehr angeekelt. Du kennst mich ja inzwischen und weißt, wozu ich fähig bin.»

Ich fluche auf Ballisti und seine lückenhaften Informationen. Warum hat er mir von diesem Drama nichts erzählt? Diese Frau würde sich zu einer Behandlung bereit erklären, wenn man sich die Mühe machte. Das Problem ist nur, dass es niemanden gibt, der sich um einen Fall wie ihren kümmern könnte. So etwas ist nicht vorgesehen.

Ich versuche ihr zuzulächeln.

«Giselle, du musst niemanden umbringen, um leben zu können. Ich höre dir zu. Ich respektiere dich.»

Sie wirft mir einen erstaunten, zweifelnden Blick zu. Und dann sagt sie ganz leise: «Ja, du vielleicht.»

Ich stehe auf.

«Also los, komm», sage ich sanft. «Wir müssen hier raus.»

Ein schneller Schnitt mit der Rasierklinge, und sie hat die Schnur durchtrennt. Ich klopfe an die Tür, um anzukündigen, dass wir herauskommen. Ohne noch einmal auf den leblosen Körper der Aufseherin zu blicken, folgt sie mir auf den Gang.

2

TROTZ Ballistis Einspruch bin ich direkt nach dem Einsatz aus Fleury weg. Schließlich kann man nicht von mir erwarten, dass ich ewig vor Ort bleibe, und ebenso wenig, dass ich für alle Probleme eine Lösung parat habe. Und so manches Problem in Fleury hat mit Psychiatrie nicht das Geringste zu tun, sondern eher mit den Haftbedingungen in unserem schönen Land. Und was ich dort davon gesehen hatte, erschien mir unverantwortlich. Deswegen habe ich mich so schnell wie möglich verzogen und dabei noch Schuldgefühle bekommen, weil ich ein interessantes Leben, einen Mann an meiner Seite und auch sonst ein Mordsglück habe.

Wenig später finde ich mich mitten im Trubel der Party wieder, die Hugos Eltern aus Anlass ihres hundertsten Hochzeitstages feiern. Das war die falsche Entscheidung. Ich wäre besser ins Kriseninterventionszentrum zurück, hätte meinen Einsatzbericht geschrieben und mit einem anderen Psychiater den Fall durchgesprochen. Die tote Aufseherin in Unterhose und BH, die zähe schwarze Flüssigkeit auf ihrer Brust und ihre durchschnittene Kehle gehen mir nicht aus dem Kopf. Es ist dringend davon abzuraten, übergangslos von einer ermordeten Frau in die Gesellschaft schöner Mädchen in Abendkleidern zu wechseln, die auf den schimmernden Holzböden der Markovitchs anmutig ihre Kreise ziehen. Nicht aus moralischen Gründen, sondern weil der Tod die Überlebenden nie so einfach loslässt.

Während ich die Tanzenden anstarre, ohne sie wahrzunehmen, erscheint mir alles vollkommen unwirklich. Die Gesichter sind Masken, jedes Lächeln ist erstarrt. Ich erkenne einen Assistenzarzt vom Saint-Guy, mit dem Hugo gelegentlich Billard spielt. Er winkt mir zu, aber ich bringe kein Lächeln zustande. Hugo tanzt ebenfalls. Seine Tanzpartnerin ist eine klassische Schönheit, die mir vorkommt wie eine Barbie-Version von Giselle Leguerche. Doch ich kenne sie sehr gut. Es ist Sarah, eine meiner besten Freundinnen. Sie ruft mir etwas zu, und ich erkenne ganz genau die Wangenknochen von Giselle Leguerche wieder, das Dekolleté mit den gleichen schweren Brüsten. So hätte mir Giselle in dieser anderen Welt wiederbegegnen können, geschminkt und parfümiert, um sich aus der Entfernung über mich lustig zu machen. Ich wende mich ab, als hätte ich sie nicht gesehen.

Noch immer wird bei Markovitchs getanzt. Alle lachen und amüsieren sich. Rund um das japanische Luxusbüfett, das zu der schlichten und eleganten Einrichtung passt, herrscht ein Riesengedränge. Die gesamte Einrichtung wurde neulich mit der Unterstützung eines angesagten Innendekorateurs umgestaltet. Und Madame Markovitch, Lili für ihre Intimfreunde, strahlt vor heimlichem Stolz bei dem Gedanken daran, dass ihr bescheidenes Heim der letzten *Elle Déco* ein paar Seiten wert war.

Neben mir schnappt sich Rosemarie eine neue Champagnerflöte vom Tablett eines Kellners, der seine weißen Haare mit einem Kilo Gel an den Kopf geklatscht hat. Mit der anderen Hand stellt sie zugleich ihr leeres Glas darauf ab.

«In den Dingern ist wirklich kaum was drin ...»

«Keine Sorge», flüstert er, «ich bleibe in Ihrer Nähe.»

«Danke, das ist nett. Ich kenne hier keinen Menschen, wissen Sie, da kann man sich ganz schön einsam fühlen.»

Ganz toll. Sobald er sich umgedreht hat, lege ich los:

«Es wäre mir sehr recht, wenn du dich nicht so peinlich aufführen würdest.»

«Ich führe mich peinlich auf?», zischt sie empört.

«Du lässt dich hier volllaufen und baggerst auch noch den Kellner an. Du machst dich lächerlich.»

«Jetzt komm mal wieder runter. Findest du ihn etwa nicht süß?»

Ich nehme den stämmigen Alten mit den viel zu langen Koteletten über den leicht erschlafften Hängebacken noch einmal in Augenschein und verstehe nicht, wovon sie redet.

«Du solltest ihn mal zum Friseur schicken», empfehle ich ihr spöttisch. «Seine Haare stehen auf dem Kragen auf. Was Schlimmeres gibt's überhaupt nicht.»

Während sie mich wortlos ansieht, bemerke ich ein paar neue Falten um ihre Augen, die sie traurig und fast alt aussehen lassen.

«Und was stört dich daran, dass seine Haare zu lang sind? Glaubst du wirklich, es kommt bei einem Mann auf so was an? Auf die Haare?»

«Dreh mir nicht das Wort im Mund herum.»

«Du hast dich verändert, Véra», stellt sie fest und schüttelt nachdenklich den Kopf. «Und ich mich übrigens auch. Wir haben nicht mehr die gleiche Vorstellung vom Leben, wie man so schön sagt ...»

Ohne mir Zeit zu einer Antwort zu lassen, dreht sie sich auf dem Absatz herum, um weiter den Opa zu umgarnen. Mit ihrem langen Volantkleid und ihrer sich langsam auflösenden Hochsteckfrisur – ganz zu schweigen von ihren Armreifen, Fußkettchen und Ohrringen – ist sie wirklich schwer zu übersehen. Normalerweise gefällt mir diese Aufmachung, in der sie aussieht wie eine Westernheldin. Aber nicht heute Abend. Heute Abend sollte sie Marineblau tragen und einen mit Samt bezogenen Haarreif. Außerdem sollte sie sich schüchtern an der Wand langdrücken. Und mir keine Probleme machen.

Blond, schlank, in weiten schwarzen Seidenhosen, einem Oberteil von Christian Lacroix und auf zwanzig Zentimeter hohen Absätzen steht plötzlich Hugos Mutter vor mir.

«Sandra, haben Sie zufällig Fabrice gesehen?»

«Ich bin Véra, Lili. Aber ich habe Fabrice trotzdem nicht gesehen.»

Fabrice, Hugos älterer Bruder, ist derjenige mit der Karriere in der Ölindustrie.

Ihre Adleraugen schweifen mit Genugtuung durch den Raum.

«Eine recht gelungene Party, oder?»

«Sehr.»

«Es ist so nett von Ihrer Schwester, sich ein bisschen um Maurice zu kümmern.»

«Maurice?»

Mein Blick fällt auf Rosemarie, die praktisch Wange an Wange mit fraglichem Maurice plaudert.

Während sie nachdenklich mit den Rüschen spielt, die ihren langen Hals zieren, klärt mich Lili Markovitch auf.

«Mino hat ihn unter seine Fittiche genommen. Früher war er Lastwagenfahrer. Jetzt bekommt er keinerlei Rente, deshalb gibt ihm Mino ab und zu kleinere Aufträge.»

Mino ist ihr Ehemann, Hugos Vater. Ein Mann, der pro Jahr vermutlich keine hundert Worte spricht und auf den gerade deshalb jeder hört, wenn er sich denn mal zu Wort meldet. Er hat im Transportwesen ein Vermögen gemacht. Er ist stolz auf seine Frau und stolz auf seine Söhne – vor allem auf den ältesten. Jedes Mal, wenn er mich sieht, fragt er mich, ob ich immer noch als Krankenschwester auf Hugos Station arbeite. Er hält mich für eine arme Irre, die ihre Angel nach seinem Sohn ausgeworfen hat. Und ich fühle mich nicht in der Lage, ihm das auszureden.

Hugo gesellt sich zu uns. Seine Krawatte ist gelockert, sein Kragen offen. Er ist entspannt und bester Laune. Er legt seiner Mutter den Arm um die Schulter.

«Na, die Damen, wird mal wieder geplaudert?»

«Ich suche Fabrice», sagt seine Mutter.

«Den habe ich gerade mit Solange die Treppe hochgehen sehen.»

Solange ist die Frau von Fabrice. Ein Schatten gleitet über das diskret geschminkte Gesicht Lili Markovitchs. Ihr Alter ist bedeutungslos, sie ist wirklich eine Schönheit. Sie küsst ihren Sohn auf die Wange.

«Ich lasse euch beide allein. Amüsiert euch gut.»

Nachdem sie weg ist, nimmt mich Hugo in die Arme.

«Wie ist es gelaufen?»

Ich ziehe ein Gesicht, außerstande, darüber zu reden. Er versteht sofort.

«Möchtest du, dass wir gehen?»

Ich lächle ihn gerührt an.

«Nein, bleib du hier. Es sind deine Eltern und deine Gäste. Ich muss ohnehin Rosemarie nach Hause bringen, bevor sie noch Dummheiten macht.»

Wir küssen uns gerade, als sich Sarah auf uns stürzt. Ihre langen braunen Haare umfluten ihre Schultern. Sie ist ausgelassen, strahlend schön, schlichtweg atemberaubend. Doch mit ihr kehren die Schreckensbilder zurück, das Blut, die Schnur um den Hals des Babys. Ein Schauder überläuft mich. Es wird Zeit, dass ich gehe.

Wie es der Zufall will, ist Rosemarie unauffindbar. Wenn es nicht so kalt wäre, würde ich fast vermuten, dass sie sich mit dem Lastwagenfahrer in die Büsche geschlagen hat. Ich bin drauf und dran, den Oberkellner zu fragen, ob er die beiden gesehen hat. Andererseits möchte ich nicht, dass Maurice rausfliegt. Ich bin ja nicht auf ihn sauer, sondern auf sie. Vor allem, weil sie sich vergnügt, ohne sich darum zu kümmern, was die Leute von ihr denken. Neben ihr wirke ich noch verklemmter, als ich es sowieso schon bin. Und auch wenn es so ist, will ich jedenfalls nicht daran erinnert werden.

Mit diesem Gedanken beschäftigt gehe ich die mit einem dicken Teppich ausgelegte Treppe zur ersten Etage hinauf. Wie ich meine Schwester kenne, hat sie sich das beste Zimmer rausgesucht.

Ich werfe einen Blick in Hugos ehemaliges Zimmer, das in einen Fitnessraum mit Hometrainer, Rudergerät und Turnmatten verwandelt worden ist. Daneben liegt ein Arbeitszimmer mit Balkon, an dem die Zweige eines Baumes entlangwischen. Die Blätter hinter den Scheiben schwanken träge hin und her, von unten dringt die schwungvolle Musik der Party herauf.

Als ich weiter den Flur in Richtung des elterlichen Schlafzimmers entlanggehe, höre ich aus der halbgeöffneten Badezimmertür ein unterdrücktes Stöhnen.

«Rosemarie? Bist du das?»

Im Badezimmerspiegel erkenne ich die Gestalt Solanges, die sich über das große blaue Waschbecken beugt. Sie trägt ein schwarzes Bustier zu einem langen roten Tüllrock und klammert sich an den Rand des Waschbeckens, als würde sie gleich zusammenbrechen. Ihre nackten Schultern zucken, ihr Gesicht ist hinter ihren Haaren nicht zu sehen, doch sie scheint zu weinen. Hinter ihr steht ein Mann, der sie weit überragt.

Ich fahre zusammen, als hinter mir plötzlich Lili Markovitchs Stimme ertönt:

«Véra! Da sind Sie ja endlich! Ihre Schwester sucht Sie überall! Wir haben schon gedacht, Sie wären ohne sie losgefahren.»

Die Tür des Badezimmers fliegt auf, und Fabrice tritt eilig heraus. Er wirkt leicht verstört.

«Ah, du bist es», sagt er beim Anblick seiner Mutter.

«Bist du mit Solange dadrinnen, mein Lieber?»

«Ja. Wir haben etwas besprochen.»

«Ach so. Aber … Bist du sicher, dass alles in Ordnung ist? Brauchst du mich?»

Er lächelt.

«Mach dir keine Gedanken. Es geht schon.»

Er ignoriert mich, aber daran habe ich mich inzwischen gewöhnt. Fabrice gehört zu der Sorte von Männern, die Frauen auf ihre sexuelle Funktion reduzieren. Wenn wir gemeinsam am Tisch sitzen, bittet er mich höchstens einmal, ihm eine Schüssel zu reichen. Er käme im Traum nicht auf den Gedanken, dass ich ihn für total grässlich halten könnte oder einfach für jemanden mit schlechten Manieren. Schließlich verdient er ja so einen Haufen Geld im Erdölgeschäft.

Zuckersüß flöte ich: «Guten Abend, Fabrice.»

Ohne seine Antwort abzuwarten, nimmt mich Madame Markovitch am Arm und zieht mich in Richtung Treppe.

«Kommen Sie», sagt sie leise und vertraulich. «Überlassen wir die beiden ihren Angelegenheiten.»

Und dann fügt sie mit noch leiserer Stimme hinzu: «Solange ist zurzeit unheimlich depressiv. Der arme Fabrice! Er ist wirklich schon völlig am Ende ...»

Nachdem sie mir verschwörerisch zugelächelt und den Arm getätschelt hat, mischt sie sich wieder unter ihre Gäste.

Draußen teilt mir Hugo mit, dass Rosemarie zusammen mit Maurice gegangen ist. Offenbar hat sie mir eine Nachricht auf meinem Handy hinterlassen. Ich ziehe meinen Regenmantel enger um mich. Langsam und tief atme ich die Luft des nahen Parks ein, doch ich nehme nur den Geruch nach Schweiß und Chlor des Gefängnisses wahr. Hugo schlottert in seinem Hemd vor Kälte. Er schiebt mich in mein Auto und schlägt die Tür zu. Dann winkt er mir ein letztes Mal zu und stürzt sich wieder in sein rauschendes Fest.

3

MEINE innere Anspannung lässt erst am Montagmorgen nach, als ich durch den Park der Klinik fahre mit seinen großen, irgendwie nostalgisch wirkenden Bäumen und den Rasenflächen, die sich unter einem ausgewaschenen Himmel ausbreiten. Ich habe das merkwürdige Gefühl, nach zehn Jahren Abwesenheit wieder nach Hause zu kommen. Es ist so stark, dass ich versucht bin, das Auto stehen zu lassen und mit bloßen Füßen durch das feuchte Laub zu gehen.

Im Interventionszentrum bleibe ich ein bisschen in Antoines Büro hängen und erzähle ihm von dem quälenden Eindruck, den der Einsatz bei mir hinterlassen hat.

«In Anbetracht der Umstände kann man nicht mal sagen, dass es schlecht gelaufen ist. Immerhin haben wir das Baby gerettet …»

«Das Ausmaß der Gewalt ist nicht ausschlaggebend», erinnert mich Antoine. «Wir können unsere Reaktion nie voraussagen, weil wir nicht wissen, wie unser Gefühlsleben funktioniert. Davon haben wir höchstens eine vage Vorstellung …»

Unter meinen Kollegen ist Antoine derjenige mit der meisten Berufserfahrung. Er ist groß und hält sich leicht gebeugt. Trotz seines Alters hat er sich eine jugendliche Figur bewahrt, die er durch T-Shirts und enganliegende Rollis zur Geltung bringt, die ihm der Mann seines Lebens kauft. Bei seinen grünen Augen hinter den dichten Wimpern hätte ich auch schwach werden können. Antoine hat schon einen Einsatz in Fleury gehabt, also muss ich ihm die Situation dort nicht beschreiben. Er schlürft mit den Füßen auf dem Schreibtisch seinen Kaffee, und wir bewundern schweigend den Park in seiner herbstlichen Pracht.

Schließlich unterbricht er die Stille:

«Nach allem, was du gesagt hast, ist sie psychotisch.»

«So einfach ist das nicht. Ich glaube, irgendeine alte, aber durchaus reale Geschichte ist plötzlich wieder hochgekommen … Als ob sie irgendwie zu neuem Leben erweckt worden wäre, verstehst du, was ich meine?»

Er betrachtet mich skeptisch. Ich kann mich nicht deutlicher ausdrücken, obwohl ich das ganze Wochenende mit dem Versuch verbracht habe, zu entschlüsseln, wer sich hinter dieser halbnackten Frau verbirgt, die zu eiskalter und tödlicher Gewalt fähig ist.

«Vielleicht war sie bei ihrem ersten Mord einfach noch ein Grenzfall», überlegt Antoine laut. «Und dann hat sich ihr Zustand über die Jahre im Gefängnis immer weiter verschlechtert, ohne dass es jemandem aufgefallen wäre.»

Ich lasse mir das durch den Kopf gehen, bevor ich antworte.

«Ich muss Ballisti anrufen. Sie könnte es jederzeit wieder tun.»

«Ballisti ist sehr kompetent, er unterschätzt das Risiko garantiert nicht. Er überweist sie bestimmt in die Psychiatrie.»

In Wahrheit wüsste ich auch gar nicht, was ich zu Ballisti sagen sollte. Es gibt Momente, da halte ich sie für eine delirierende Psychotikerin, kurz darauf erscheint sie mir wiederum gefährlich manipulativ.

Ich überlege laut weiter, als hätte ich vor, einen entzündeten Zahn noch stärker zu reizen.

«Sie hat nicht deliriert ... Ihr war bewusst, was sie tat, aber ihre Motive sind unklar und schwer zu verstehen.»

«Ist das nicht bei den meisten Mördern so?», bemerkt Antoine ironisch. «Dass sie aus schwer nachvollziehbaren Motiven handeln?»

Seine Ironie nervt mich. Ich wünschte, er würde sich meine Ungereimtheiten mit dem Ernst anhören, den sie – jedenfalls meiner Meinung nach – verdienen. Das ist viel verlangt von einem überarbeiteten Kollegen; also wechsle ich lieber das Thema.

«Und du? Wie läuft's zurzeit denn so?»

Er brummt:

«Eigentlich nicht schlecht. Mal davon abgesehen, dass Christophe meine Kinder nicht leiden kann.»

«Und davon, dass deine Kinder Christophe nicht ausstehen können ...»

«Wie kommst du dazu, so etwas zu sagen?»

Ich grinse ihn wölfisch an.

«Das ist doch offensichtlich, mein Lieber. Du bringst die Leute, die du kennst, zusammen, obwohl sie ansonsten nichts gemeinsam haben. Wie soll das denn funktionieren? Das ist gleichzeitig zu viel und viel zu wenig. Also zeigen sie dir, dass es nicht klappt. Und wenn du darauf bestehst, wirst du von allen verletzt.»

Dieser Tage werden in unserer Abteilung zwei Theorien verteidigt. Es geht bei beiden um die Frage, wie man die verschiedenen Bestandteile unserer komplizierten Existenzen unter einen Hut bringen kann. Dabei werden extrem gegensätzliche Auffassungen vertreten: «Bringe alle und alles zusammen!», sagen die einen. «Halte alles fein säuberlich getrennt!», die anderen. Die Anhänger der integrativen Theorie wollen die Bestandteile ihres Lebens gleichmäßig miteinander mischen. Sie gehen abends mit ihren Arbeitskollegen etwas trinken, fahren mit den Kindern ihrer Liebhaber in Urlaub und verbringen Weihnachten mit Leuten, die sie kaum kennen. Sie müssen zwar nie lügen, stehen aber immer kurz davor, den Dritten Weltkrieg auszulösen.

Dagegen sind die Anhänger der Trennungstheorie Meister der unerbittlichen Abkapselung. Arbeit und Privatleben werden nicht vermischt, die Kinder des einen nicht mit den Geliebten des anderen zusammengebracht, und Weihnachten verbringt man abwechselnd in den beiden Familien. Alles zu seiner Zeit und an seinem Ort. Diese Einstellung hat den unschätzbaren Vorteil, dass Konflikte vermieden werden. Der Nachteil besteht darin, dass man ständig aufpassen muss. Ich, mit meinem Riesenhorror vor Konflikten und meiner Neigung zur Heimlichtuerei, bin eindeutig die Hohepriesterin der Abkapselung.

Die Tatsache, dass Antoines Kinder den Geliebten ihres Vaters nicht riechen können und umgekehrt, bedeutet einen haushohen Sieg für mein Lager. Unerbittlich schlage ich noch einmal zu, bevor ich aus seinem Büro gehe.

«Du steckst zehn Euro in die Kasse.»

So viel kostet es jedes Mal, wenn eines der Lager einen Punkt verbuchen kann. Mit dem Geld, das bis nächsten Sommer zusammengekommen ist, feiern wir dann ein großes Versöhnungs-Grillfest. Bis dahin kann Antoine bedauern, dass sie mich nicht in Fleury in eine Zelle gesperrt haben.

Es nützt nichts, es sich schönreden zu wollen. Sheila, vierundachtzig Kilo blasses, festes Fleisch, mit Ausnahme ihres wogenden Busens, der weich und schwabbelig ist, Sheila also, kann mich nicht leiden. In den letzten Tagen habe ich einen gewissen Trost in der Überzeugung gefunden, dass sie sowieso niemanden leiden kann, doch das war ein schwerer Irrtum. Sheila liebt ihren Pudel Kiki. Und Kiki ist schwer krank. Wie sie die Erlaubnis bekommen hat, Kikis stinkendes Körbchen in der Telefonzentrale aufzustellen, damit sie ihr Hündchen ständig versorgen kann, wird wohl ein ewiges Geheimnis bleiben. Ehrlich gesagt entsetzt mich diese Nachgiebigkeit seitens der Klinikverwaltung, auch wenn es nur eine psychiatrische Klinik ist und das Kriseninterventionszentrum nur eine winzige Abteilung hinter einer Panzerglastür im Erdgeschoss.

Ich gebe meiner Missbilligung Ausdruck, indem ich es ablehne, Kiki zu begrüßen, mich nach seinem Gesundheitszustand zu erkundigen oder durch ein anderes Zeichen erkennen zu lassen, ihn überhaupt wahrgenommen zu haben. Um es klar zu sagen, jetzt verabscheut mich Sheila nicht mehr: Sie hasst mich.

Als ich sie frage, wie es dazu kommen kann, dass ich drei Nächte hintereinander zum Bereitschaftsdienst eingeteilt bin, obwohl ich gerade eine Extraschicht geschoben habe, antwortet sie, ohne mich auch nur anzusehen:

«Ich habe keine Ahnung! Da müssen Sie Monique fragen.»

Monique ist die Sekretärin aus dem Tagesdienst, und sie kümmert sich um die Dienstpläne. Wenn sie um neun Uhr zur Arbeit kommt, sind die Psychiater aus dem Nachtdienst schon weg. Also muss sie sich auf das verlassen, was ihr Sheila weitergibt. Jeder Schwachkopf hätte geahnt, dass mein Verhalten gegenüber Kiki zu nichts Gutem führt. Bloß ich nicht. Es ist eine meiner Schwächen, an die Werte der Französischen Revolution, an die Arbeit, an die Familie und – als Migrantin der zweiten Generation – an die Achse Frankreich–Portugal zu glauben. Wenn die Behauptung stimmt, dass die Portugiesen die Bretonen Europas sind, kann Sheila versuchen, was sie will, ich werde nicht nachgeben. Dieser Hund hat nichts in der Abteilung zu suchen. Punkt. Und weil ich nicht vorhabe, noch teurer für meine Überzeugungen zu bezahlen, entscheide ich, auf Monique und damit eine weniger feindselige Gesellschaft zu warten.

Morgens um diese Zeit geht es in der Cafeteria immer sehr lebhaft zu. Es ist ein Kommen und Gehen, Neuigkeiten, Tratsch und Witze machen die Runde. Zu meiner Überraschung sehe ich Hugo an seinem üblichen Tisch an der großen Fensterfront sitzen. Ich stürze mich auf ihn und umarme ihn stürmisch.

«Und? Wie war's noch? Bist du nicht zu fertig?»

Ich habe Schuldgefühle, weil ich ihn auf der Party seiner Eltern habe sitzenlassen, und deswegen fange ich an, ihn zu bemuttern: «Nicht zu müde, von der ganzen Sauferei, mein Schatz?» Eher guter Laune, befindet mein Liebster, dass das eine Gemeinheit von mir war, bevor er hinzufügt: «Meine Eltern waren unheimlich enttäuscht, dass du gegangen bist ...»

Das erscheint mir leicht übertrieben angesichts der Tatsache, dass es von Leuten kommt, die sich kaum meinen Namen merken können, aber ich spiele trotzdem mit.

«Mir hat es auch unheimlich leidgetan. Hast du ihnen erklärt, dass es eigentlich nicht meine Schuld war?»

«Das kannst du ihnen selbst erklären. Sie haben uns zum Resteessen eingeladen ...»

Ich fange an zu stottern.

«Heute Abend? Äh ... Ich glaube, da habe ich Dienst.»

Ich bemerke, dass ich langsam seine Toleranz überstrapaziere.

«Hast du immer noch Knatsch mit deiner Einsatzkoordinatorin?», erkundigt er sich sarkastisch.

Also gut. Die Achse Frankreich–Portugal ist leicht geschwächt.

«Ich werde mit der Sekretärin reden», sage ich und schnappe ihm ein Croissant vom Teller. «Sie soll den Dienstplan ändern.»

Er beugt sich vor, um mich zu küssen.

«Siehst du, wenn du nur willst ...»

Regel Nummer eins der Abkapselungstheorie: sich keinen Liebhaber am Arbeitsplatz zulegen. Niemals. Auf keinen Fall. Wenn ich ein ehrlicher Charakter wäre, würde ich zehn Euro in die Kasse stecken.

Mit neuem Schwung komme ich aus dem Büro der Sekretärin, die tagsüber den Dienst versieht. Auch wenn das Essen bei Hugos Eltern in Saint-Cloud droht, mir ein bisschen den

Abend zu verderben; danach werden wir die Nacht bei mir verbringen, oder bei ihm, und das sind äußerst erfreuliche Aussichten.

«Véra, da ist ein Anruf für dich! Der Anwalt von Giselle Leguerche ...» In Lichtgeschwindigkeit bin ich in meinem Büro.

«Doktor Cabral? Hier Maître Revil. Ich rufe Sie wegen Ihres Einsatzes bei meiner Klientin an. Ich habe vor, mich wegen des Mordes an der Aufseherin auf den Artikel 122 zu berufen. Was halten Sie davon?»

Was ich davon halte?

Der ehemalige Artikel 64 des Strafgesetzbuches, der als Artikel 122 ein bisschen aufgepeppt wurde, besagt, dass «keine Person strafrechtlich verfolgt wird, die im Moment der Tat unter einer psychischen oder neuropsychiatrischen Störung leidet, die ihre Urteilsfähigkeit oder die Kontrolle über ihr Handeln aufhebt ...» Wird eine straffällig gewordene Person für «geisteskrank» erklärt, so folgt kraft dieses Artikels die Einstellung des Verfahrens gegen sie und ihre Verlegung in eine psychiatrische Einrichtung.

Das mindeste, was man als Psychiater dazu sagen kann, ist, dass diese Entscheidung nicht gerade einfach ist. Wie soll man sicher sein, dass man nicht einen Kranken ins Gefängnis schickt oder es einem Mörder ermöglicht, dem Gesetz zu entkommen?

«Doktor Cabral? Sind Sie noch dran?»

«Ja, sicher. Ich muss Ihnen sagen, dass ich mit Ihrer Entscheidung absolut nicht einverstanden bin ... Madame Leguerche ...»

«Sie war nie verheiratet.»

«Mademoiselle Leguerche war bei klarem Verstand. Sie hat in vollem Bewusstsein ihres Tuns gehandelt.»

«Sie erstaunen mich, Doktor Cabral. Sie ist eine sehr eigenartige Person, das kann Ihnen doch nicht entgangen sein.»

Das Gespräch wird langsam ein bisschen aggressiv, und das bringt uns nicht weiter. Ich beharre trotzdem so nachdrücklich wie möglich auf meinem Standpunkt.

«Hören Sie, es ist unmöglich, nach so einem Einsatz ein seriöses Urteil über den Geisteszustand eines Menschen abzugeben. Ich konnte mir nur einen kleinen Eindruck von ihrem Bewusstseinszustand während der Tat verschaffen. Von daher gesehen steht es außer Zweifel: Sie wusste, was sie tat, und ich würde sogar sagen, sie wusste, warum sie es tat.»

«Bei allem Respekt, da begehen Sie einen schweren Fehler, Doktor Cabral! Ich habe sie heute Morgen gesehen, und sie hat mich nicht mal wiedererkannt! Sie war völlig weggetreten! Wo sie mit ihren Gedanken war? Keine Ahnung. Das müssen schon Sie mir sagen!»

Dennoch werde ich vor Gericht nicht die Auffassung vertreten, Giselle Leguerche sei geistig völlig gesund, wenn ich nicht hundertprozentig davon überzeugt bin. Es vergehen mehrere Minuten, bis ich mich mit einer Lösung vorwage.

«Ich kann immerhin bezeugen, dass sie die Entscheidung, das Baby nicht zu töten, selbst getroffen und sich der Polizei aus freien Stücken gestellt hat. Meinen Sie, das hilft Ihnen etwas?»

Keine Antwort. Aus seiner Sicht ist das nicht viel. Es könnte lediglich mildernde Umstände bedeuten. Er hatte mehr erwartet.

Seufzend sagt er: «Mit dieser Frau habe ich wirklich nur Pech. So etwas zu bringen, wenn man gerade auf Bewährung entlassen werden soll … Das ist doch absurd. Jetzt kriegt sie lebenslänglich.»

«Könnte die Sache vielleicht mit dem Tod ihres Sohnes zusammenhängen?»

«Da müsste sie erst mal einen Sohn haben!», feixt er höhnisch.

Einen Moment lang bin ich sprachlos und versuche, die Tragweite dieser Information abzuschätzen. War Giselle Leguerche wirklich bei so klarem Verstand, wie es mir schien? Oder war sie mythomanisch, das, was die Leute eine krankhafte Lügnerin nennen? Eine Manipulatorin? Litt sie unter Wahnvorstellungen?

«Wollen Sie damit sagen, dass sie nie ein Kind hatte?», frage ich ungläubig.

«Das müsste ich ja wohl wissen, oder?», brummt der Anwalt lustlos. «Wissen Sie, Doktor Cabral, der Fall wird mir langsam wirklich zu kompliziert. Angesichts dessen, was ich dabei verdiene, werde ich ihn wohl aufgeben.»

Wen kümmert schon Giselle Leguerche? Wen kümmert schon eine Aufseherin, die in einer Vollmondnacht in einer Gefängniszelle ermordet wird? Niemanden. Das ist normal, das ist Fleury. Ich hätte von Anfang an nicht hingehen sollen.

Ich höre mich fast gegen meinen Willen erwidern: «Verschaffen Sie mir einen Gesprächstermin mit Giselle. Ich werde sehen, was ich tun kann.»

4

DER Anrufbeantworter blinkt seltener, seit ich mit Hugo zusammen bin. Es ist, als ob die Anwesenheit eines Mannes bei meiner Familie eine Art Hemmung auslöst, sich in mein Leben zu drängen. Man geht mir nicht direkt aus dem Weg, aber fast. Vielleicht sollte ich mich mehr darum bemühen, ihn zu integrieren, ihn öfter zu meinen Eltern mitnehmen, dem neuralgischen Zentrum des Cabral-Clans, aber ehrlich gesagt weiß ich nicht, wozu das gut sein soll. Ich lege keinen gesteigerten Wert auf ihre Seitenblicke, ihre Kommentare und noch weniger auf ihre Kritik. Warum sollte ich nicht einfach mein Leben mit Hugo genießen, egoistisch, lustvoll, und alles beiseitelassen, was unsere Beziehung stören könnte? Die Abkapselung, das Geheimnis des Glücks.

Bloß schade, dass es Hugo nicht genauso macht. Am Tag nach der Party finde ich mich am Esstisch der Markovitchs wieder und habe das Gefühl, mich in der Adresse geirrt zu haben. Was soll ich hier? Welchen Zweck hat meine Anwesenheit? Welche Rolle, welche Funktion hat man mir zugedacht?

Seit letzter Woche hat sich das Gesprächsniveau nicht erkennbar gesteigert. Alle reden ganz höflich, wenn sie dran sind, und es käme niemandem in den Sinn, einem anderen ins Wort zu fallen. Heute dreht sich das Gespräch bei Tisch um die Qualität der japanischen Hühnerspieße, die auf der Party gereicht wurden, um die Verkehrsstaus infolge der neuen Busspur und um die Bewerbung von Paris um die Austragung der Olympiade. Unheimlich persönliche Gesprächsthemen also, die in so gemäßigtem und beherrschtem Ton erörtert werden, dass man jedem Einzelnen die enorme Anstrengung anmerkt, die ihn dieses Theater kostet. Fabrice spielt den energiegeladenen, verantwortungsbewussten Idealmann, Solange gibt die perfekte Ehefrau, und ihre beiden Kinder essen ohne zu murren ihre Teller leer. Hugo hat die Rolle des rebellischen jungen Mannes übernommen. Er schimpft auf die Fünfunddreißig-Stundenwoche in der Klinik und wärmt ständig Argumente auf, die ich schon hundertmal gehört habe. Wenn alles erwartungsgemäß verläuft, wird mich Monsieur Markovitch bald um meine Meinung als Krankenschwester bitten. Es wird einen Moment lang betretenes Schweigen geben, und dann wird Lili Markovitch wieder an das Gespräch über die Busspur anknüpfen. Das alles führt unausweichlich dazu, dass ich mich zwischen Karottenstiften und kaltem Bratenaufschnitt frage, warum eine einfache Unterhaltung am Familientisch so anstrengend sein muss. Welches Thema wollen sie so unbedingt vermeiden?

Lili Markovitch, unnachahmlich elegant in ihrem beigefarbenen Kaschmir-Twinset, reicht mir einen Stapel Teller, damit ich ihn in die Küche trage. Beflissen stehe ich auf, gleich gefolgt von Solange, die sich auf eine leere Servierplatte stürzt, als hätte ich sie ihr gerade klauen wollen.

Andere Leute hätten sich über so etwas amüsiert und erst einmal gelacht, wir dagegen räumen nur still und brav die Spülmaschine ein. Es würde garantiert von schlechtem Geschmack zeugen, wenn ich ihr erzählte, dass ich sie im Badezimmer habe weinen sehen. Und ich bin ja tatsächlich nicht ganz sicher, ob ich das wirklich gesehen habe. Vielleicht hat sie ja gar nicht geweint. Vielleicht langweilt es sie auch nicht, sich über Busspuren zu unterhalten. Vielleicht liegt es ja nur an mir.

Zu meiner Schande bemerke ich den bläulichen Bluterguss an ihrer Schläfe, den sie mit einer aschblonden Strähne kaschiert hat, erst mit Verspätung. Was mir zuerst auffällt, ist, dass sie das gleiche Blond trägt wie *Maman* Markovitch. Es ist natürlich viel vornehmer als das aggressive Rot meiner eigenen Haarfarbe. Dennoch bringt mich ein unfeiner beruflicher Reflex dazu, sie zu fragen: «Was hast du da gemacht?»

Sie erstarrt. Ich lasse nicht locker.

«Dein blauer Fleck da. Ist das im Bad passiert?»

«Im Bad?»

«Ich habe dich am Samstagabend dort im Spiegel gesehen. Ich bin während der Party mal nach oben gegangen, erinnerst du dich?»

Sie spült einen Teller unter dem Wasserhahn ab.

«Ich habe meine Schwester gesucht.»

Sie dreht sich ärgerlich zu mir um.

«Ich darf mich wohl mal irgendwo stoßen, ohne dass daraus gleich eine Staatsaffäre gemacht wird, oder?»

Bis ich mich von meiner Überraschung erholt habe, ist sie schon aus der Küche.

Während der Rückfahrt in Hugos Auto stehen die Zeichen auf Sturm. Wir sind noch nicht aus der Parklücke, als ich schon loslege:

«Ich verstehe einfach nicht, was mit euch los ist, wenn ihr am Tisch sitzt. Man könnte meinen, bei euch gibt's die höchste Punktzahl für denjenigen, der den anderen das Telefonbuch auswendig hersagen kann!»

«Tut mir sehr leid, dass wir so schwer zu ertragen sind», erwidert Hugo aufgebracht. «Das nächste Mal sage ich ihnen gleich, dass wir dich langweilen.»

«Dich stört doch bloß, dass ich laut ausspreche, was du nur heimlich denkst! Ich kenne dich, Hugo, es macht dir auch keinen besonderen Spaß, mit den Leuten, die du magst, über das Wetter zu reden!»

«Und bei euch ist es besser, was? Stell dir vor, mein Abend ist auch gelaufen, wenn ich mit deinem überdrehten Haufen essen muss.»

Ich lache ihm ins Gesicht.

«Genau deswegen schlage ich dir nicht mehr vor, mit zu uns zu kommen! Wozu müssen wir uns unsere jeweiligen Familien aufdrängen? Abkapselung heißt die Zauberformel, mein Lieber!»

Welche Eloquenz! Hinter den Kulissen klatschen die Anhänger meines Lagers frenetisch Beifall. Hugo, der sich vorgestellt hat, dass wir jeden Sonntag bei seiner Familie in Saint-Cloud essen, reagiert nicht. Er überlässt mich die restliche Fahrt über meinen Gedanken zu unterschiedlichen Familienkulturen.

Vor dem kleinen Haus in Montmartre, in dem ich wohne, hält er an, ohne den Motor abzustellen.

«Suchst du dir keinen Parkplatz?»

«Ich bin müde. Ich fahre nach Hause.»

Das nehme ich ihm jetzt richtig übel.

«Na dann, schlaf gut.»

Ich bin noch nicht an der Haustür, als sein Auto schon verschwunden ist.

Am nächsten Tag komme ich gegen achtzehn Uhr ins Interventionszentrum. Bis zu der Sitzung über neue Einsatztechniken ist noch etwas Zeit.

Sheila ist noch nicht da. Kikis Körbchen ist leer. Unter den Nachrichten, die auf mich warten, findet sich eine von der Untersuchungsrichterin Irène Kotlas. Neugierig rase ich in mein Büro, um sie noch vor der Sitzung anzurufen.

Eher kühl teilt sie mir mit, dass ich morgen früh in den Palais de Justice vorgeladen bin, um an der Beweisaufnahme zum Mord an der Aufseherin von Fleury teilzunehmen. Ich sage mein Kommen zu und frage beiläufig nach der Genehmigung für ein weiteres Gespräch mit Giselle Leguerche.

«Giselle Leguerche sitzt in Einzelhaft», gibt die Richterin zurück. «Es ist in ihrem eigenen Interesse. Die Insassinnen haben keinerlei Verständnis dafür, dass sie das Baby einer Mitgefangenen bedroht hat. Noch dazu war die Aufseherin, die sie getötet hat, eine sehr fähige Person. Sie war überall unheimlich beliebt.»

«Auch bei Giselle Leguerche?»

«Ganz bestimmt. Daran hat es ja gelegen, dass sie ohne jedes Misstrauen in die Zelle gegangen ist. Sie kannte Giselle, sie hat sie während der langen Jahre ihrer Haft sehr unterstützt. Wissen Sie», fährt sie etwas ruhiger fort, «das Ganze ist eine höchst seltsame Angelegenheit. Kein Mensch versteht, was eigentlich vor sich gegangen ist.»

«Also wären Sie nicht dagegen, wenn ich Giselle Leguerche wiedersähe?»

«Das soll Doktor Ballisti entscheiden», antwortet die Richterin. «Wenn er einverstanden ist, bin ich auch einverstanden.»

Nachdenklich lege ich auf. In beiden Fällen hat Giselle Leguerche Menschen ermordet, denen sie nahestand; jedenfalls würde man das auf den ersten Blick so sagen.

Ich rufe Ballisti in Fleury an und erzähle ihm von meinem Telefonat mit der Richterin. Doch zuvor erkundige ich mich, welche Fortschritte er bei seinen Untersuchungen gemacht hat.

«Gar keine», antwortet er lakonisch. «Leguerche ist seit ein paar Stunden auf der Krankenstation ... Sie ist noch nicht wieder bei Bewusstsein.»

«Auf der Krankenstation? Mir hat man gesagt, sie schmort im Verlies!»

«Theoretisch schon, aber die Aufseherinnen hielten es für notwendig, dass sie sich zuvor duscht ... Rein zufällig ist es ein paar Insassinnen, die den Mord an der Aufseherin rächen wollten, gelungen, sie in die Finger zu kriegen. Ich wusste, dass sie es schaffen würden, sich zu rächen. Das schaffen sie immer. Geht schon komisch zu auf der Welt ...»

«Und was schreibe ich jetzt in den Bericht?», frage ich.

«In welchen Bericht?»

«In das psychiatrische Gutachten. Das gehört zu meinen Aufgaben. Ich muss eines erstellen.»

«Ach, ja», seufzt er. «Wir fangen wieder bei null an. Neuer Mord, neue Untersuchung, neues psychiatrisches Gutachten ... Welche Informationen brauchen Sie?»

«Alles, was ich bekommen kann, egal ob es aus ihrer Umgebung stammt, vom Therapeuten, der Polizei oder vom

Gericht. Zum Abschluss beschäftige ich mich mit ihr selbst – sobald sie wieder in der Lage ist, sich zu äußern …»

Er verspricht, mir die Akte zu schicken und die Untersuchungsrichterin anzurufen.

«Seit Samstag habe ich mich ein bisschen umgehört», erklärt er noch, bevor er auflegt. «Ich wollte wissen, warum ich sie nie in meiner Sprechstunde zu Gesicht bekommen habe. Tja, sie hat sich bis jetzt vollkommen unauffällig verhalten. Keine Schlägerei, keine Frechheiten, keine Suchtproblematik, also keinerlei Abhängigkeit von Alkohol, Drogen oder Medikamenten. Ihre einzige Leidenschaft sind Modellflugzeuge. Scheinbar verkauft sie die an andere Häftlinge …»

Ich rufe mir wieder ihre großen braunen Augen und ihre Adlernase ins Gedächtnis, diese klaren, ausdruckslosen Augen, bei denen man an Vulkanseen denken muss.

«Das erstaunt mich nicht», sage ich nachdenklich. «Ich glaube nicht, dass sie im Allgemeinen viele Empfindungen hat … Sie wirkt fast wie betäubt. Mit dem Mord an der Aufseherin hat sie nur eine richtige und wichtige Aufgabe erfüllt …»

«In diesem Falle könnte sie jederzeit wieder anfangen», folgert er.

Da sind wir ganz einer Meinung.

Während die Sitzung läuft, wird es Abend, ein milder, feuchter Abend, dessen Himmel aussieht wie eine Ton-in-Ton-Malerei aus Grau, Braun und Orange. Unfähig, mich darauf zu konzentrieren, was um mich herum gesagt wird, betrachte ich gerade die großen orangefarbenen Lichtstreifen, die den Wolken ein Riffelmuster verleihen, als mein Handy läutet und allgemeines Gemurre auslöst.

«O nein, Scheiße! Stell das ab!», knurrt Antoine.

Unsere Abteilungsleiterin macht mit ihrem Vortrag weiter, ohne mit ihrer schlechten Laune hinter dem Berg zu halten. Dazu muss man aber sagen, dass sie vor zwei Tagen an einem Weisheitszahn operiert worden ist und sich seitdem ausschließlich von Suppe ernährt. Das genügt, um auch die stärkste Frau in eine Furie zu verwandeln.

Überfließend vor lauter Entschuldigungen, schiele ich auf das Display und entziffere die folgende SMS: «Smachstduhoit? Hugo»

Ich lächle vor mich hin. Sterne zeigen sich am Himmel. Der Sturm hat sich verzogen.

5

«MONSIEUR Van der Bitten?»

Meine Stimme hallt in dem Treppenhaus mit den Wänden voller Graffiti wider. Ein leichter Geruch nach Urin und ranziger Pizza steht in der kalten Luft. Der Aufzug ist defekt, sämtliche Wohnungstüren sind angelehnt, obschon die dünnen Wände jedes Geräusch durchlassen. In den oberen Etagen beugen sich Köpfe übers Treppengeländer, ich höre nervöses Lachen, man bereitet sich auf das Drama vor, an dem man sich gleich ergötzen wird. Eine Gratisvorstellung in der Cité des Peupliers.

«Monsieur Van der Bitten? Hören Sie mich? …»

Eine Tomate zerplatzt vor meinen Füßen, was erneut wildes Gelächter auslöst. Die beiden Feuerwehrleute, die mich begleiten, zwei muskelbepackte Kerle, ausgerüstet mit einem Verbandskasten und einem Reanimationsgerät, werden langsam nervös.

«Machen Sie schnell, Doktor. Die fangen an aufzudrehen.»

Mit «die» sind die Bewohner dieser Siedlung mit abbruchreifen Sozialwohnungen gemeint. In einem der Häuser wohnt auch die alte Madame Van der Bitten. Heute Morgen hat sie bei der Polizei angerufen, um zu melden, dass ihr Sohn gedroht habe, sie umzubringen. Pech für sie, dass sie in einem Viertel wohnt, in dem die Polizei ausschließlich «Großeinsätze» durchführt, bei denen sie von einem zusätzlichen Trupp Bereitschaftspolizei verstärkt wird. Es kommt nicht in Frage, einen Aufruhr zu provozieren, bloß weil eine alte Dame ein bisschen Kummer mit ihrem Sohn hat. Nach einem zweiten Anruf am frühen Abend wurde beschlossen, einen Psychiater vom Kriseninterventionszentrum und die Feuerwehr hinzuschicken, um das Problem zu lösen. Fürs Protokoll: ein Fall von häuslicher Gewalt.

«Monsieur Van der Bitten? Hier spricht Doktor Cabral. Ich würde gerne Ihre Mutter sprechen.»

«Die schläft!»

Diesem Satz folgt ein unverkennbares metallisches Klacken. Der Feuerwehrmann zieht mich rückwärts.

«Er ist bewaffnet, wir ziehen uns zurück», erklärt er mit leiser Stimme.

Dies ist das übliche Vorgehen, doch anders als die Feuerwehrleute sind Psychiater an einen unfreundlichen Empfang gewöhnt. Die Antwort Van der Bittens zeigt mir, dass er halbwegs klar denken kann und weiß, dass wir da sind. Anders, als man annehmen könnte, ist seine Reaktion durchaus nicht negativ zu bewerten.

Ich stelle mich etwas seitlich zur Wohnungstür, bevor ich ihn erneut anspreche.

«Monsieur Van der Bitten, ich habe zwei Sanitäter von der Feuerwehr bei mir. Wir würden uns gerne davon überzeugen, dass es Ihrer Mutter gutgeht.»

«Verpisst euch!», brüllt er.

Und weil das anscheinend noch nicht ausreicht, reißt er die Tür auf und lässt den Türflügel mit voller Wucht gegen die Wand knallen. Beim Anblick des Sturmgewehrs in seiner Hand entfährt dem versammelten Publikum, das mittlerweile die Treppe erobert hat, ein Aufschrei. Unbeeindruckt feuert Van der Bitten eine Salve in die Decke.

Die Neonröhren flackern, während der Lärm der Salve uns das Trommelfell zerfetzt. Im selben Augenblick, in dem wieder Stille einkehrt, geht auf dem Flur das Licht aus.

Wie gelähmt starre ich auf das ehemals weiße Unterhemd, das um den behaarten Oberkörper meines Gegenübers schlottert. Er hält sich mit seinem Dreitagebart, geblümten Shorts und Badelatschen in dem Lichtkegel, der aus seiner Diele fällt.

«Hab sie erwischt», erklärt er zufrieden.

Ich höre mich krächzen: «Wen?»

«Ist doch klar! Die Mücken!»

«Wir machen uns besser vom Acker», murmelt einer der Feuerwehrmänner in mein Ohr.

Der andere ist schon draußen und hängt an seinem Walkie-Talkie. Die Leute wissen, dass gleich die Polizei kommt; ihr Zorn über diesen Mann, der ihnen Probleme ins Haus holt, brodelt immer stärker.

«Was will die Scheißkuh denn eigentlich?», schreit da jemand lautstark. «Kann die sich nicht einfach verpissen, statt hier rumzunerven?»

«Und die Bullen brauchen wir auch nicht! Passt mal auf, wenn ich erst mal mit dem Arschficker fertig bin, sieht er ziemlich alt aus!»

Ich gebe nicht auf und sage noch eindringlicher: «Monsieur Van der Bitten, legen Sie Ihre Waffe weg, sodass wir hineingehen können.»

Er starrt mich ungläubig an.

«Wer sind Sie überhaupt?»

«Ich bin psychiatrische Ärztin. Ihre Mutter hat uns über die Notrufnummer verständigt.»

«Weiß ich. Ich weiß, was sie über mich gesagt hat, das Miststück.»

Eine Kondom-Wasserbombe explodiert zwei Zentimeter neben meinem Kopf an der Wand. Jemand kreischt: «Verpfeift euch, ihr Wichser!»

Innerhalb von Sekunden hat sich die Lage vollkommen verändert. Kein einziger Erwachsener ist mehr im Treppenhaus zu sehen. Stattdessen treten immer mehr selbstherrliche Jugendliche aus dem Schatten.

«Verdammt, man könnte meinen, die haben uns nicht verstanden!»

«Das sind die staatlich finanzierten Todesschwadronen!»

«Sind außerdem keine Franzosen, die sprechen schließlich nicht mal Arabisch!»

Gelächter. Sie tragen T-Shirts mit Logos von Edelmarken, Hosen, deren Schritt ihnen zwischen den Knien hängt, Basketballmützen und Turnschuhe. Sie bemächtigen sich der Situation, als wäre das hier ein Theaterstück, in dem sie gleichzeitig Publikum und Darsteller sind. Das Ergebnis davon ist, dass wir zwischen Van der Bitten und diese Kasper gedrängt werden. In zwei Minuten finden wir kein Schlupfloch mehr nach draußen.

«Wir gehen», sagt der Feuerwehrmann.

Dieses Mal klingt seine Stimme ernsthaft beunruhigt. Van der Bitten richtet sein Gewehr auf die Gruppe der Jugendlichen.

«Verzieht euch, ihr Spinner», knurrt er.

Die Vorstellung, gleich zwischen den Fronten zu stehen, begeistert mich nicht sonderlich. Wenn ich zu den Jugendlichen hinübergehe, gebe ich für Van der Bitten eine perfekte Zielscheibe ab. Doch wenn ich mich auf die Seite mit dem Gewehr schlage, riskiere ich es, als Geisel genommen zu werden, sobald die Polizei auftaucht. Auch nicht besser.

Ich stehe kurz vor der Totalparalyse sämtlicher fünf Glieder – wenn wir das Gehirn einmal als Körperglied mitzählen wollen, da rücken die Jugendlichen plötzlich zur Seite und lassen einen schlanken Mann mit tiefbrauner Haut durch, der ein weißes Hemd ohne Krawatte unter einem schlechtgeschnittenen grauen Anzug trägt.

Van der Bitten bleibt kaum genug Zeit, sein Gewehr auf den Neuankömmling zu richten, als der Mann schon die rechte Hand hebt und aus nächster Nähe abdrückt.

Das Blut spritzt, Van der Bitten bricht zusammen. Die Jugendlichen stürzen in einem wilden Haufen die Treppenstufen hinunter und werden sofort von behelmten Polizisten aufgehalten, die mit heruntergeklapptem Visier und Schlagstöcken in der Hand in der Eingangshalle aufgetaucht sind.

Inmitten der anschließenden Verwirrung wendet sich der Mann mit vollkommen ausdrucksloser Miene zu mir um.

«Sind Sie Doktor Cabral?»

Ich verlasse das Gebäude, lange bevor die Ordnung wiederhergestellt ist. Draußen wird der Feuerwehrmann, der mich begleitet hat, von seiner Mannschaft umringt. Er zeigt mich seinem Einsatzleiter, der mit zwei langen Schritten bei mir ist.

«Wie fühlen Sie sich, Doktor Cabral?»

Liebenswürdigerweise antwortet hinter mir der unbekannte Mann für mich.

«Sie fühlt sich sehr gut.»

Ich drehe mich gerade noch rechtzeitig herum, um mitzubekommen, wie er ein Abzeichen hochhebt und es gleich darauf wieder in seiner Tasche verschwinden lässt. Zum ersten Mal fällt mir sein starker arabischer Akzent auf. Ein Lächeln, das wohl beruhigend wirken soll, gleitet über sein Gesicht, das von zwei tiefen Falten zu beiden Seiten seines Mundes eingekerbt wird. Seine bräunlichen Lippen behalten ihren bitteren, verkniffenen Ausdruck, als er mich eingehend mustert. Er beugt sich etwas vor, um sich eine Zigarette anzuzünden, und richtet sich dann wieder auf, während er den Rauch einatmet.

«Machen Sie sich keine Sorgen», sagt er zu dem Feuerwehrhauptmann, «ich gehe mit ihr einen Kaffee trinken.»

Das denkt er sich vielleicht so, aber ich habe nicht die leiseste Absicht mitzukommen. Leicht arrogant werfe ich ein: «Es sieht vielleicht nicht so aus, aber ich bin gerade bei der Arbeit.»

Dieses Mal lässt sein Lächeln seine sehr weißen Zähne aufblitzen.

«Das weiß ich. Ich auch.»

Im Kopf sehe ich ihn wieder seine Knarre ziehen, so wie andere ein Feuerzeug aus der Tasche holen. Das war Mord, schlicht und einfach. Die Tatsache, dass er Polizist ist, hat damit nicht das Geringste zu tun. Ich sage trotzdem lieber nichts, weil ich von vornherein weiß, was die anderen Bullen um mich herum gerade denken. Ich kann mir genau vorstellen, wie sie höflich den Kopf wiegen und sich sagen, dass dieser Beruf eben doch nicht für Frauen geeignet ist. Das bringt mich zur Weißglut. Dieser Beruf ist für niemanden geeignet, ganz einfach. Dieser Beruf ist das absolut Letzte.

Zwei Männer in Uniformjacken gehen an uns vorbei. An den Ärmeln sind die roten Streifen der Polizei gut sichtbar. Ich erkenne einen gewissen Fred wieder, mit dem ich schon ein paar Einsätze durchgeführt habe. Er ist ein Riese von mehr als hundert Kilo, der zu viel trinkt und zu viel rumvögelt, ein verlässlicher Kollege und guter Familienvater. Damit besitzt er gleich zwei Eigenschaften, die seinem Vorankommen bei der Polizei schaden. Aber er ist zu beschäftigt, um verbittert darüber zu werden.

«Véra, mein Schatz! Was für eine Überraschung!»

Ich hatte vergessen, dass ich sein Schatz bin. Bevor ich antworten kann, wird sein Lächeln noch breiter. Gerade hat er neben mir den geheimnisvollen Mister X entdeckt.

«Hakim!», ruft er aus und schüttelt ihm die Hand. «Hakim Salem! Du bist in Paris? Hast du diesen Kerl umgelegt? Verdammt, da hätte ich auch schon vorher draufkommen können, hier gibt's schließlich nichts als Araber!»

Er lacht. Wesentlich leiser lachend drückt ihm der Typ die Hand.

«Fred, dir scheint's ja blendend zu gehen. Du hast auch abgenommen, was?»

«Tut mir leid für dich, mein Freund. Aber das tue ich ausschließlich für den weiblichen Teil der Bevölkerung.»

Erneut bricht Fred in Gelächter aus. Jetzt fällt es mir wieder ein. Er macht Witze wie andere Leute Kreuzworträtsel, das heißt, den ganzen Tag. Und immer nur vom Feinsten.

«Véra, du bist ein Glückspilz», verkündet er lautstark. «Der Typ da ist der beste Bulle, den man beiderseits des Mittelmeers finden kann!»

Und das gibt ihm das Recht, einfach jemanden abzuschießen? Und was hat bitte das Mittelmeer damit zu tun? Immerhin war Van der Bitten Belgier. Ich spüre die ersten Anzeichen einer Migräne, als ich höre, wie Fred diesem Herrn eine etwas ernsthaftere Frage stellt.

«Arbeitest du noch am Fall …»

Ein Nicken. Die beiden verstehen sich auch ohne Worte. Fred versetzt ihm einen kräftigen Klaps auf den Rücken.

«Durchhalten, Alter! Am Ende gewinnt ihr. So, jetzt muss ich aber los. Kommst du dieser Tage mal bei uns zu Hause vorbei? Du bist zum Essen eingeladen …»

Erneutes Nicken.

«Mach's gut, Véra! Und kümmere dich gut um meinen Freund hier! Scheint ja eine ernste Sache zu sein!»

Er verlässt uns mit einem zweideutigen Lachen. Um meinem Gegenüber Gerechtigkeit widerfahren zu lassen, muss ich sagen, dass ihm solche Andeutungen ebenso wenig gefallen wie mir. Nachdenklich zieht er an seiner Zigarette und beobachtet die Aufregung rund um den Wohnblock. Dann richtet er seine hellbraunen, fast goldbraunen Augen auf mich.

«Sollen wir los? Sie haben eine Stärkung nötig.»

Also gehen wir. Er steigt in mein Auto so selbstverständlich ein, als hätte er es mir persönlich verkauft und würde es in- und auswendig kennen. Die Zahl der Polizeikräfte, die um uns herum aufmarschiert sind, übersteigt mittlerweile die der Einwohner des Viertels, vielleicht sogar die der Einwohner des Großraums von Paris. Wir fahren unter den feindseligen

Blicken der Menge davon, die sich vor dem Gebäude drängt, um den Abtransport der beiden Leichen mitzubekommen. Die des Tobsüchtigen und die seiner Mutter, die er tatsächlich umgebracht hat. Die Aktion war ein kompletter Misserfolg. Trotzdem, ich kann den Film in meinem Kopf so oft ablaufen lassen, wie ich will, ich sehe nicht, was ich hätte besser machen können.

«Hier ist es», vernehme ich eine tiefe Stimme neben mir.

Ihn hatte ich gerade vollkommen vergessen. Ich parke neben einem menschenleeren Gehweg im jämmerlichen Lichtkegel einer Laterne, die anscheinend die gesamte Straße beleuchten soll. Bisher ist kaum ein Wort gefallen.

Es ist eine dieser Vorortabsteigen, in die sich kein Mensch reintraut, nicht mal, um nach einem Glas Wasser zu fragen.

Und erst recht nicht, um sich in aller Ruhe hinzusetzen, so wie wir es gerade getan haben, ohne auf den dreckverklebten Tisch, das Verbrechergesicht des Barkeepers vom Balkan oder die arabische Musik zu achten, die einer vom harten Geschäftsleben gestressten Kundschaft Entspannung verschaffen soll.

Ehrlich gesagt macht mich aber nicht diese Dreckskneipe nervös, sondern mein Gegenüber. Mein Handy steckt in der einen Jackentasche, mein Walkie-Talkie in der anderen, und ich bin darauf vorbereitet, beim kleinsten Anzeichen von Gefahr die Flucht zu ergreifen.

Ich werde einfach den Gedanken nicht los, dass dieser Typ gerade einen Menschen umgebracht hat und nicht mal um eine Erklärung gebeten wird. Richtigstellung: In meiner Anwesenheit hat ihn niemand um eine Erklärung gebeten. Wir sind nach dieser ersten Begegnung ja nicht pausenlos zusammen gewesen. Er war ziemlich lange verschwunden, bevor er erneut neben mir auftauchte. Und Fred schien auf dem Laufenden zu sein …

«Sie trauen mir nicht», sagt er plötzlich.

Er legt eine Schachtel Zigaretten auf den Tisch; es ist eine unbekannte Marke, deren Name in schwarzen Riesenbuchstaben auf weiß-grünem Hintergrund steht: Afras.

«Das ist eine Zusammenziehung von Afrika und Asien», erklärt er, denn er hat bemerkt, dass ich auf das Zigarettenpäckchen schiele, «ein Symbol für das sozialistische Algerien der Sechziger …»

Er hält mir die Schachtel hin.

«Das ist die einzige Marke, die ich rauche. Ich kaufe sie stangenweise am Flughafen. Möchten Sie eine?»

«Nein, danke.»

Er mustert mich schweigend. Das Licht der großen Deckenlampe, deren Boden mit Mückenleichen übersät ist, betont die Ringe unter seinen Augen.

«Ich habe Sie geschockt», stellt er fest. «Sie denken, ich hätte nicht schießen dürfen.»

Er spricht mit sehr sanfter Stimme, und mir fällt erneut sein Akzent auf, der aber anders klingt als die Aussprache der Leute aus der Wohnsiedlung, die wir gerade verlassen haben. Es ist ein ausländischer Akzent, ohne ordinären Beiklang.

Zögernd stimme ich zu.

«Das stimmt, ich bin wirklich geschockt. Ich habe gerade mit ihm verhandelt, und da platzen Sie einfach dazwischen und …»

Höflich korrigiert er mich:

«Entschuldigen Sie, die Verhandlung war schon vorbei. Sie waren in Gefahr.»

«Aber ich war nicht allein. Ich hatte einen ziemlich muskulösen Feuerwehrmann dabei.»

Nachsichtig schüttelt er den Kopf.

«Ja, ich weiß. Er hat sich bei mir bedankt. Ich glaube, er hat verstanden, dass es ein Stadium gibt, in dem Verhandlungen nichts mehr bringen.»

«Ich habe den Eindruck, dass man dieses Stadium in Ihrer Gesellschaft ziemlich schnell erreicht …»

«Ich bin Algerier. Algerischer Polizist.»

Das verschlägt mir erst mal gründlich die Sprache.

Dennoch gibt es darauf nur eine mögliche Reaktion:

«Und was machen Sie dann hier?»

«Meinen Sie hier in Frankreich oder hier in diesem Café?»

«Beides.»

Sein Lächeln wird breiter und lässt seine strahlend weißen Zähne aufblitzen.

«Es gibt ein Kooperationsabkommen zwischen den Polizeikräften der beiden Länder, wissen Sie …»

«Jetzt hören Sie mal zu», falle ich ihm ungeduldig ins Wort, «ich bin nicht bei der Polizei, und ich bin keine Algerierin. Woher kennen Sie meinen Namen? Woher wissen Sie, was ich beruflich mache?»

Mit einem Wink bestellt er zwei Kaffee beim Barkeeper. Ich lehne meinen ab. Ich bin auch so schon nervös genug.

«Giselle Leguerche», sagt er.

«Wie bitte?»

«Der Anwalt von Giselle Leguerche hat mir von Ihnen erzählt. Jetzt sind Sie gleich wieder geschockt, aber … ich beschatte Sie seit zwei Tagen.»

Ich glaube ihm kein Wort.

«Es geht nicht anders, wenn man jemandem auf der Spur ist», entschuldigt er sich. «Man sucht sich seine Informanten, und man geht ihren Auskünften nach.»

Ich hole tief Luft.

«Giselle Leguerche sitzt im Gefängnis. Das ist allgemein bekannt. Dafür braucht man keine ‹Informanten›.»

«Für sie interessiere ich mich ja auch nicht. Es geht um den Mann, mit dem sie zusammengelebt hat: Amar Zitoun. Er steht in Algerien auf der Fahndungsliste. Er gehört einer terroristischen Vereinigung an.»

Ach so. Langsam komme ich mit. Ich habe genug mit Polizisten zu tun gehabt, um zu wissen, dass die Terroristenjäger die geduldigsten sind und am sorgfältigsten arbeiten. Jede noch so kleine Spur, jedes unauffällige Detail hat seine Bedeutung. Für sie spielt Zeit keine Rolle.

Jetzt bin ich dran. Mit professioneller Höflichkeit erzähle ich ihm, was ich zu dem Thema zu sagen habe.

«Es tut mir leid, aber ich kann Ihnen wahrscheinlich nicht weiterhelfen. Ich weiß sehr wenig über Giselle Leguerches Leben, und ihre Akte habe ich auch nicht gelesen. Außerdem bin ich ohnehin an das Berufsgeheimnis gebunden. Sie sollten sich mit der Untersuchungsrichterin in Verbindung setzen, die in ihrem Fall die strafrechtliche Voruntersuchung leitet.»

Keine Reaktion. Er betrachtet mich einige Zeit schweigend, lehnt sich dann auf seinem Stuhl zurück und inhaliert den Rauch seiner nächsten Zigarette.

«Möchten Sie eine Cola?»

Sein Lächeln verstärkt sich.

«Eine Cola ‹light›, wie man hier sagt?»

Er scheint Cola light sehr amüsant zu finden. Vermutlich wirken die Figurprobleme der europäischen Fresssäcke aus algerischer Sicht reichlich lächerlich.

«Nein, danke. Das ist nichts für mich.»

Hundertprozentig versteht er, was ich meine, regt sich aber nicht auf. Ich stehe auf.

«Ich muss jetzt gehen. Ich habe noch zu arbeiten.»

Von mir aus soll Hakim Salem einfach zur Hölle fahren, aus der er auch gekommen zu sein scheint, das interessiert mich kein bisschen. Ich will einfach nur weg, und zwar schnellstens. Ich lege zwei Euro für meinen Kaffee auf den Tisch.

Sein Lächeln erstirbt. Für einen Moment, der mir ewig zu dauern scheint, steht in seinen Goldaugen die Frage, mit was für einer dummen Ziege er es hier zu tun hat. Dann begleicht er die Rechnung, wobei er einfach über meine zwei Euro hinwegsieht, und verlässt das Café, ohne mich eines weiteren Blickes zu würdigen.

Auf dem Gehweg hole ich ihn ein.

«Auf Wiedersehen, Doktor Cabral», sagt er und schlägt den Kragen seines viel zu dünnen Sakkos hoch.

Ich protestiere und bin mir doch bewusst, einen Fehler begangen zu haben.

«Warten Sie! Ich setze Sie irgendwo ab.»

«Ich bin schon irgendwo.»

Verblüfft sehe ich, wie seine Gestalt mit den geraden Schultern ohne weiteres Zögern mit den Schatten der düsteren Sträßchen verschmilzt. Ich stehe allein im Schein der Straßenlaterne, und der Barkeeper vom Balkan glotzt, als hätte er dafür Eintritt bezahlt.

6

BEREITS um neun Uhr morgens hallen in den Fluren des Palais de Justice die Schritte Hunderter Menschen wider. Von den Mittelgängen mit den reinsten Autobahndimensionen zweigt ein Labyrinth enger Flure ab, Wendeltreppen führen auf winzige Treppenabsätze, ständig steht man vor verschlossenen Türen, Richtungspfeilen und widersprüchlichen Hinweisschildern. Die ganze komplizierte und undurchsichtige Anordnung wurde nur ersonnen, um uns Normalsterblichen klarzumachen, dass es mit der Rechtsprechung keine einfache Sache ist.

Nachdem ich ein halbes Dutzend Mal umgedreht bin und dementsprechend viele Leute bei der Arbeit gestört habe, entdecke ich endlich das Büro der Richterin Irène Kotlas.

Die gutaussehende Blondine trägt ein blassgrünes Twinset und einen perfekten Mozartzopf. Der Gipfel der Raffinesse sind ihre goldenen Ohrringe, die ihren strahlend hellen Teint zur Geltung bringen. Ich dagegen sehe nach zwölf Stunden Dienst aus, als hätte mich jemand aus dem Müllschlucker gezogen.

«Sie haben sich verspätet», bemerkt sie, während sie sich hinter ihrem Schreibtisch niederlässt. «Ich dachte schon, Sie kommen überhaupt nicht.»

«Bei einem Notfall kann ich den Einsatz nicht einfach abbrechen, nur weil ich einen Termin habe», stelle ich in etwas schroffem Ton fest.

Diese Ohrringe machen mich fertig. Zu meiner Entschuldigung könnte ich anführen, dass ich mir nach meinem Einsatz in der Cité des Peupliers noch zwei Zwangseinweisungen aufgehalst habe, wobei es in einem Fall um einen Minderjährigen ging, der versucht hatte, sich an einer Dachantenne zu erhängen. Wenn man mir dann auch noch das Gefühl gibt, schmuddelig, hässlich und schlecht angezogen zu sein, kann ich für nichts mehr garantieren.

Aber die Richterin hat ihre Akte aufgeschlagen, ohne meine schlechte Laune zu beachten.

«Wie Sie wissen, führe ich die strafrechtliche Voruntersuchung im Mordfall Marielle Pisé, Aufseherin in Fleury. Sie sind die einzige Augenzeugin dieses Mordes …»

«Einen Moment. Marielle Pisé war bereits tot, als ich die Zelle betrat.»

«Allerdings. Im Übrigen hat Giselle Leguerche den Mord nicht geleugnet. Nein, die Untersuchung konzentriert sich vielmehr darauf, wie sich dieser Mord erklären lässt. Es soll ermittelt werden, ob mit Vorsatz gehandelt wurde oder ob man mildernde Umstände in Erwägung ziehen kann. Was meinen Sie dazu?»

«Dazu kann ich nicht viel sagen. Sie wirkte sehr verzweifelt. Sie hat mehrfach den Mord an ihrem Sohn erwähnt.»

«Sie hat nie ein Kind gehabt. Glauben Sie, dass sie an Wahnvorstellungen leidet oder dass sie diese Geschichte erfunden hat, um Ihr Mitleid zu wecken?»

Darauf habe ich keine Antwort. Ich bringe Amar Zitoun ins Spiel und stelle ganz naiv in den Raum, dass er ihr gedroht haben könnte, ihr nach ihrer Entlassung aus dem Gefängnis etwas anzutun. Die Richterin hört mir mit skeptischer Miene zu. Sie hat sich mit dem Fall Amar Zitoun intensiv beschäftigt und misst ihm nur sehr geringe Bedeutung bei.

«Giselles Beziehung mit Amar Zitoun ist lange vorbei», sagt sie. «Sie waren ungefähr ein halbes Jahr zusammen, mehr nicht, und das war vor …», sie wirft einen kurzen Blick in ihre Akte, «elf Jahren. Die Trennung ging von ihm aus. Damals hat er als Informatiker gearbeitet und in geregelten Verhältnissen gelebt. Eher ein gutaussehender Typ übrigens.»

«Und weshalb hat er sich von Giselle getrennt?»

«Weil sie keine Muslimin war. Sie hat ihn allerdings trotzdem leidenschaftlich geliebt. Ich vermute, dass sie unter diesem Bruch sehr gelitten hat. Auf jeden Fall lief ihr Leben ungefähr von diesem Moment an aus dem Ruder. Der erste Mord geschah ein Jahr später.»

Ein Jahr später heißt für uns Psychiater praktisch sofort.

«Meiner Ansicht nach besteht zwischen den beiden Ereignissen ein starker Zusammenhang», werfe ich ein. «Der Mord an ihrer besten Freundin könnte die Folge einer schweren Depression aufgrund dieser Trennung gewesen sein …»

Sie schüttelt den Kopf.

«Das haben wir natürlich ebenfalls überprüft. Doch Amar Zitoun ist nach dem Bruch spurlos aus Giselles Leben verschwunden. Er hat sich einer fundamentalistischen Gruppierung angeschlossen, aber das war zum Zeitpunkt des ersten Mordes noch nicht aktuell. Da war er einfach ein normaler junger Mann und hatte mit der Terroristenszene nicht das Geringste zu tun.»

Also gut. Ich muss zugeben, dass sie recht haben könnte. Trotzdem lässt mir eine Sache keine Ruhe.

«Nachdem Sie nun die Akte gelesen haben; können Sie sich eine Verbindung zwischen den beiden Morden vorstellen?»

«In beiden Fällen sind die Beweggründe Giselles vollkommen unklar. Sie hat nie geleugnet, ihre Freundin mit dem Gürtel ihres Hausmantels erdrosselt zu haben, aber sie hat auch niemals irgendeine weitere Erklärung dazu abgegeben. Genau wie bei der Aufseherin.»

Ich reibe mir die Augen, die nach den vielen Stunden ohne Schlaf gereizt sind.

«Ich bin weiterhin davon überzeugt, dass sie bei ihrer Entlassung etwas sehr Beängstigendes erwartete und dass sie dieses Angstgefühl abstellen wollte. Eine Woche vor seiner Freilassung jemanden umzubringen bedeutet, ob man sich dessen bewusst ist oder nicht, dass man nicht rauswill …»

«Vor was soll sie sich gefürchtet haben?», fragt die Richterin. «Hat sie Ihnen gegenüber etwas dazu gesagt?»

«Zugegebenermaßen nein …»

«Was es auch sein mag, mit Amar Zitoun sind Sie auf der falschen Spur», erklärt die Richterin. «Heutzutage reicht es, wenn ein entfernter Bekannter eines Häftlings einer islamistischen Bewegung angehört, und gleich wird der Teufel an die Wand gemalt. In Giselles Fall ist es so, dass sie vor elf Jahren von einem Mann verlassen wurde, von dem sie nie wieder etwas gehört hat. Was er danach gemacht hat, was sie danach gemacht hat, damit hat der jeweils andere nichts zu tun. Übrigens weiß sie nicht, was aus ihm geworden ist. Sie spricht nie von ihm.»

Ich zucke leicht mit den Schultern. Ich möchte ja gern glauben, dass sich die beiden nie mehr gesehen haben, aber zwischen Gefängnis und Fundamentalismus waren sie auf ihrem Lebensweg bestimmt nicht untätig. Oder anders gesagt: Das ist genau die Art von Zufällen, die bei mir Zweifel weckt. Wie konnte ihre Begegnung zu solch einem Gewaltausbruch führen?

«Andererseits sollten Sie wissen, dass Giselle Leguerche nicht allein auf der Welt steht», fährt die Richterin fort. «Ihre Eltern leben noch und unterstützen ihre Tochter, wo sie können. Sie wollten sie nach ihrer Entlassung bei sich zu Hause aufnehmen ...»

«Vielleicht liegt genau darin das Problem», sage ich scherzhaft.

Wie ich Familien und den ganzen Zirkus drum herum hasse! Die Richterin kann über solche Klischees allerdings nicht lachen.

«Natürlich», räumt sie ein, «kann man auch die eigene Familie ablehnen. Ich nehme an, mit so etwas haben Sie jeden Tag zu tun ...»

«Ich habe mehr mit den Folgen davon zu tun.»

«Wenn ich es richtig verstanden habe», fragt sie zum Abschluss, «werden Sie die Anwendung des Artikels 122 nicht beantragen. Ich erkundige mich danach, weil die Angehörigen von Marielle Pisé deshalb beunruhigt sind. Sie fürchten die Einstellung des Verfahrens. Sie wollen unbedingt, dass Giselle Leguerche verurteilt wird ...»

Ich beschränke mich darauf zu sagen:

«Das kann ich gut nachvollziehen. Die Sache muss mit dem Anwalt geklärt werden. Bei unserem letzten Telefonat hat er angedeutet, dass er das Mandat möglicherweise aufgibt. Ist er in diesem Fall als Pflichtverteidiger tätig?»

«Keineswegs. Das Ehepaar Leguerche hat ihn beauftragt.»

«Ich müsste mich auch mit Giselles Eltern einmal unterhalten. Glauben Sie, das wäre möglich?»

Sie willigt ein, ohne sich lange bitten zu lassen.

Gerade in dem Augenblick, in dem ich in meine Wohnung gehen will, tritt mein Nachbar derart unvermittelt aus seiner Tür, dass es mir scheint, als hätte er seit Stunden auf mich gewartet. Er ist um die sechzig, sehr groß und durch eine jahrelange Aids-Therapie vorzeitig gealtert. Sein Körper ist dermaßen mager, dass er fast durchsichtig wirkt, sein Gesicht schrecklich zerfurcht, und sein langes weißes Haar trägt er im Nacken zu einem losen Zopf geflochten.

«Véra!», flüstert er. «Deine Schwester war hier und hat mich um deinen Schlüssel gebeten. Es war mir sehr unangenehm, aber ich habe ihn ihr gegeben!»

Ich horche auf. Karine benutzt meine Wohnung manchmal als Liebesnest für ihre außerehelichen Abenteuer, aber sie hat einen eigenen Schlüssel. Also frage ich: «Welche Schwester?»

«Die mit den langen, hennagefärbten Haaren und den grünen Augen.»

«Rosemarie?»

«Sie hatte einen Typen dabei, ich kann dir sagen! Fettiges Haar, tätowierte Arme, richtig unheimlich … Ich hoffe, sie hat ihm nicht deinen Schlüssel gegeben!»

«Das hoffe ich allerdings auch.»

Ohne dass ich es gewollt hätte, klingt meine Stimme nach Katastrophe. Mitleidig ruft er aus: «Das hättest du ihr doch sagen müssen! Noch dazu so ein alter Kerl, hoffentlich ist er wenigstens reich!»

«Du hast recht. Danke für den Hinweis, Victor.»

Er schaut mir direkt in die Augen.

«Bist du sauer?»

«Bloß müde, das ist alles …»

Der Anrufbeantworter bestätigt mir, dass gerade Paarungszeit ist. Rosemarie bedankt sich mit überschwänglicher Stimme und entschuldigt sich dafür, dass sie die Bettwäsche nicht gewechselt hat, anschließend fordert mich meine Mutter streng auf, mich schnellstmöglich bei ihr zu melden. Seit ihrer Scheidung wohnt meine Schwester mit ihren drei Kindern bei unseren Eltern, und die haben die Neigung, sich stärker in ihr Leben einzumischen, als gut ist. Fehlt bloß noch, dass sie mich dafür verantwortlich machen, wenn Rosemarie nicht zu Hause übernachtet. Ich weiß wirklich nicht, was ich damit zu tun habe, aber meine Mutter scheint das anders zu sehen. Fest entschlossen, mich aus dieser Sache ganz herauszuhalten, höre ich mir die letzte Nachricht an.

«Véra? Ich habe deine Nummer von Hugo … Ich störe dich nur ungern, aber ich … ich wollte … also, ich wollte mit dir reden. Natürlich nur, wenn du Zeit hast. Es ist auch überhaupt nicht wichtig, aber … also, es würde mir helfen. Das war's. Bitte ruf mich an.»

Es folgt eine Handynummer. Bevor sie auflegt, fügt sie mit einem gekünstelten Lachen hinzu: «Sag Hugo nichts davon, dass ich angerufen habe. Es geht um etwas Persönliches.»

Solange. Wahrscheinlich steckt hinter der ganzen Geheimnistuerei eine Überraschungsparty zum Geburtstag ihres teuren Gatten, oder sie bildet den Auftakt zu den Verhandlungen über die Gestaltung des Heiligabends. In diesem Fall wäre sie von Hugos Mutter als Stoßtrupp vorgeschickt worden. Den Heiligabend noch vor Allerheiligen zu planen wäre typisch für Hugos Frau Mutter, und ich bin viel zu erschöpft, um mich mit dieser Frage zu befassen, bevor ich geduscht habe.

Eins führt zum anderen, und unversehens schlafe ich wie ein Stein. Aber nicht lange. Anhaltendes Klingeln reißt mich aus dem Tiefschlaf. Ich wehre mich und wühle meinen Kopf ins Kissen, aber es klingelt beharrlich weiter. Ich taumele zur Gegensprechanlage. Niemand. Ich drehe mich gerade wieder um, als es erneut klingelt und ich feststelle, dass der Störenfried nicht unten, sondern vor meiner Wohnungstür steht. Wie ist er ins Haus gekommen? Das ist nicht schwer zu erraten: Seit die Concierge nicht mehr da ist, hat sich Victor zum Zerberus ernannt. Das Problem ist nur, dass er dabei nach seinem persönlichen Gutdünken vorgeht. Er würde zum Beispiel eine Frau reinlassen, nur weil sie sehr gut aussieht oder einer Schauspielerin ähnelt, die er mag. Bei ihm gibt es keine Sperrstunde, er lässt sich unheimlich gerne stören.

Mein T-Shirt reicht nur bis knapp über den Hintern, also bedecke ich meine Oberschenkel mit einem Sofakissen, bevor ich die Tür einen Spaltbreit öffne.

In seinem langen Hausmantel aus schwarzer Seide, den über dem Herzen ein gestickter roter Drache ziert, sieht Victor auf mich herunter. Beim Sprechen rollt er mit den Augen wie ein Schauspieler aus der Stummfilmzeit.

«Ich weiß, dass ich dich geweckt habe, Kleines, aber Madame behauptet, deine Schwägerin zu sein …»

Er versucht, mir etwas verständlich zu machen, aber ich kann die beiden bloß benommen anstarren, ihn und die junge Frau an seiner Seite, die mit einer riesigen Sonnenbrille und einem Kopftuch ausstaffiert ist.

«Véra, es ist mir sehr peinlich, ich hätte nicht gedacht, dass ich dich um diese Zeit wecken könnte, ich dachte, du … also, ich dachte, du arbeitest … Ich meine, jeden Tag, nicht bloß Teilzeit …»

Identifikation der Zielperson: Solange.

Frostig erkundige ich mich bei Victor: «Hast du meiner Schwägerin denn nicht gesagt, um welche Uhrzeit ich von meiner kleinen Teilzeitbeschäftigung nach Hause gekommen bin?»

«Das habe ich mir gespart», entgegnet er pikiert. «Es war dringend, wenn du verstehst, was ich meine.»

Da ich überhaupt nichts verstehe, macht er, ganz gekränkte Diva, auf dem Absatz kehrt und geht zu seiner Wohnungstür. Kurz bevor er dahinter verschwindet, ruft er mir noch boshaft zu: «Und jetzt leg endlich dieses lächerliche Kissen weg! Ich habe schon mehr als eine Muschi gesehen!»

Die Tür schlägt zu, und Solange und ich sehen uns an.

«Entschuldige», stammelt sie, «ich wollte dich nicht stören. Ich komme ein anderes Mal wieder.»

Ich halte sie am Ärmel zurück, bevor sie sich noch kopfüber die Treppe hinunterstürzt.

«Wo du jetzt schon mal da bist, kannst du genauso gut reinkommen.»

Ich steige in eine Jeans, bevor ich mich hinter die Theke meiner amerikanischen Küche stelle, um Tee zu kochen. Da ich sehe, dass Solange immer noch wie festgenagelt neben der Tür steht, bemühe ich mich um einen freundlicheren Ton.

«Komm schon, setz dich … Nimmst du Zucker?»

Sie schüttelt den Kopf und lässt sich auf der äußersten Kante des nächsten Stuhls nieder. Ihre Sonnenbrille hat sie aufbehalten. Ich beobachte sie aus den Augenwinkeln, während sie mit übertriebener Vorsicht die Teetasse entgegennimmt, die ich ihr reiche. Man hat den Eindruck, dass ihr die kleinste Bewegung extreme Konzentration abverlangt.

«Alles in Ordnung?»

Sie nickt mit einem gezwungenen Lächeln.

«Ja, natürlich … Mir geht's gut. Es tut mir leid, Véra, ich hätte nicht kommen sollen.»

«Aber du bist gekommen.»

Das habe ich eigentlich ganz freundlich gesagt, trotzdem hört es sich wie ein Vorwurf an. Ich bemühe mich um Wiedergutmachung.

«Also, was ist los? Sag schon.»

«Es geht nicht um mich, es geht um Fabrice … Es geht ihm überhaupt nicht gut. Ich weiß nicht, wie ich ihm helfen soll … Ich weiß, das klingt erbärmlich, aber ich kann einfach nicht mehr …»

Ihre Stimme bricht, und sie beginnt zu schluchzen. Ich stehe auf, hole die Kleenex-Box von der Küchentheke und gebe sie ihr. Sie nimmt die Brille ab, um ihre Tränen wegzuwischen, und dabei wird kurz ein enormes Veilchen sichtbar. Ihr rechtes Auge ist vollständig zugeschwollen. Dann schiebt sie ihre Brille wieder darüber. Das Ganze hat höchstens ein oder zwei Sekunden gedauert.

Wie versteinert warte ich ab, bis sie mit dem Naseputzen fertig ist. Schließlich stammelt sie:

«Als du mich kürzlich abends in der Küche angesprochen hast, weißt du, da muss ich mich entschuldigen … also, das war unheimlich nett, aber ich konnte ihm das nicht antun … Ich bin so anhänglich, verstehst du, ich versuche, loyal zu bleiben, stark zu sein … Aber ich bin bloß eine Versagerin …»

Langsam hebe ich die Hand und ziehe ihr vorsichtig die Sonnenbrille vom Gesicht. Es war kein Irrtum. Das Schwein hat sie richtig übel zugerichtet.

«Solange», sage ich mit gedämpfter Stimme. «Was ist passiert?»

Sie zuckt hilflos mit den Schultern. Dann lächelt sie unter Tränen.

«Ach, das ist nichts. Das hat er nicht mit Absicht getan.»

«Das hat er nicht mit Absicht getan?»

«Er steht unheimlich unter Druck, er hat es gar nicht richtig mitbekommen …»

Vor Überraschung bleibt mir fast die Luft weg. Ich muss mich setzen und nehme den Stuhl direkt neben ihrem. Einen Moment lang höre ich nicht einmal mehr, was sie sagt. Mechanisch schiebe ich ihr das Kopftuch in den Nacken.

«Und das?»

Sie hat seitlich am Kopf eine kahle Stelle, als ob ihr jemand ein Büschel Haare ausgerissen hätte. Sofort bindet sie das Kopftuch wieder um.

«Das ist nicht schlimm, das wächst nach …»

«Solange, was willst du mir hier vormachen?»

Sie blinzelt irritiert.

«Wie meinst du das, was ich dir vormachen will?»

«Na, was soll das heißen, ‹das ist nicht schlimm›? Jetzt warst du schon so mutig, zu mir zu kommen, warum sagst du mir dann nicht auch rundheraus, was wirklich los ist?»

Sofort ärgere ich mich über mich selbst. Warum sollte ich mich für sie verantwortlich fühlen? Weil sie dabei ist, mir einen Sack voll Probleme aufzuhalsen? Weil ich ihr gerne helfen würde, aber nicht weiß, wie ich es anfangen soll?

Sie wirft mir ein flehentliches Lächeln zu.

«Ich bin nicht so intelligent wie du. Ich weiß, dass er mich liebt, und ich verstehe nicht, warum er so was macht …»

«Er liebt dich?», wiederhole ich. «Er liebt dich, und deshalb schlägt er dich?»

Verflixt, es ist wirklich immer das Gleiche.

«Er sagt es immer, wenn wir uns wieder versöhnen …»

«Als Entschuldigung?», bemerke ich höhnisch.

«Ja. Er entschuldigt sich. Es tut ihm wirklich leid, weißt du. Er verliert die Selbstkontrolle … Aber ich muss zugeben, dass er es mit mir auch nicht immer leicht hat …»

Nochmal fünf Minuten, und sie wird mir weismachen wollen, dass sie ihn provoziert hat. Ich zwinge mich, ruhig zu bleiben.

«Seit wann geht das schon so?»

«Ich weiß nicht mehr … Ich glaube, beim ersten Mal war ich gerade mit Damien schwanger …»

Der kleine, schweigsame Junge. Ich wusste ja, dass bei diesen ach so folgsamen Kindern etwas nicht stimmt.

«Schlägt er die Kinder auch?»

«O nein! Wenn er das täte, würde ich ihn auf der Stelle verlassen.»

«Darauf würdest du besser nicht warten. Er fügt ihnen jetzt schon mindestens ebenso viele Verletzungen zu wie dir.»

Sie schüttelt den Kopf, ein Ausbund fraulicher Tugend.

«Die Kinder brauchen einen Vater», sagt sie in vorwurfsvollem Ton.

«Einen Vater, ja, aber doch keinen Schläger.»

Vielleicht hat meine Stimme zu autoritär geklungen, vielleicht habe ich ihre Gefühle verletzt, sie steht jedenfalls auf, als hätte ich ihr eine Sexorgie mit Victor empfohlen. Ich rühre mich nicht von der Stelle und kämpfe gegen das Gefühl ohnmächtiger Wut an. Ich hätte Lust, sie zu packen und aus dem Fenster zu werfen, damit endlich zu Ende gebracht wird, was Fabrice so erfolgreich begonnen hat.

«Ich glaube, wir haben uns nicht richtig verstanden», erklärt sie. «Ich wollte mit dir über Fabrice reden, nicht über mich. Er ist derjenige, dem es nicht gutgeht.»

«Hör auf damit, ich bitte dich, hör auf!»

Dieses Mal reiße ich ihr die blödsinnige Sonnenbrille vom Gesicht, um mir das schreckliche gelbschwarze Veilchen genauer anzusehen, das ihre gesamte Augenhöhle einnimmt.

«Es geht hier um dich! Dir geht es nicht gut. Gib's wenigstens zu! Du kannst so nicht mehr weitermachen. Deine Jungs gehen langsam, aber sicher kaputt daran. Sie sagen nur deshalb nichts, weil du nichts sagst, aber sie wünschen sich jeden Tag, dass du sie so weit wie möglich von diesem Schweinehund wegbringst.»

«Aber er ist ihr Vater.»

«Umso schlimmer, da ist die zerstörerische Wirkung noch größer.»

Es ist nicht sehr nett, so was zu sagen, aber ich habe auch gar keine Lust, nett zu sein.

Sie ist dabei, sich völlig fertigzumachen, ist in den teuflischen Kreislauf der Selbstzerstörung eingestiegen. Indem sie bleibt, beweist sie diesem Tier Fabrice, dass sie stärker ist als er. Sie zieht ihren ganzen Stolz, ja sogar ihre Identität aus diesem absurden und qualvollen Durchhaltevermögen.

So etwas macht mich rasend.

Trotzdem zwinge ich mich, ihr in aller Ruhe noch eine letzte Frage zu stellen:

«Und wenn er dir die Scheidung anbieten würde, wie würdest du reagieren?»

«Ich würde einwilligen.»

«Das heißt … du liebst ihn nicht mehr? Bitte, Solange, du schuldest mir wenigstens eine ehrliche Antwort. Liebst du ihn?»

Sie schüttelt den Kopf.

«Nein. Das ist vorbei.»

«Und warum bleibst du dann bei ihm?»

«Ich glaube, er braucht mich», antwortet sie.

Dieses Mal lasse ich sie gehen. Jetzt wird es mir endgültig zu viel.

7

ICH werde den Gedanken an Solange nicht los. Nachdem sie gegangen ist, trinke ich meinen Tee und fühle mich k.o. und niedergeschlagen. Was soll ich machen? Den Markovitchs alles erzählen? Hugo bitten, mit seinem Bruder zu sprechen? Aber welche Folgen würde das für Solange haben? Die nächste Abreibung? Ich überlege, ob ich mit Fabrice reden soll, bin mir aber sicher, das würde überhaupt nichts bringen. Was ich auch tue, welchen Versuch ich auch starte, bis Solange sich nicht entschließen kann, ihre Haut zu retten, geht das garantiert nach hinten los. Ich kann bloß abwarten und versuchen, ihr blaues Auge samt ihrer guten Erziehung und ihrem ganzen Elend zu vergessen.

Weil ich nicht mehr schlafen konnte, bin ich früh im Krisenzentrum und mache Gesprächstermine für Giselle Leguerches psychologisches Gutachten aus. Nachdem ich damit durch bin, rufe ich Maître Revil, Giselles Anwalt, an.

«Was diesen algerischen Polizisten angeht, den Sie mir geschickt haben, Maître Revil ... Haben Sie wirklich gedacht, dass ich mit ihm einen Plausch über den Fall Leguerche abhalte? Haben Sie schon mal etwas von ‹Berufsgeheimnis› gehört?»

«Ich bin überzeugt davon, dass Amar Zitoun das eigentliche Problem ist», beteuert er. «Und dabei ist es ganz egal, dass sie sich seit Jahren nicht gesehen haben. Giselle hat sich nach der Trennung vollkommen verändert.»

«Von wem haben Sie das? Von ihren Eltern?»

«Unter anderen.»

«Jetzt sagen Sie bloß noch, dass sie vom Gefängnis aus terroristische Aktionen unterstützt hat.»

«Weder vom Gefängnis aus, noch außerhalb davon», knurrt er. «Interessanterweise glaubt aber ein Polizist, dass es so gewesen ist.»

«Und was ist daran interessant?»

«Dass er irgendwelche Informationen haben muss. Das Problem ist nur, dass er nicht sehr mitteilsam ist. Aber wenn Sie es geschickt anstellen, könnten Sie daraus Kapital schlagen.»

Ich denke einen Moment lang nach.

«Das ist doch seltsam, dieser Polizist, der sich hier in Frankreich rumtreibt, oder?»

«Davon gibt's mehr, als Sie ahnen. Die führen Spionageaufträge durch. Sie verhalten sich extrem unauffällig.»

«Alles ist relativ», sage ich bei dem Gedanken an Hakim Salems Schuss auf Van der Bitten.

«Falls Sie auf den Zwischenfall anspielen, bei dem er Ihnen das Leben gerettet hat – das war eine Ausnahme. Diese Typen sind keine Amateure. Wenn er dachte, dass Sie in Gefahr waren, dann waren Sie es auch. Offenbar braucht er Sie genauso dringend wie Sie ihn. Das scheint mir ein guter Ausgangspunkt für einen Tauschhandel zu sein …»

Ich lege auf und bin froh, erfahren zu haben, dass ich seit neuestem in der freien Wirtschaft tätig bin.

Monsieur und Madame Leguerche wohnen in Montreuil in einer ruhigen Straße mit Einfamilienhäusern. Ich parke vor dem Zaun eines kleinen Gartens mit zementierten Wegen, der ein würfelförmiges Haus ohne jeden Charme umgibt. An den vier Fenstern hängen hässliche, metallene Fensterläden. Ich habe mein Kommen angekündigt, und als ich sehe, wie sich die Spitzengardinen bewegen, weiß ich, dass ich erwartet werde.

Trotzdem öffnen die beiden mir erst die Tür, nachdem sie mich haben klingeln lassen, wie es sich gehört. Als ob wir dieses Ritual befolgen müssten, um den Eindruck von Achtbarkeit aufrechtzuerhalten.

Dann stehen sie vor mir, mit ihrem graugrünen Teint. Madame, sichtlich in die Breite gegangen mit den Jahren, trägt unter ihrem Polyesterkleid Stützstrümpfe und stellt alles in allem einen ziemlich gelungenen Versuch dar, dem Urbild der erzkonservativen Rentnerin zu entsprechen.

Monsieur ist so breit wie hoch, kräftig und vital. Kurzgeschnittenes graues Haar umrahmt sein volles Gesicht. Unter seinem grauen Polohemd und den Trevirahosen lässt sich ein robuster, muskulöser Körper erahnen. Etwas jünger als Madame, erklärt er mir, dass er noch nicht in Rente gegangen ist, sondern als Nachtwächter in einem Parkhaus an der Place de la Nation arbeitet. Als Obernachtwächter.

Wir setzen uns um den Eichentisch im Esszimmer. Ich hole meine Akte heraus, meinen Stift und einen Notizblock. Ich versichere mich, dass sie verstanden haben, dass ihre Angaben der bestmöglichen medizinischen Betreuung ihrer Tochter dienen sollen, aber im Rahmen des neuen Prozesses ebenso von der Polizei genutzt werden können.

Um das Eis zu brechen, fange ich damit an, mir einiges genauer beschreiben zu lassen, was bereits in der Akte steht. Ich beginne mit der Frage, wie die Kindheit von Giselle verlaufen ist.

«Sehr gut, es gab überhaupt keine Probleme», stellt die Mama mit Nachdruck fest. «Giselle war ein sehr ruhiges, freundliches Kind.»

«Auch in der Pubertät hatten wir niemals Probleme mit ihr», fällt der Vater ein. «Sie war sehr glücklich bei uns. Wir dachten, sie würde heiraten und ein ganz normales Leben führen …»

«Und wie läuft es, wenn Sie sie besuchen?»

Die beiden sehen sich erstaunt an.

«Gut. Sie freut sich. Außer uns hat sie ja niemanden …»

«Und früher? Hatte sie Freunde?»

Sie kramen in ihrem Gedächtnis, legen die Stirn in Falten und schütteln nachdrücklich den Kopf.

«Nein, eigentlich nicht … Sie hatte natürlich Schulfreundinnen, aber die hat sie nicht nach Hause mitgebracht.»

«Abgesehen von Evelyne», stellt der Vater richtig.

«Ihrem ersten Opfer?»

«Ja. Sie waren auf dem Gymnasium zusammen und dann, nach dem Abitur, auch auf derselben Sekretärinnenschule.

Evelyne war ehrgeizig, aber Giselle hat die Ausbildung eigentlich nur gemacht, um mit Evelyne zusammenzubleiben.»

«Ich glaube, sie hätte lieber mit mir im Parkhaus gearbeitet», stellt Monsieur Leguerche klar. «Nur tagsüber, natürlich. Nachts ist das reine Männerarbeit.»

Madame Leguerche wirft ihm einen amüsierten Blick zu.

«Du wieder! Du wirst dich nie ändern! Du willst immer glauben, dass sie am liebsten bei dir geblieben wäre! Wo sie doch schon hier gewohnt hat!»

«Sie hat bei Ihnen gewohnt? In der Akte wird erwähnt, dass sie eine Weile mit Evelyne zusammengewohnt hat.»

Sie erstarren. Anscheinend berühren wir ein heikles Thema. Ich bin gespannt, wer von den beiden sich vorwagen wird. Ich warte ab.

Es ist Madame.

«Nach dem Abitur hat sie sich mit Evelyne zusammen eine Wohnung gesucht, aber ... dann hat sie angefangen, sich mit diesem Araber zu treffen ... Deswegen ...»

«Evelyne mochte keine Araber», unterbricht Monsieur. «Sie haben sich gestritten, und Giselle ist ausgezogen. Sie ist zu uns zurückgekommen. Gleich nachdem dieser Araber sie hat sitzenlassen ...»

«Aber das hatte mit Evelyne überhaupt nichts zu tun», fällt ihm erneut Madame ins Wort. «Ich glaube, in dieser Phase hat sie uns wirklich sehr gebraucht.»

Ich mache mir zwar Notizen, aber mehr, damit sie weiterreden, als zur Ergänzung meiner Unterlagen. Ihre übereifrigen Antworten, die ganzen Details, die schnell hervorsprudelnden Worte; das alles lässt mich vermuten, dass die beiden sich schon längst auf diese Version des Lebens ihrer Tochter geeinigt haben.

«Nachdem sie wieder bei Ihnen eingezogen war, hat sie

weiterhin im gleichen Büro wie Evelyne gearbeitet. Glauben Sie, dass Giselle Evelyne wegen dieses Mannes umgebracht hat?»

Sie setzen eine verwirrte Miene auf, so als ob sie ernsthaft über die Frage nachdenken müssten. Als ob sie nicht schon längst ihre Schlüsse gezogen hätten. Als ob ich gerade zwei armen, unbedarften Alten, die so lange im Dunkel der Ahnungslosigkeit herumgeirrt waren, endlich das Licht der Erleuchtung bringen würde.

Die beiden fangen an, mir Spaß zu machen. Sie hätten eindeutig Schauspieler werden sollen.

«Wir glauben auch, dass es daran liegen könnte», erklärt Madame lebhaft. «Sie hat Evelyne die Schuld daran zugeschoben, dass sie verlassen wurde, weil sie nun einmal jemanden brauchte, den sie dafür zum Sündenbock machen konnte.»

«Und deshalb ist sie bis zum Mord gegangen?»

Monsieur Leguerche entfährt ein lautes Lachen.

«Sie kennen Giselle nicht!»

«Nur flüchtig.»

Ich lächle sie kühl an, damit sie sich daran erinnern, dass ich ihre Tochter vor nicht allzu langer Zeit gesehen habe. Und zwar nicht gerade bei einem Cocktailempfang.

«Nach meiner Einschätzung gehört sie nicht zu der Art von Frauen, die aus Eifersucht töten. Sie wären übrigens überrascht, wie selten Frauen aus Eifersucht morden. Das ist ein typisches Motiv von Männern …»

Sie glauben mir aufs Wort. Ich versuche etwas anderes.

«Wenn ich es richtig verstanden habe, besuchen Sie sie einmal im Monat. Ist Ihnen vielleicht aufgefallen, dass es ihr in letzter Zeit nicht gutging? Kam sie Ihnen nicht nervös vor? Angespannt?»

Es folgt ein weiterer Auftritt der beiden Komödianten: Sobald eine unerwartete Frage kommt, reißen sie die Augen auf und sehen sich an. Das gibt ihnen Gelegenheit, sich absolut dumm zu stellen, während sie sich mit ihren Blicken verständigen. Wie bei allen alten Paaren kann der eine problemlos in der Miene des anderen lesen. Das funktioniert umso besser, weil sie seit Jahren nicht mehr miteinander reden, allenfalls, um sich bei Tisch das Salz reichen zu lassen.

Ich ahne, dass ihnen die Sprache bereits vor langer Zeit abhandengekommen und nun in einem Sarkophag aus Misstrauen und Ängsten eingeschlossen ist. Und diese Stille, die ich hinter ihrem pseudoernsthaften Gerede wahrnehme, dieses abgrundtiefe Schweigen, so wird mir plötzlich klar, erfüllt das gesamte Haus.

Ich bin nicht auf Beweise angewiesen oder auf objektive, juristisch verwertbare Tatsachen. Ich bin schließlich nicht bei der Polizei. Also erlaube ich mir, auf diese Stille ein paar Sekunden zu lauschen und auf das, was sie mir von Giselles Kindheit erzählt haben, von ihrer Rückkehr nach Hause, nachdem ihre Beziehung vorbei war, und von ihrem Dasein zwischen ihren Eltern.

Lustig ist das nicht gerade.

«Doktor Cabral?»

«Entschuldigen Sie, ich habe gerade nachgedacht. Sie sagten, dass Ihnen in letzter Zeit keine besondere Verschlechterung ihres Zustandes aufgefallen sei. Also ging es Giselle Ihrer Meinung nach so gut wie immer?»

«Ja. Sie hat uns auch nichts gesagt. Aber, wissen Sie, Giselle jammert nicht …»

Ich stelle versuchshalber noch ein paar Fragen, bevor ich meine Sachen zusammenpacke, bekomme aber nur vorhersehbare Antworten. Es sind dieselben, die sie schon bei der Untersuchung des Falls zu Protokoll gegeben haben und die mich, das wissen sie genau, kein Stück weiterbringen. Bei den Leguerches sind Worte dazu da, um nichts zu sagen.

Einer plötzlichen Eingebung folgend, bitte ich darum, Giselles Zimmer sehen zu dürfen.

«Aber wozu?», will Madame Leguerche aufgeregt wissen. Dieses Mal tut sie nicht so als ob.

«Ich würde mir gern ein Bild von ihren Lebensumständen hier machen …»

«Trotzdem», ergreift der Ehemann das Wort, «so geht das nicht.»

«Einfach so mit der Tür ins Haus zu fallen», bekräftigt seine Frau. «Ohne jede Vorankündigung.»

Ich sehe den beiden nacheinander lächelnd ins Gesicht.

«Sie haben natürlich jedes Recht, meine Bitte abzulehnen.»

Wie vorauszusehen war, macht das die Sache noch schlimmer. Sie geraten beinahe in Panik, wittern eine Falle, wissen nicht mehr, was sie machen, was sie mir antworten sollen. Mich hinaufgehen lassen, um mir zu beweisen, dass sie nichts zu verbergen haben? Oder mein Eindringen ablehnen, um sich nicht zu verraten?

Bloß, was könnten sie verraten? Was glauben sie zu verheimlichen? Dass ihre Tochter unglücklich war und die beiden sie in den Wahnsinn getrieben haben?

Ich bin versucht, ihnen zu sagen, dass sie sich entspannen können. Es nimmt ihnen ohnehin niemand ab, dass sie noch am Leben teilnehmen. Und die brüllende Stille um sie herum überdröhnt alles. Sie haben überhaupt nichts zu befürchten. Für so etwas kommt man nicht ins Gefängnis.

Endlich entscheiden sie sich: und zwar für nein. Sie rechtfertigen sich damit, dass ich zwar befugt bin, sie zu befragen, nicht aber, eine Hausdurchsuchung durchzuführen. In ihrer

Art zu denken ist der einzige Anlass, jemanden bei sich reinzulassen, eine polizeiliche Anordnung. Dass es etwas vollkommen Harmloses sein könnte, eine Tür aufzumachen und ein Zimmer zu zeigen, kommt ihnen nicht in den Sinn. Ebenso wenig der Umstand, dass ich ihrer Tochter irgendeine Hilfe sein könnte. Übrigens kümmert es sie kein bisschen, dass sie Hilfe bekommt. Sie tun ja ihre Pflicht, stets ihre Pflicht und nichts als ihre Pflicht. Das heißt, sie bezahlen einen Anwalt und gehen sie einmal im Monat besuchen. Sie haben sich nicht das Geringste vorzuwerfen.

Ich bedanke mich liebenswürdig. Ihre Ablehnung hat mir mindestens genauso viel verraten, wie es die Besichtigung des Zimmers getan hätte. Das spüren sie, und sie fühlen sich nicht wohl dabei. Mir bleibt immerhin die Genugtuung, die beiden ein bisschen aus der Ruhe gebracht zu haben. Ich habe mit meiner unschuldigen Frage einen dicken Stein ein wenig angehoben, und sie konnten nicht verhindern, dass ich die wimmelnden Maden darunter sehe.

8

DER Tag geht zu Ende und wird noch von dicken schwarzen Wolken abgekürzt, die eine anämische Sonne auf einen Schlag verschlucken. Der Boulevard Richard-Lenoir ist in trübes, unheimliches Licht getaucht, die Atmosphäre unheilschwanger. Die Fußgänger beschleunigen ihre Schritte, und ein Lebensmittelhändler holt eilig seine Gemüsekisten in den Laden, als plötzlich wolkenbruchartiger Regen auf meine Windschutzscheibe niedergeht. Das passt mal wieder sehr gut, ich bin nämlich ohne Regenjacke und Schirm unterwegs. Es bleibt mir nichts anderes übrig, als mir die Aktentasche über den Kopf zu halten und auf den hundert Metern, die zwischen meinem Auto und dem Haus meiner Eltern liegen, einen Sprint einzulegen.

«Doktor Cabral!»

Er hat unter dem Vordach des Ladens für Orthopädiebedarf auf mich gewartet, der neben dem Wohnhaus meiner Eltern liegt. Um sein schlechtrasiertes Kinn herum hat er den Kragen seines schwarzen Regenmantels hochgeschlagen. Er verlässt seinen Unterstand und baut sich vor mir auf, völlig gleichgültig gegenüber den Rinnsalen, die an seinen Wangen hinablaufen. Ich starre ihn mit offenem Mund an.

«Lieutenant Salem? Woher wissen Sie, dass ich …? Dass meine …?»

Ach, was soll's? Ich habe keine Ahnung, was dieser Mann von mir will, aber langsam wird mir klar, dass er mich so lange nicht in Frieden lassen wird, bis er es bekommen hat. Ich habe Lust, ihn zum Teufel zu schicken, aber das Regenwasser dringt ebenso schnell in meine Schuhe ein wie die Bedenken in meinen Kopf. Und wenn er mir wirklich nützen könnte?

«Kommen Sie!», sage ich und mache kehrt.

Eine Minute später sitzen wir tropfend in meinem Clio, während der Regen aufs Dach trommelt, als sollte das Auto geschreddert werden. Ich trockne mir mit einem Kleenex die Hände und das Gesicht ab und halte ihm die Box hin. Er würdigt sie nicht mal eines Blickes. Er ist zu sehr damit beschäftigt, die Inneneinrichtung meines Wagens zu begutachten.

«Warum haben Sie einen Renault genommen?»

Ich unterdrücke gerade noch eine bissige Bemerkung darüber, dass er ja nicht zum ersten Mal in meinem Auto sitzt und dass jetzt nicht gerade der geeignete Augenblick dafür ist, mich mit den neuesten Testergebnissen vom Verbraucherschutz vollzulabern.

«Haben Sie was gegen Renaults?»

Er betrachtet in aller Seelenruhe die Ausstattung, spielt

am Zigarettenanzünder herum, macht das Handschuhfach auf. Das kann nur zwei Gründe haben: Entweder hat er vor, mich zum Äußersten zu treiben, oder es ist ihm unangenehm, so dicht neben mir zu sitzen, zumal uns der Regen von der Außenwelt abschottet. Seit dem letzten Mal hat sich etwas Ungreifbares, eine winzige Kleinigkeit verändert.

«Schlecht sind sie nicht», räumt er ein. «Aber mal ehrlich, ein Renault, da können Sie genauso gut einen Fiat oder einen Passat nehmen, früher oder später bleiben Sie damit liegen ...»

«Lieutenant Salem ...»

«Inspektor. Die Franzosen haben ihre Polizei reorganisiert, nicht wir. Bei uns geht das so noch sehr gut, vielen Dank.»

Unmöglich festzustellen, ob er gerade einen Witz macht. Unmöglich festzustellen, was er fühlt. Fast flüsternd frage ich:

«Was wollen Sie eigentlich von mir?»

Er wirft mir einen Seitenblick zu und holt eine Zigarette aus seinem Päckchen. Bevor er sie anzünden kann, unterbreche ich ihn.

«Das Fenster, bitte!»

«Stimmt ja. Sie mögen es nicht, wenn im Auto geraucht wird.»

Warum bringt dieser Mann immer nur meine schlechtesten Eigenschaften zum Vorschein? Ich seufze.

«Entschuldigen Sie. Sie können das Fenster wieder zumachen. Sie werden ja ganz nass.»

Er betrachtet mich mit seinem ewigen Halblächeln.

«Sie kommandieren ganz gern ein bisschen herum, oder?»

Unglaublich. Dieser Typ geht mir wirklich unglaublich auf die Nerven. Ich beschäftige mich beruflich immerhin schon ein paar Jahre mit Beziehungen und Psychologie, aber ich bin noch nie jemandem begegnet, der ein solches Talent dafür hat.

«Tut mir leid, wenn ich so auf Sie gewirkt habe. Ich bin normalerweise nicht so.»

Nächster Seitenblick.

«Ich habe von der Untersuchungsrichterin gehört, dass Sie bei den Leguerches waren», sagt er. «Haben sie Ihnen etwas von dem Sohn erzählt? Den Sohn, den sie mit Zitoun hatte?»

«Sie hatte nie einen Sohn.»

Und um ihm zu beweisen, dass ich keine wertvollen Informationen zurückhalte, füge ich hinzu: «Wissen Sie, das lässt sich sehr leicht überprüfen. Dafür müssen Sie nur einen Blick in das Geburtenregister werfen.»

Ein Auge gegen den Rauch der Zigarette, die in seinem Mundwinkel hängt, halb geschlossen, zieht er seine Brieftasche heraus und gibt mir ein Foto.

«Und das hier?»

Die Aufnahme war ohne das Wissen der Abgebildeten gemacht worden.

Drei Männer, die um einen Tisch sitzen, sehen eine vor ihnen stehende Frau an, die mindestens im achten Monat schwanger ist. Der vierte Mann dagegen, den sie anscheinend gerade anspricht, isst in aller Seelenruhe weiter, als ob sie gar nicht da wäre. Verblüfft erkenne ich sofort die dichten schwarzen Haare und die Gestalt der Frau, die aufgrund ihrer Schwangerschaft noch schwerfälliger wirkt.

Es ist Giselle Leguerche.

Ich wende mich vollkommen ratlos an Hakim Salem.

«Woher haben Sie dieses Bild?»

«Erkennen Sie das Restaurant nicht wieder?»

«Das ist das Café, in das Sie mich kürzlich mitgenommen

haben. Das mit dem Barkeeper vom Balkan … Ist der Hobbyfotograf, oder was?»

Keine Antwort. Man könnte meinen, er habe mich nicht gehört. Stattdessen erklärt er mir: «Eines schönen Tages ist diese Frau dort aufgetaucht und hat nach Amar Zitoun gefragt. Uns hat nicht nur stutzig gemacht, dass sie Französin, sondern auch, dass sie schwanger war. Unser Spitzel hat sie sofort fotografiert. So konnten wir ungefähr abschätzen, wann Zitoun angeworben worden ist …»

Ich deute auf den Mann, den sie anspricht und der einfach weiterisst. Sein schwarzer Bart betont noch sein fanatisches Aussehen.

«Ist das Zitoun?»

«Nein. Da war er schon in einem Ausbildungslager in Afghanistan, aber das konnte sie ja nicht wissen. Giselle Leguerche hat mit diesen Männern Kontakt aufgenommen, weil sie dachte, es seien Freunde Zitouns. Sie musste ihn finden, sie brauchte Geld. Sie haben sie abgewimmelt, ohne ihr etwas zu geben. Für sie war sie ohnehin bloß so was wie eine männergeile Nutte.»

«Hat sich Zitoun wegen denen da von ihr getrennt?»

«Kann sein», sagt er nachdenklich. «Kann aber auch nicht sein. Afghanistan, das war vor zehn Jahren eine Riesensache. Ein Abenteuer, von dem viele heimlich geträumt haben.»

Vollkommen ratlos starre ich auf Giselles dicken Bauch.

«In diesem Stadium konnte sie nicht mehr abtreiben. Also muss sie in eine dieser Entbindungskliniken gegangen sein, in denen anonyme Geburten möglich sind. Und nach der Entbindung hat sie das Kind dann weggegeben.»

Ein kurzes Lächeln erhellt die erschöpften Züge meines Gegenübers. Die weißen Zähne blitzen in dem tiefbraunen

Gesicht auf. Es ist zu dunkel, als dass ich seinen Gesichtsausdruck deuten könnte.

«Jetzt verstehen Sie wohl, warum ich Sie brauche», sagt er schlicht. «Das ist eine Frauenangelegenheit. Kein Mensch wird mit mir über dieses Thema reden.»

Da hat er tatsächlich ziemlich schlechte Karten. Doch auch beim besten Willen brauche ich noch mehr Informationen.

«Ich verstehe nicht, was es Ihnen nützt zu wissen, ob sie ein Kind hatte oder nicht. Es könnte sich genauso gut herausstellen, dass die Typen von dem Foto Zitoun keinen Pieps von der Schwangerschaft seiner Exfreundin gesagt haben.»

«Sie haben es ihm gesagt.»

«Aha. Also weiß er, dass er Vater ist, hat aber sein Kind noch nie gesehen. Möglicherweise war er deswegen sauer auf Giselle … So sauer, dass sie sich bedroht fühlte und sich vor ihrer Entlassung aus dem Gefängnis fürchtete.»

«Das glaube ich nicht. Sie existiert für ihn gar nicht mehr. Das Einzige, was ihn interessieren könnte, ist das Kind.»

Der Regen läuft an der Frontscheibe herunter, als ob wir in einen Seidenstoff gehüllt werden sollten. Trotz des widerlichen Zigarettengestanks fühle ich mich sehr wohl. Heimlich betrachte ich das zerfurchte Gesicht, von dem nur die Umrisse erkennbar sind. Wahrscheinlich ist er viel jünger, als seine ganzen Falten vermuten lassen. So um die vierzig. Das fällt einem erst auf, wenn man seine Augen nicht sieht.

Zum ersten Mal ist mein Lächeln ihm gegenüber echt.

«Sie wollen also dieses Kind vor den anderen finden.»

«Sogar ziemlich dringend.»

«Und die Männer auf dem Foto? Haben Sie auch in deren Richtung ermittelt?»

«Sie sind tot.»

Ich muss schlucken.

«Alle vier?»

«Alle vier. In den letzten zehn Jahren hatte Amar Zitoun reichlich Zeit, an seiner Karriere zu arbeiten ... Er ist inzwischen ziemlich wichtig.»

Er wartet mit dem Aussteigen nicht, bis es aufhört zu regnen. Er wartet auch nicht, bis ich ihm alle Fragen gestellt habe, die mir durch den Kopf gehen. Er macht einfach die Tür auf und verschwindet ganz unvermittelt, ohne ein nächstes Treffen zu verabreden, ohne mir eine Telefonnummer oder sonst was zu geben. Ich steige ebenfalls aus, irgendwie verwirrt und enttäuscht, aber von was?

Dieses Mal halte ich mir auf dem Weg zum Haus meiner Eltern nicht meine kleine lederne Aktentasche über den Kopf. Der Regen ist mir vollkommen gleichgültig. Die Gelassenheit dieses Mannes ist wirklich ansteckend.

Bei den Cabrals ist gerade Abendessenszeit. Meine Mutter hat Pater Joaquim von der portugiesischen Gemeinde Notre-Dame-de-la-Bonne-Mort eingeladen, für die sie sich über alle Maßen verausgabt. Das geht so weit, dass sich mein Vater inzwischen die Messe lieber im Fernsehen ansieht.

Mit Ausnahme von Pater Joaquim, der in die Runde lächelnd an seinem Porto schlürft, wirken alle anderen gereizt. Das ist nicht weiter erstaunlich. Bei solchen Gelegenheiten produziert meine Mutter einen beachtlichen Stress, indem sie von allen einen Grad an Perfektion verlangt, der unmöglich zu erreichen ist. Während wir in angespanntem Schweigen unseren Aperitif trinken, wette ich schon mal, dass dieser Abend keine Ausnahme von der Regel werden wird.

«Willkommen in Tschernobyl», flüstert mir mein Bruder Gilles ins Ohr.

«Was ist denn los?»

«Rosemarie hat einen Neuen, und José hat sich piercen lassen. Ich glaube, das ist alles.»

Mit einem kurzen Blick auf José, den Sohn meiner ältesten Schwester, stelle ich fest, dass sein rechter Nasenflügel tatsächlich von einem Silberring geziert wird. Niemand kann behaupten, dass ihm das besonders gut steht, und ebenso wenig, dass er damit irgendwie intelligent wirkt, aber er betrachtet das Ganze als einen Akt der Rebellion. Wie ich Karine kenne, bringt sie dieses Piercing an den Rand eines Nervenzusammenbruchs. Zur Bestätigung genügt ein Blick auf ihren Ehemann. Der Ärmste ist ziemlich am Ende. Glücklicherweise sorgt meine Mutter für Ablenkung, indem sie mit der Suppe hereinkommt.

An dem Ebenholztisch im Stil eines Luxusleichenwagens – im Lissabon der fünfziger Jahre sehr in Mode – ist nur ein Platz leer. Der von Alexis. Ich bin gerade dabei, mich zwischen Gilles und meinem Neffen niederzulassen, als meine Mutter mir ein Zeichen gibt, ihr in die Küche zu folgen. Rosemarie verdreht die Augen, setzt sich aber brav Pater Joaquim gegenüber, der, so das unumstößliche Familiengesetz, aus unseren häuslichen Problemen herausgehalten werden muss. Angesichts der ganzen Zeit, die meine Mutter in seiner Gemeinde zubringt, hege ich jedoch den Verdacht, dass er über uns alle bestens auf dem Laufenden ist. Wenn er bei uns ist, verlangt der Brauch dennoch, dass wir in der Küche antreten, falls es ein Hühnchen zu rupfen gibt. Karine, die gehofft hatte, dass meine Eltern ihrem Sohn Druck machen würden, damit er den Nasenring abnimmt, kocht vor Wut. Und ich habe gar keine andere Wahl, als meiner Mutter in die Küche zu folgen.

Kaum habe ich die Türschwelle des Esszimmers überschritten, legt sie los.

«Ich muss sagen, ich bin wirklich enttäuscht von dir, Véra. Ich habe gedacht, du bist die Einzige unter deinen Geschwistern, die ein bisschen gesunden Menschenverstand hat …»

«Entschuldige, wo liegt denn eigentlich das Problem?»

«Es gibt nicht das geringste Problem», zischt sie bitter, «bloß dass Rosemarie was mit einem Penner hat.»

«Mit dem Fernfahrer? Pardon, mit dem Kellner?»

«Noch dazu ist er dreißig Jahre älter als sie! Welche Zukunft stellt sie sich mit so einem Typen eigentlich vor, hm? Kannst du mir das vielleicht sagen?»

Hakim Salems Gelassenheit ist noch nicht vollständig von mir gewichen. Ich antworte mit einem nachsichtigen Lächeln:

«Ich glaube, das siehst du viel zu dramatisch. Das ist bestimmt bloß eine kleine Affäre.»

«Bloß eine kleine Affäre! Als Mutter! Du hast wohl den Verstand verloren! Ich weiß, dass sie sich in deiner Wohnung treffen, Véra. Ich habe deine Schlüssel in ihrem Zimmer gefunden!»

«Das wird dich lehren, nicht überall deine Nase reinzustecken», wirft Rosemarie ein, die mit der leeren Suppenterrine in die Küche kommt.

«Wenn du ordentlich aufräumen würdest, müsste ich gar nicht in dein Zimmer gehen!»

Ich sehe, wie sehr meine Mutter geschockt ist, erschüttert, krank vor Sorge. Und auf Rosemarie bin ich sauer, weil sie sich nicht dezenter verhalten hat. Ich verspreche, meine Schlüssel wieder an mich zu nehmen, was zwar nicht das Geringste an der Sache ändert, aber meine Mutter ein bisschen beruhigt. Überflüssig zu sagen, dass ich dieses Versprechen mit gesenkter Stimme abgegeben habe, damit Rosemarie nichts davon mitbekommt. Ich habe schließlich nicht vor, mir den Abend voll und ganz zu verpfuschen.

Alexis' Ankunft sorgt endlich für einen Themenwechsel. Er umarmt mich, obwohl er sich der Befangenheit bewusst ist, die immer noch zwischen uns herrscht. Der Form halber erkundige ich mich: «Und, wie war's in London?»

«Genauso regnerisch wie in Paris», antwortet er und streift seinen dunklen Burberry-Mantel und seine maßgefertigten Schuhe ab.

So, wie er mich mit funkelnden Augen anlächelt, sollte ich einen Scherz machen, egal was für einen, einfach zur Erinnerung an unsere enge Verbundenheit von früher. Aber ich kann nicht. Ich erwidere sein Lächeln eine Sekunde zu spät, und er versteht, dass ich ihm immer noch böse bin, weil er mich für seine zweifelhaften Geschäfte missbraucht hat. Er dreht sich um und ruft in Richtung Esszimmer: «Guten Abend, allerseits!»

Ich bleibe in der Küche und betrachte den Regen, der gegen die Fensterscheiben trommelt.

Ich denke daran, wie es einmal zwischen uns war, wie ich einmal war. Ich hatte mir nicht klargemacht, dass sich alles verändert hat. Ist es jetzt wirklich besser? Haben die Markovitchs auf mich abgefärbt? Und wenn Rosemarie recht hätte? Wenn wir nicht mehr die gleiche Vorstellung vom Leben hätten?

Rosemaries Stimme ruft mich in die Gegenwart zurück.

«Willst du deine Schlüssel wiederhaben?»

Ich beuge mich zum Herd hinunter, um das Gratin herauszuholen. Ich spüre, wie sich ihr Blick in meinen Rücken bohrt, ich höre das heftige Geklimper ihrer Armreifen. Vorsichtig drehe ich mich um, wobei ich mich auf die dampfende Backform konzentriere.

«Nein, warum?»

«Weil dir Mama irgendeinen Quatsch erzählt hat und du schließlich Mamas Liebling bist.»

«Ich soll Mamas Liebling sein? Du arme Irre!»

«Bist du etwa nicht ihr Ein und Alles?»

Wir verlassen die Küche. Im Esszimmer hört Pater Joaquim zu, wie Alexis von seinem Londoner Dasein erzählt. Karine starrt auf die Nase ihres Sohnes, als wäre sie drauf und dran, sie ihm abzureißen. Meine Mutter hebt fragend eine Augenbraue in meine Richtung, um festzustellen, ob ich mit Rosemarie die Sache mit dem Schlüssel geregelt habe. Ich antworte mit einem kaum wahrnehmbaren Nicken. Ihre Miene entspannt sich, sie lächelt in die Runde. Unsere Aussichten auf einen schönen Abend steigen sprunghaft an. In aller Bescheidenheit werfe ich den anderen einen Blick zu: Bedankt euch bloß nicht bei mir, war doch selbstverständlich.

9

ES ist nach Mitternacht, als ich mich von meinen Eltern verabschiede, um den Rest der Nacht mit Hugo zu verbringen, dessen Wohnung mit den großen Panoramafenstern sich im obersten Stockwerk eines Hochhauses in Beaugrenelle befindet. Er öffnet mir mit nacktem Oberkörper, bloßen Füßen und einem Glas Cognac in der Hand. Wir sinken uns in die Arme, noch bevor die Wohnungstür wieder zugefallen ist.

Engumschlungen wanken wir ins Wohnzimmer, das die Seine und ganz Paris überblickt. Mit der winzigen Küche, dem fensterlosen Bad und dem quadratischen Schlafzimmer, dessen Alu-Fensterrahmen einen unweigerlich an ein modernes Flughafenhotel denken lassen, hat dieses Penthouse nur eine einzige Existenzberechtigung: den Ausblick aus dem riesigen Wohnzimmer. Hugo hat Sofas gekauft, in denen man so tief sitzt wie in einem Boot und in denen wir uns ruhig und ohne irgendwo anzustoßen ganze Nächte lang dahintreiben lassen. Sein Fernseher mit dem gigantischen Bildschirm ist auch nicht schlecht.

Mit einer raschen Handbewegung stellt er den Ton ab und lässt mich zwischen Cognac und Kräutertee wählen. Ich entscheide mich für den Cognac. Jetzt will ich auch mal verrückt sein!

«Wie war deine Woche?», erkundigt er sich mit gehobener Stimme, damit ich ihn aus der Küche höre. «Ich habe im Interventionszentrum mindestens ein halbes Dutzend Nachrichten für dich hinterlassen.»

Ich lache vor mich hin. Nachrichten zu hinterlassen ist seine Methode, sich Freiraum zu verschaffen, wenn er welchen braucht. Anstatt mich zu Hause oder auf meinem Handy anzurufen, meldet er sich im Zentrum, wo ich zwischen meinen Einsätzen immer nur zu kurzen Stippvisiten auftauche. Die Anzahl seiner Nachrichten hängt von der Stärke seiner Schuldgefühle ab. Je schlechter er sich fühlt, weil er mir aus dem Weg geht, desto mehr Nachrichten hinterlässt er für mich.

Ich beruhige ihn, indem ich erkläre, dass ich seit meinem Einsatz in Fleury keine einzige freie Minute hatte und dass Giselle Leguerches Gutachten auch noch die letzte freie Zeit zwischen meinen Einsätzen auffrisst. Hakim Salem erwähne ich nicht. Zu kompliziert.

Ich lenke das Gespräch auf die Tatsache, dass man ihn in letzter Zeit ziemlich häufig in Gesellschaft meiner Freundin Sarah, einer Spezialistin für Hirntumore, antrifft. Hugo und Sarah hatten früher einmal etwas miteinander, und sie hat mir vor einiger Zeit gestanden, dass sie sehr verliebt in ihn war. Natürlich war das alles längst vorbei, bevor ich auf den Plan trat.

Mit Unschuldsmiene erkundige ich mich: «Hattet ihr eigentlich in letzter Zeit viele Tumore zu operieren?»

«Nein, nicht mehr als sonst», erwidert er verwundert. «Warum?»

«Ach, nur so. Ich habe mich gefragt, ob du vielleicht Sarah gesehen hast … Ist schon länger her, seit ich mich bei ihr gemeldet habe. Also wollte ich wissen, wie es ihr geht …»

Entspannt lächelnd kommt er mit dem Cognac aus der Küche zurück. Er zieht am Ärmelaufschlag meines Pullovers.

«Willst du den nicht ausziehen?»

Was interessiert mich das Gerede der Leute? Die Nacht ist viel zu kurz.

Wir räkeln uns gerade halbnackt auf dem Sofa, als das Telefon unser Vorspiel unterbricht. Schließlich nimmt Hugo doch ab.

«Allô? Fabrice? Bist du das?»

Ich schlage die Augen auf. Hugo redet mit seiner Ärztestimme, ruhig, sehr ruhig.

«Fabrice, bitte sprich deutlicher. Ich verstehe dich kaum. Wo bist du? … Solange? … Was? Das ist nicht wahr.»

Jetzt richte ich mich ganz auf. Den Hörer am Ohr, geht Hugo auf und ab. Zu laut, zu schrill tönt Fabrices Stimme aus dem Telefon bis zu mir, ohne dass ich jedoch verstehe, was er sagt. Hugo unterbricht ihn mit ausdrucksloser Stimme:

«Bleib, wo du bist. Wir kommen.»

Nachdem er aufgelegt hat, steht er einen Moment stumm und verwirrt mitten im Wohnzimmer. Und dann sieht er mich mit einem Ausdruck an, als würde er sich fragen, wo ich plötzlich herkomme und wer er eigentlich selber ist.

«Solange ist tot», sagt er leise. «Sie waren auf dem Rückweg von einer Einladung. Sie haben auf der Autobahn getankt, und sie … Sie wollte einen Kaffee trinken. Sie ist überfahren worden.»

Ich bin schon halb angezogen.

«Von wo aus hat er angerufen?»

«Vom Krankenhaus. Sie wurde nach Garches gebracht.»

«Fährst du hin? Soll ich mitkommen?»

«Ja, bitte. Ich glaube, Fabrice braucht uns jetzt beide.»

Ich beiße die Zähne zusammen, damit sie nicht klappern. Damit ich nicht hier vor Hugo in die Luft gehe. Damit ich nicht schreie. Das würde ohnehin nichts nützen. Nichts nützt mehr etwas.

Mit leerem Kopf steige ich in sein Auto, so bleich, dass er sich erkundigt, ob ich womöglich gleich umkippe. Doch er weiß, dass ich brutale Todesfälle gewohnt bin. Also fragt er, ob ich nicht genug gegessen habe. Oder zu viel. Ich sage ja. Eine Sekunde später gebe ich mein gesamtes Abendessen von mir.

Solange liegt auf einer Bahre in der Reanimationsabteilung der Klinik von Garches. Am Kopfende sitzt Fabrice; wie es scheint, in stummer Fassungslosigkeit. Als er uns hereinkommen sieht, steht er nicht auf, sondern begnügt sich damit, uns seinen leeren Blick zuzuwenden.

Hugo legt ihm seine Hand auf die Schulter. Ich stehe am Bett und betrachte Solange. Von ihrem eher durchschnittlichen Gesicht ist praktisch nichts übrig geblieben. Die Lippen aufgeplatzt und zermatscht, die Wangen aufgerissen bis zum blutigen Fleisch, an dem überall schwarzer Rollsplit klebt, die Lider blutunterlaufen und geschwollen. Im schroffen Gegensatz dazu ihre Totenblässe an den wenigen unverletzten Stellen. Das ist nicht mehr Solange, das ist kaum noch ein menschliches Wesen.

Gegen die Tränen ankämpfend, nehme ich ihre kalte Hand und drücke sie sanft, als wollte ich im Jenseits mit ihr Kontakt aufnehmen.

Was hab ich nur getan? Wie konnte ich sie gehen lassen? Warum habe ich sie nicht zurückgehalten?

Meine Schultern kippen nach vorn, werden von Schluchzern geschüttelt; Tränen rinnen über meine Wangen. Ich gebe die Selbstkontrolle auf.

«Véra?», höre ich die beunruhigte Stimme Hugos hinter meinem Rücken.

Er muss mich für irre halten, ich kannte Solange schließlich kaum.

Ich streiche ihr über das blonde, blutverklebte Haar. Ich hebe eine Strähne an, um nach der kahlen Stelle zu sehen, die sie hatte, als sie bei mir war. Da ist sie. In so kurzer Zeit konnten die Haare nicht nachwachsen.

Ich würde am liebsten Hugo die Stelle zeigen. «Siehst du, dass ihr Haare ausgerissen worden sind? Das war dein Bruder. Die Hälfte der blauen Flecken in ihrem Gesicht stammen von deinem Bruder ...»

Doch ich sage nichts. Ich unterdrücke mein Schluchzen, so gut es geht. Hugo legt mir den Arm um die Schulter. Mein Kummer rührt ihn, auch wenn er sich ein bisschen darüber wundert. Er selbst empfindet nur den Schauder des Mediziners vor einem verschwendeten Leben, in den sich tiefes

Mitleid für seinen Bruder und dessen Kinder mischt. Hugo mochte Solange gern, aber er mochte sie eben nur, und das bedeutet, er mochte sie nicht sehr. Er hat sie nie als eigenständige Persönlichkeit wahrgenommen. Sie war ‹die Frau seines Bruders›. So ungefähr die gleiche Kategorie wie ‹das Auto seines Bruders›.

Er versucht mich hinauszuziehen, aber ich will Solanges Hand nicht loslassen. Es käme mir vor wie eine Flucht angesichts meines Verbrechens. Obgleich es vollkommen widersinnig ist, denke ich, dass sie mich noch hören kann, dass sie weiß, dass ich hier bin. Ich muss ihr noch etwas sagen. Muss sie um Verzeihung bitten.

Die Tür öffnet sich, und Monsieur und Madame Markovitch kommen herein. Sie sind wachsbleich und wirken um zehn Jahre gealtert. Madame Markovitchs Haare sind fest im Nacken zusammengenommen, und auf ihrem Gesicht glänzt ein Rest Coldcream. Trotzdem trägt sie über ihren Schultern eine Stola, deren blaugrauer Ton ihre Augenfarbe besonders gut zur Geltung bringt. Sie stürzt sich auf ihren Ältesten und zieht ihn in ihre Arme.

«Mein armer Liebling! Mein armer, armer Liebling!»

Ich befürchte, mich gleich wieder übergeben zu müssen.

«Hast du Emilie benachrichtigt?», erkundigt sich Fabrice, während er sich aus der mütterlichen Umklammerung befreit.

Emilie ist ihr Babysitter.

«Mach dir keine Gedanken. Sie wird bei euch übernachten. Sie kümmert sich auch darum, dass die Kinder morgen früh in die Schule kommen.»

«Halten Sie es wirklich für richtig, sie morgen in die Schule zu schicken?»

Verblüfft drehen sich alle gleichzeitig zu mir herum.

Ein sprechendes Auto, das sieht man schließlich nicht alle Tage.

Ich betone es noch einmal: «Es ist wirklich keine gute Idee, die Trauerarbeit zu unterdrücken. Das kann außerordentlich pathogene Wirkungen haben.»

Ich benutze dieses Fachvokabular, damit sie mich aus der Schublade «Gebrauchsgegenstand» herausholen und in die Medizinerschublade stecken. Es funktioniert. Sie sehen mich neugierig an und wundern sich beinahe darüber, dass ich noch eine andere Beschäftigung haben könnte als die, das Betthäschen für ihren Jüngsten abzugeben.

«Es ist aber auch nicht nötig, dass sie es sofort erfahren», widerspricht Monsieur Markovitch. «Fabrice muss Zeit haben, sich vom ersten Schock zu erholen. Er kann später mit den Kindern reden.»

Nichts als Fürsorge für deinen Fabrice. Und wenn ich dir erzählen würde, wie er seine Frau behandelt hat?

Es kostet mich große Anstrengung, aber ich schaffe es, beim Thema Kinder zu bleiben.

«Ob Sie es ihnen sagen oder nicht, ist vollkommen gleichgültig. Sobald sie sehen, dass ihre Mutter nicht nach Hause kommt, werden sie es wissen», sage ich energisch. «Kinder spüren so etwas. Sie bekommen auch mit, wenn man sie anlügt. Dann entwickeln sie keinem Menschen gegenüber mehr echtes Vertrauen.»

«Véra hat recht», erklärt Hugo. «Das ist ihr Arbeitsgebiet, sie ist so etwas gewohnt.»

«So etwas ist sie gewohnt?», sagt Madame Markovitch leise und deutet mit dem Kinn auf Solanges Leiche wie auch auf unsere kleine ratlose Gruppe. «Was für ein schrecklicher Beruf.»

Weder Monsieur noch Madame nähern sich Solange.

Zweifellos fürchten sie sich davor, das zu sehen, was sie schon wissen. Haben die beiden jemals darüber gesprochen? Darauf würde ich nicht wetten. Jeder musste so tun, als wüsste er von nichts. Heute hätte ich aber gerne, dass sie Solange ansehen. Das ist das mindeste, was sie ihr schulden.

Eine Krankenschwester unterbricht unsere kleine Intimparty.

«Monsieur Markovitch», richtet sie das Wort an Fabrice. «Zwei Herren von der Polizei warten auf Sie, damit Sie Ihre Erklärung zu dem Unfall abgeben können.»

Wir setzen uns im Foyer der Klinik auf die Kunstledersessel, während wir warten, bis Fabrice, der sich mit den Polizisten in einen kleinen, verglasten Raum zurückgezogen hat, seine Aussage gemacht hat. Mit dem Handy am Ohr steht ein junger Krawattenträger am Kaffeeautomat, den Blick auf das Gerät geheftet, an dem er sich festhält. Sein nervöser Tonfall und sein verstörter Ausdruck verraten ihn. Er legt genau in dem Moment auf, in dem ich einen Euro in den Automaten werfe. Ohne mich umzudrehen, frage ich: «Sind Sie derjenige, der meine Schwägerin angefahren hat?»

Er zuckt zusammen, als wäre er gerade in irgendeine Falle gegangen.

«Ich kann nichts dafür», verteidigt er sich. «Sie ist mir direkt ins Auto gelaufen!»

Dem Ärmsten geht es schlecht. Sehr, sehr schlecht. In seiner Verfassung würde er jedem, der es hören will, sein ganzes Leben erzählen.

«Ich hab's schon der Polizei erzählt. Ich hatte gerade vollgetankt, einen Kaffee getrunken, übrigens ist der Alkoholtest negativ, Sie werden's ja sehen … Ich bin von der Tankstelle gefahren mit … ich weiß auch nicht genau, höchstens fünfzig. Und genau in dem Augenblick, in dem ich mich auf die Zufahrtsspur zur Autobahn eingeordnet habe, ist sie plötzlich vor mir aufgetaucht. Ich bin auf die Bremse gestiegen, ich habe versucht, ihr auszuweichen, aber ich habe sie trotzdem angefahren und zwei oder drei Meter mitgeschleift …»

«War sie sofort tot?»

Er schüttelt den Kopf, die Augen auf den Boden gerichtet. Als er seinen Blick wieder zu mir hebt, stehen seine Augen voller Tränen.

«Ich habe gehofft, dass sie es schafft, aber das war natürlich ausgeschlossen. Haben Sie sie gesehen? Mein Gott, als ich gesehen habe, in welchem Zustand sie war! Ich bitte Sie um Verzeihung. Ich weiß, sie war Ihre Schwägerin … Man macht sich das nicht klar. Ich weiß nicht, wie schnell ich gefahren bin. Ich hatte nicht den Eindruck, dass es zu schnell war.»

Seine Stimme bricht, ihm fehlen die Worte.

«Sie sollten einen Freund anrufen», sage ich mit sanfter Stimme. «Bleiben Sie nicht allein. Sie machen gerade etwas sehr Schwieriges durch.»

«Ich traue mich nicht», murmelt er. «Ich schäme mich zu sehr. Ich habe einen Anwalt angerufen, obwohl ich gesagt habe, ich würde mit einem Freund sprechen …»

«Werden Sie eine Autopsie verlangen?»

«Weshalb sollte ich? Ich habe sie doch angefahren. Es ist meine Schuld.»

Ich zögere. Jetzt muss ich genau aufpassen, was ich sage. Was ich denke. Solange zu verteidigen bedeutet, Hugo an seiner empfindlichsten Stelle anzugreifen. Und für wen das alles? Wozu? Ich kann nichts mehr für sie tun. Dazu ist es zu spät. Meine posthume Loyalität nützt niemandem etwas.

Dennoch höre ich mich beharren: «Sie wissen nicht, was

vorgefallen ist, bevor sie sich vor Ihren Wagen geworfen hat. Sie sollten eine Autopsie verlangen.»

«Warum sagen Sie das? Glauben Sie, es war Selbstmord?»

Ich schüttle den Kopf, zu ergriffen, um weiterzusprechen. So, wie ich es sehe, soll er für ein Verbrechen bezahlen, das er nicht begangen hat. Am Ende muss jeder zahlen, bloß Fabrice nicht. Langsam bringe ich hervor: «Nein. Ich glaube, sie wollte Ihr Auto anhalten.»

«Aber warum?»

«Warten Sie die Autopsie ab, dann verstehen Sie schon.»

Mein Becher landet im Mülleimer. Ohne ein weiteres Wort gehe ich wieder zu den anderen.

10

«WAS machst du denn für ein Gesicht? Bei dir ist wohl die Kacke am Dampfen?»

Was für eine Kacke? Angesichts meiner verblüfften Miene macht Antoine einen Rückzieher.

«Vergiss es. Hatte nichts zu bedeuten.»

«Warte mal. Sprichst du von Hugo und mir?»

Er lacht. «Ich hab Blödsinn geredet, in Ordnung? Wie wär's mal mit ein bisschen Takt? Reit nicht noch drauf rum.»

Ich frage mich – aber ich bin viel zu fertig, um mich lange damit aufzuhalten –, ob er das einfach aus Quatsch gesagt hat oder ob es ernst gemeint war und etwas zu bedeuten hat. Etwas, das mir nicht aufgefallen ist. Wenn Antoine wüsste, was für eine Nacht Hugo und ich hinter uns haben, würden ihm seine Anspielungen selbst ganz schön fies vorkommen. Mit einem Schulterzucken gehe ich in mein Büro und überlasse ihn seiner lebhaften Phantasie.

Ich krame in meinen Papieren herum, bin unfähig, bei der Sache zu bleiben, und eigentlich ist mir sowieso alles egal. Mein Kalender erinnert mich daran, dass ich noch zwei Leute treffen will, bevor ich heute Abend um acht mit meiner Schicht anfange. Ich beschließe, es gleich hinter mich zu bringen.

Nadine Dorin ist die Schwester von Evelyne, der Kindheitsfreundin, die Giselle Leguerche vor zehn Jahren umgebracht hat. Als ich an ihrer Tür klingle, bin ich dermaßen aufgewühlt, dass ich nicht mal mehr weiß, was ich von diesem Gespräch überhaupt erwarte. Das Bild von Solange, auf ihrem Totenbett, geht mir nicht aus dem Sinn. Niemand weiß, dass sie bei mir war, niemand kennt meine Rolle in dieser Geschichte, aber das ändert nichts daran, dass ich Schuldgefühle habe. Ich hätte mit Antoine darüber sprechen sollen, aber nach seinem blöden Witz hatte ich keine Lust mehr darauf.

«Nach dem, was sie meiner Schwester angetan hat, war ich nicht besonders erstaunt zu hören, dass Giselle wieder jemanden ermordet hat», erklärt die Frau, die mir gegenübersitzt.

Der Teppich ist mit Kinderspielzeug übersät. Im Fernseher läuft eine amerikanische Serie mit lauter Schauspielern, die sich bewegen, als hätten sie Angst, dass ihnen die Perücke vom Kopf fällt. Die Frau trägt eine rosa Jogginghose, ein T-Shirt und weiße Pantoffeln. Sie hat ihre Haare, die im Nacken zu einem straffen Pferdeschwanz zusammengenommen sind, mit Strähnchen aufgehellt. Man sieht, dass sie oft und viel lächelt, ihr rundes Gesicht ist ungeschminkt, sie wirkt praktisch veranlagt und unauffällig.

«Kannten Sie Giselle Leguerche näher?»

«Sie war vor allem die Freundin meiner älteren Schwester», räumt sie ein, während sie mir eine Tasse Kaffee einschenkt, der wahrscheinlich ständig in ihrer Küche bereitsteht.

Nadine legt bei ihrer Hausarbeit gerne mal eine Pause ein, und bis es Zeit ist, die Kinder von der Schule abzuholen, wird ihr Tagesablauf wohl durch die Besuche ihrer Freundinnen bestimmt.

«Ich mochte sie nicht besonders. Sie war zu … Sie war irgendwie zu extrem. Sie hat sich wie eine Klette an meine Schwester gehängt. Meine Eltern mochten sie auch nicht. Sie haben sie notgedrungen akzeptiert, aber sie dachten, Evelyne hätte eine bessere Freundin verdient …»

«Was meinen Sie mit ‹zu extrem›?»

Sie wiegt den Kopf, während sie darüber nachdenkt, wie sie dieses unklare Gefühl genauer beschreiben soll.

«Weiß ich auch nicht so genau! Mir ist klar, dass sich so etwas hinterher leicht sagt. Aber sie hatte schon damals so eine düstere Ausstrahlung, etwas Bedauernswertes, ein bisschen wie ein geprügelter Hund … Ein geprügelter Hund, der demnächst zubeißen wird … Ich kann es nicht besser erklären. Man hatte Mitleid mit ihr, aber gleichzeitig wollte man auch nichts für sie tun. Man wollte sie einfach bloß nicht um sich haben.»

Auf der Ikea-Kommode steht das Foto einer jungen Frau im Badeanzug. Ich errate, dass es Evelyne ist. Der Bilderrahmen ist mit rosafarbenen Muscheln beklebt, um die Atmosphäre von Meer und Strand auf dem Foto zu unterstreichen.

«Wie war die Beziehung zwischen Giselle und Ihrer Schwester?»

«Gut natürlich! Evelyne hat sie beschützt, ihr Ratschläge gegeben, ihr gesagt, welche Kleider ihr am besten stehen und wie sie sich verhalten soll. Giselle konnte eine richtige Schönheit sein, wenn sie wollte. In der Zeit, in der die beiden zusammenwohnten, war sie fast normal geworden. Sie lachte viel, sagte guten Abend und war auch mal bereit, einem einen Gefallen zu tun. Damals hatte sie auch ihr erstes Date. Und der Typ war nicht zu verachten!»

«Kannten Sie diesen Mann?»

«Ich habe ihn nur einmal gesehen. Da war ich abends nach meiner Chorprobe bei meiner Schwester vorbeigegangen. Ich habe sie unheimlich gerne besucht, bei ihr fühlte ich mich so erwachsen. Und an dem Abend war dieser Typ da. Ich erinnere mich daran, dass meine Schwester und Giselle gekichert haben wie Teenager.»

«Wie war der Typ denn so?»

«Richtig schnuckelig. Sehr schüchtern. Jünger als Giselle, glaube ich. Mindestens fünf Jahre jünger. Meine Schwester war überzeugt davon, dass es auch für ihn die erste sexuelle Erfahrung war. Sie meinte, wenn er erst einmal mehr Selbstbewusstsein hätte, würde er Giselle sofort sitzenlassen. Und wenn Sie mich fragen, ist anschließend genau das passiert …»

«Haben Sie Ihre Schwester einmal etwas dagegen sagen hören, dass er Muslim war … oder Araber?»

Sie reißt die Augen auf.

«Evelyne? Was für eine absurde Vorstellung!»

«Meinen Sie nicht, dass sie vielleicht auf Giselle sauer gewesen sein könnte, weil sie einen Ausländer mitbrachte? Es war ja immerhin auch ihre Wohnung.»

Wieder ertönt ihr helles Lachen.

«Evelynes eigener Freund war Kameruner! Ich glaube, dass sie geheiratet hätten, wenn Evelyne am Leben geblieben wäre. Im Gegenteil, die unterschiedlichen Kulturen und Hautfarben hat sie eher für eine Bereicherung gehalten, wissen Sie ...»

Ich lasse ein wenig Zeit verstreichen, während der ich still die grellfarbenen Bilder einer Fernsehwerbung betrachte. Nadine Dorin ist aufgestanden, um ans Telefon zu gehen und neuen Kaffee zu kochen. Als sie zurückkommt, beschließe ich, ihr die Millionenfrage zu stellen.

«Was hat – Ihrer Meinung nach – Giselle Leguerche dazu gebracht, Ihre Schwester umzubringen?»

Und schnell füge ich hinzu: «Ich rede nicht davon, was bei der Gerichtsverhandlung ausgesagt wurde. Ich meine das, was Ihnen Ihr Gefühl sagt. Es spielt auch keine Rolle, wenn Sie keine Beweise für Ihre Meinung haben. Ich führe ja keine polizeiliche Untersuchung durch, ich würde nur gern wissen, was Sie zehn Jahre nach dem Tod Ihrer Schwester bei dieser Frage empfinden ...»

Nadine sitzt weit zurückgelehnt auf dem Sofa und hat ihre Fernsehserie vergessen. Um ihre Augen zeigen sich kleine Fältchen und verraten den Schmerz, den sie in ihrem Innersten vergraben hat.

«Mein eigentliches Gefühl ist, dass Giselle Angst hatte.»

«Vor was? Vor Ihrer Schwester?»

«Davor, dass man ihr hilft, endlich aus der Scheiße herauszukommen. Sie sollten wissen, dass Evelyne keine Ausflüchte mochte. Sie war ein sehr zupackender Typ, nichts sollte auf die lange Bank geschoben werden, so jemand war sie … Und Giselle war das genaue Gegenteil. Sie wusste nie, wie sie sich entscheiden sollte, war linkisch, hat immer gern alles aufgeschoben … und immer die gleichen Sachen wiedergekäut. Nach ihrer Trennung hat sie sich total gehenlassen. Sie ist dick geworden, richtig fett … Ich weiß, dass Evelyne ihr helfen wollte. Sie wollte zum Beispiel Anzeige gegen ihre Eltern erstatten …»

«Gegen die Eltern Leguerche?»

Nadine nickt bestätigend.

«Sie fand sie schon immer furchtbar, aber als Giselle zu ihnen zurückgezogen ist, wurde sie fuchsteufelswild. Sie sagte, nichts zu tun käme unterlassener Hilfeleistung für einen Menschen in akuter Gefahr gleich.»

Unsicher, ob ich das Ganze richtig verstanden habe, wiederhole ich:

«Unterlassene Hilfeleistung für einen Menschen in akuter Gefahr? Wen meinte sie damit?»

«Giselle! Nach Evelynes Ansicht waren die Eltern Leguerche an allem schuld. Sie fand, dass sämtliche persönlichen Probleme Giselles eindeutig auf ihre Eltern zurückzuführen waren. Ich glaube, dass Giselle sie deshalb umgebracht hat. Sie war nicht in der Lage, sich von dem Einfluss ihrer Eltern zu befreien, und Evelyne wollte sie dazu zwingen …»

«Sie hätte einfach die Freundschaft mit Evelyne beenden können, sich eine andere Arbeit suchen …»

«Das hätte jeder normale Mensch getan, aber Giselle war nicht normal. Nicht mal für die einfachsten Probleme fand sie eine Lösung. Sie lag immer vollkommen daneben. Sie fühlte sich bei ihren Eltern wie eine Gefangene, aber die Freiheit machte ihr scheinbar auch Angst, ganz besonders seit ihrer

Trennung von Amar. Andererseits konnte sie Evelyne nichts abschlagen. Damit Evelyne aufhörte, sie unter Druck zu setzen, blieb ihr also nichts anderes übrig, als sie zum Schweigen zu bringen …»

Nadine hat das alles ganz nüchtern ausgesprochen, ohne Hass, ohne Rachegefühle, sondern so, als wären das alles erwiesene Tatsachen. Sie besitzt die innere Ruhe der Menschen, die ihr Unglück in Worte fassen können. Sie kennt die Ursachen ihres Kummers, sie weiß, warum ihre Schwester gestorben ist. Sie hat ihren Frieden mit dem Schicksal gemacht. Sie hat die Ungerechtigkeit hingenommen. Was Leute wie ich ihr sagen, interessiert sie nicht besonders.

Auf dem Bildschirm schluchzt eine Frau in den Armen eines Mannes, der sie hält, als ob sie schlechten Körpergeruch hätte. Ich schüttle Nadine die Hand und bedanke mich für ihre Offenheit. Sie sieht mich mit dem gewitzten Lächeln eines Kindes an, das einem gleich ein Bonbon abluchsen wird.

«Darf ich Sie um etwas bitten?»

Automatisch stimme ich zu.

«Legen Sie los.»

«Wenn Sie mit Ihrer Untersuchung fertig sind, hätte ich gern, dass Sie mir sagen, ob ich recht habe oder vollkommen danebenliege.»

«Versprochen.»

Im Aufzug kann ich mich wieder entspannen. Nadine Dorin gehört zu den Menschen, die einen aufmuntern, und das hat nichts mit dem Kaffee zu tun.

Draußen überrascht mich die Dämmerung wie ein schlechter Witz. Letzten Sonntag hat die Zeitumstellung die langen Herbstabende ausgeläutet, die rotgoldenen Abendstunden, die sich über zerrissenen Wolken dehnen. Aus meiner Unterhaltung mit Nadine ist mir besonders die Angst vor der Freiheit im Gedächtnis geblieben. So ungefähr wie die blinkende Botschaft einer riesigen Leuchtreklame.

Giselle Leguerche kann mit der Freiheit nicht umgehen. Ich könnte darauf wetten, dass ihr die Gefängnisaufseherin, die sie abgestochen hat, ebenfalls helfen wollte. Hat sie ihr einen Platz in einem Wohnheim versprochen? Hat sie ihr geraten, nicht zu ihren Eltern zurückzukehren?

Ich erinnere mich an jede Sekunde unserer Begegnung in dieser zum Bersten vollgestopften Gefängniszelle. Die Schnur um ihr Handgelenk, eine tödliche Nabelschnur, die sie mit diesem Baby verband, sie, die ihr eigenes nicht behalten konnte oder wollte. Ich stelle mir vor, welche Spannung sich Tag für Tag aufgebaut hat, wenn sie sah, wie ihre Zellengenossin ihr Baby umsorgte. Hat sie ihren Eltern von diesem Kind erzählt? Hat sie es wegen ihnen weggegeben? Oder weil sie ihre eigene Mutterrolle nicht annehmen konnte? Versuchte Giselle Leguerche durch den Mord an Evelyne, die sie befreien wollte, auf ewig in der Rolle der kleinen Tochter zu bleiben?

Mit Sicherheit wusste Evelyne von der Schwangerschaft. Der Mord fand nach der Geburt statt, sonst wäre Giselles Kind im Gefängnis zur Welt gekommen.

Die Leguerches behaupten, dass sich Giselle zu ihnen geflüchtet hätte, weil ihre Freundin rassistisch war, aber dieser Behauptung fehlt jede Grundlage. Auch Nadine Dorin liefert keine Erklärung. Diese Schwangerschaft, die Giselle getroffen hat wie die Atombombe Hiroshima, scheint mir ein sehr guter Grund dafür, dass Amar Zitoun, der keinerlei Absichten hatte, mit einer Nicht-Muslimin eine Familie zu gründen, mit ihr Schluss gemacht hat. Verwirrt und zweifellos völlig außerstande zu begreifen, was passiert war, kehrte Giselle in den Schoß der Familie zurück.

Das ändert nichts daran, dass die Frage nach der Existenz dieses Kindes unbeantwortet bleibt. Zwar wird der Name der Mutter bei den sogenannten anonymen Geburten tatsächlich streng unter Verschluss gehalten, aber es ist trotzdem merkwürdig, dass in der Untersuchungsakte kein einziger Hinweis darauf zu finden ist. Das bedeutet, dass Evelyne die Einzige war, die wusste, dass Giselle nicht einfach bloß zugenommen hatte. Und dieses Wissen hat sie das Leben gekostet.

Mit Ausnahme der Seiten, die vor mir im Schein der Lampe liegen, hat die Nacht mein Büro erobert. Ich blättere das Dossier durch, das man mir zugestellt hat, und bedaure, dass ein guter Teil der Akte nicht mitgeschickt wurde. Aber ich wurde ja auch nicht gebeten, den Fall neu aufzurollen. Ich soll einfach nur meine Meinung zum Geisteszustand der Beschuldigten abgeben. Ich sollte in der Lage sein, diese Aufgaben in einer knappen halben Stunde hinter mich zu bringen, so wie der Experte aus der ersten Untersuchung, ein Psychiater, dem man allzu große Neugierde jedenfalls nicht zum Vorwurf machen kann.

Seine Gleichgültigkeit gegenüber dem Fall Leguerche spricht deutlich aus jeder seiner abgegriffenen, ungenauen Formulierungen. Nicht der kleinste Versuch, die dunklen Bereiche zu erhellen, die in ihrem Gespräch zum Vorschein gekommen sind, kein Kommentar zum Schweigen der Beschuldigten. Er stellt lediglich fest, dass sie sich aus freien Stücken niemandem anvertraut. So viel Scharfblick ist wirklich überwältigend.

Ich kaue an meiner Enttäuschung herum, als ich auf der Rückseite eines Blattes eine Bemerkung finde, die der Psychiater entweder eilig notiert hat oder auch nur, um sein Gewissen zu beruhigen: «Polizei findet keinen Hinweis auf eine Geburt. Das Kind existiert nicht.»

11

DER Mann steht mitten im Flutlicht des Stadions und fordert die ganze Welt heraus. Vollkommen nackt, mit gespreizten Beinen, die Arme gegen den Himmel ausgestreckt, mustert er die leeren Zuschauerränge mit grenzenloser Verachtung.

«Wir warten, Monsieur Ballard.»

Er sieht mich an, ohne mich zu erkennen, und ergreift dann mit einer schnellen Bewegung seinen Penis, um mit dessen Vorzügen zu prahlen.

«Das ist jetzt nicht der richtige Moment zum Rumfummeln, Monsieur Ballard ...»

«Und wann ist dann der richtige Moment, Ihrer Meinung nach?»

Er steht mit einem Fuß in der Realität und mit dem andern irgendwo anders. Vor dem Durchgang zu den Umkleideräumen hängen zwei uniformierte Polizeibeamte herum, ein Krankenwagen wartet, und seine Frau schluchzt: «Mein Gott! Was für eine Schande, Doktor Cabral, was für eine Schande! Noch dazu vor allen Leuten!»

«Machen Sie sich keine Gedanken, Madame Ballard, so etwas kommt vor ... Hatte er früher schon solche Zustände?»

«Aber nein! Wo denken Sie hin? Ich hätte sofort die Scheidung eingereicht!»

«Versuchen Sie sich zu erinnern. Hat er nicht ab und zu seltsame Sachen mit seinem Körper gemacht?»

Aha. Jetzt ist sie verunsichert, wird abwechselnd blass und rot.

«Mmh ... doch. Aber das war doch nur für mich. Ich bin nicht auf den Gedanken gekommen, das könnte krankhaft sein, ich habe gedacht, dass er mich ... dass er mich sexy findet ...»

Während der letzten Worte bettet sie ihr Gesicht in die Hände. Die Arme. Jetzt ist alles zerstört, sogar ihre frivolen Erinnerungen.

Monsieur Ballard ist nicht gefährlich. Er befindet sich nur mitten in einer manischen Phase. Nachdem die Jugendrugbymannschaft, deren Trainer er ist, das Stadion verlassen hatte, fing er an, über die Rasenfläche zu laufen und dabei ein Kleidungsstück nach dem anderen auszuziehen, wodurch er bei den Mitgliedern der nachfolgenden Mannschaft eine gewisse Überraschung auslöste. Splitterfasernackt rannte er eine gute Stunde weiter und manövrierte seine Verfolger so lange aus, bis die Stadionaufsicht beschloss, bei uns im Zentrum anzurufen. Trotz all der Kilometer, die er inzwischen bei seinen Stadionrunden hinter sich gebracht hatte, trotz der Schweißbäche, die über sein Gesicht flossen, schien er keinerlei Erschöpfung zu spüren.

Das Schwierigste war, ihn zum Stehenbleiben zu bewegen, um mir zuzuhören. Schließlich hatte er sich einverstanden erklärt, mit mir zu kommen, aber inzwischen sieht es so aus, als hätte er seine Meinung wieder geändert.

«Monsieur Ballard, wenn Sie jetzt nicht gleich mit mir kommen, bleiben Sie hier ganz allein.»

Auf ein Zeichen von mir erlöschen die Stadionscheinwerfer.

«Sehen Sie. Das Stadion wird jetzt geschlossen. Gute Nacht, Monsieur Ballard.»

«Wohin gehen wir nochmal?»

«In die Klinik.»

«Kann ich so bleiben? Meinem Pimmel ist es sonst zu heiß.»

«Wie Sie möchten.»

«Haben Sie auch einen Pimmel?»

Er fabuliert über dieses Thema auf dem ganzen Weg nach Saint-Guy, wo er von mir zwangseingewiesen wird.

Kaum angekommen, begleite ich meinen Patienten mit der heimlichen Hoffnung in die Neurologie, dass Hugo noch da ist. Ich begegne ihm, als ich aus dem Aufzug komme. Er unterhält sich gerade äußerst angeregt mit Sarah. Beide tragen weiße Kittel, aber der von Sarah lässt wie üblich mehr als nötig von der schwarzen Spitze ihres BHs sehen, mit der sie die milchweiße Haut ihrer Brüste äußerst vorteilhaft zur Geltung bringt. Dagegen erlauben es einem die geöffneten unteren Knöpfe des Kittels, bei jedem ihrer Schritte festzustellen, dass sie sehr schöne Beine hat. Ihre Patienten im Leichenschauhaus werden sich darüber wohl kaum beschweren.

Da wir uns seit Wochen nicht gesehen haben, fallen wir uns um den Hals und erzählen uns schnell das Neueste. Sie besteht darauf, dass ich noch vor Silvester auf einen Kaffee in ihr Büro komme, und ich verspreche alles, was sie will, damit sie mich drei Minuten mit Hugo alleine lässt. Drei Minuten, mehr habe ich nicht.

Sobald sie weg ist, lächle ich Hugo an und kann mich kaum zurückhalten, ihn zu küssen.

«Was für ein Glück, dass du noch da bist! Genau das habe ich mir gewünscht.»

Er wirft mir einen finsteren Blick zu, während sich Monsieur Ballard am Arm eines Krankenpflegers mit steinerner Miene entfernt.

«Bringst du mir noch einen Patienten?»

«Das ist ein sehr netter Herr, aber in Anbetracht der Zahl von Obszönitäten, die er pro Minute von sich geben kann, dachte ich an eine Schädigung der vorderen Hirnlappen …»

Zweifelnd verzieht er die Lippen, als ob ihn nur die reine Höflichkeit davon abhielte, mich mitsamt meinem Patienten hinauszuwerfen. Ich bin hingerissen.

«Hast du schlechte Laune?»

Was bin ich bloß für eine Schnellmerkerin. An seiner Miene lese ich ab, dass er nicht bloß Lust hat, mich rauszuwerfen, sondern mich am liebsten vorher noch in handliche

Stücke zerhacken würde. Mutig erkundige ich mich: «Gibt's dafür einen besonderen Grund?»

«Hast du das mit der Autopsie von Solange aufgebracht?»

Aha. Ich habe mich schon gefragt, wie lange es noch dauern würde. In der Nacht, in der Solange umkam, waren wir vom Krankenhaus in Garches aus zu den Champs-Élysées gefahren und hatten bis zur Morgendämmerung in einem kleinen Café Glühwein getrunken, um uns wieder aufzubauen. Es war, als hätte jeder von uns beiden in dieser Nacht Angst gehabt, sich vom anderen zu trennen, Angst vor dem Leben, das auf der anderen Seite der Fensterscheibe erwachte. Wir fühlten uns einander so nah, so eng miteinander verbunden, dass ich das Gefühl hatte, er würde meinen Vorstoß stillschweigend billigen und ein Gespräch darüber sei nicht nötig.

So kann man sich irren.

«Der Wahnsinnsfahrer hat der Polizei gesagt, dass dieser intelligente Vorschlag von jemandem aus unserer Familie stammt. Das kannst ja nur du mit deinen saudummen Ideen gewesen sein. Glaubst du wirklich, dass ihm das hilft?»

«Wem? Fabrice oder dem Wahnsinnsfahrer?»

«Übertreib's lieber nicht, ja? Es gibt für alles den richtigen Moment im Leben, ich dachte, wenigstens das hättest du inzwischen verstanden.»

«Aber … das habe ich ganz ernst gemeint. Tut mir leid, wenn dir meine Formulierung nicht gefallen hat.»

«Welcher Teufel hat dich geritten, von einer Autopsie anzufangen?», schnauzt er mich an. «Hast du Fabrice überhaupt mal angeschaut? Hast du gesehen, in welchem Zustand seine Frau war?»

«Du meinst den Zustand, in den er sie gebracht hat.»

Dieses Mal tut mir die Geringschätzung, mit der er mich ansieht, weh.

«Ach ja?», sagt er kühl. «Das ist also dein großartiger Einfall? Dass er sie umgebracht hat?»

«Nein, natürlich hat er sie nicht umgebracht! Jedenfalls nicht direkt.»

Ich nehme meinen ganzen Mut zusammen und stürze mich ins Gefecht.

«Wusstest du, dass er sie geschlagen hat?»

Es überrascht mich, wie schwer es mir fällt, das auszusprechen. Er sieht mich eiskalt an, während ich bestürzt wahrnehme, welcher Abgrund sich zu unseren Füßen auftut. Innerhalb von zwei Sekunden habe ich mich von einer Geliebten in eine böswillige Fremde verwandelt.

«Ich verstehe nicht, warum du so auf Fabrice herumhacken musst», gibt er zurück. «Und auf meiner Familie und mir. Das habe ich von dir wirklich nicht erwartet.»

Im Treppenhaus der Neurologie schlägt es Mitternacht. Eine Minute vor zwölf habe ich eine unsichtbare rote Linie überschritten. Im Moment verdiene ich nichts weiter, als aus seinem Leben gejagt zu werden wie Eva aus dem Paradies. Am meisten verletzt mich, dass er nicht einmal ansatzweise in Betracht zieht, dass ich die Wahrheit sagen könnte.

Ich halte seinem feindseligen Blick stand, stelle nebenbei fest, dass seine Haut grau vor Müdigkeit ist und sein Gesicht gezeichnet vom Schlafmangel. Wahrscheinlich verbringt er seine Nächte händchenhaltend bei seinem Bruder.

«Hugo, ob es dir gefällt oder nicht, es ist die Wahrheit. Solange ist vor einer Woche bei mir gewesen. Sie hatte ein blaues Auge und kahle Stellen am Kopf, wo ihr Haare ausgerissen worden waren.»

«Sie war bei dir?», wiederholt er ungläubig.

«Ich weiß nicht, was sie wollte», füge ich mit erstickter Stimme hinzu. «Ich habe ihr nicht richtig zugehört.»

So. Jetzt hab ich's gesagt. Ich habe es zugegeben. Doch seltsamerweise regt ihn die Tatsache, dass ich mir für Solange keine Zeit genommen habe, überhaupt nicht auf. Stattdessen ruft er aus: «Sie hatte ein Veilchen, und daraus hast du geschlossen, dass es von Fabrice stammen musste! Natürlich! Nach dem, was du von der Ehe und von Ehepaaren hältst, konnte es ja nur ihr Mann gewesen sein!»

Unter uns, wer käme sonst noch in Frage? Doch auf diese Ungereimtheit gehe ich gar nicht weiter ein, stattdessen stelle ich nur klar: «Es war gar kein Rätselraten nötig. Sie hat mir gesagt, dass er es war. Sie hat von Scheidung gesprochen …»

«Sieh mal einer an», sagt er hämisch lachend. «Mit zwei Kindern, einem schönen Haus und einem Mann, der sie anbetete! Ich wusste ja, dass sie ein bisschen beschränkt ist, aber so dumm?»

Automatisch hebe ich die Stimme.

«Warum hörst du mir eigentlich nicht zu? Glaubst du, ich erfinde so etwas zum Spaß? Glaubst du, ich bin stolz auf mein Verhalten? Ich habe genau das Gleiche getan wie du: Ich habe das Opfer verurteilt! Das kann ich nur wiedergutmachen, indem ich die Wahrheit über das Martyrium bekannt mache, das sie bei deinem Bruder durchlebt hat. Dadurch wird sie zwar auch nicht wieder lebendig, aber wenigstens wissen ihre Kinder dann, dass ihr Andenken verteidigt wurde …»

«Wiedergutmachung! Ihr Andenken! Ich glaub, ich träume!»

Ich seufze.

«Ich auch, Hugo. Ich glaube, ich träume auch.»

An dieser Stelle gebe ich auf. Die Türen des Aufzugs schließen sich hinter mir, und ich habe zwei Stockwerke lang Zeit, eine ausdruckslose Miene aufzusetzen.

Im Interventionszentrum herrscht Weltuntergangsstimmung. Kikis Verfassung hat sich stark verschlechtert, und Sheila kann ihren Tierarzt nicht erreichen. Um das Unglück vollkommen zu machen, sind wir allein auf der Station, und ich ahne mit Entsetzen voraus, dass ich wohl die letzten Augenblicke des armen Tieres werde miterleben müssen. Hechelnd ringt es um Atem und liegt mit glasigem Blick in seinem Körbchen. Der Geruch, den es verströmt, ist noch widerlicher als gewöhnlich, was Sheila aber nicht daran hindert, Kiki zwanghaft alle zwei bis drei Minuten in die Arme zu nehmen.

Als sie den Kopf hebt, um mir die beiden Auftragsblätter zu geben, die mich erwarten, begegne ich ihrem obszön wirkenden Leidensblick.

Ich fühle mich verpflichtet zu fragen: «Kann ich etwas tun?»

Sie schüttelt bloß den Kopf, unfähig, einen Ton herauszubringen. Wozu auch? Sie weiß, zu welcher Fraktion ich gehöre.

Mit erzwungener Höflichkeit frage ich weiter:

«Ist es schlimm?»

Sie nickt, beklagenswert in ihrer Einsamkeit und Beklemmung. Kiki wird sterben und sie ganz allein zurücklassen. Kiki wird sterben, und sie wird nur noch ihre Auftragszettel und ihr Häkelzeug haben, um ihr Leben auszufüllen.

Sobald ich in meinem Büro bin, rufe ich meinen Bruder Gilles an, den mit der Autowerkstatt.

«Du hast nicht zufällig einen Tierarzt unter deinen Kunden?»

Schläfrig knurrt er: «Doch.»

«Pass mal auf. Ich bin bei der Arbeit, und wir haben hier einen Pudel kurz vorm Abkratzen. Glaubst du, dass er kommen könnte?»

«Seinem Automechaniker schlägt man besser nichts ab.»

Kurz bevor er auflegt, überkommen ihn plötzlich Zweifel.

«Hab ich was verpasst, oder so? Ich habe gedacht, du arbeitest in einem Krankenhaus …»

Ich antworte lieber gar nicht. Manche Dinge sind einfach zu kompliziert zum Erklären. Als ich ihr mitteile, dass ich einen Tierarzt gefunden habe, fällt mir Sheila tränenüberströmt um den Hals.

«Wenn ich daran denke, dass Sie … ausgerechnet Sie!», schluchzt sie laut.

Begraben unter vierundachtzig Kilo Körpermasse, die in Form zu halten auch das stabile Gerüst eines Hüfthalters und eines BHs überfordert, kämpfe ich um mein Gleichgewicht und sterbe in einer seltsamen Mischung aus Dior und verrottendem Pudel fast den Erstickungstod. So sanft wie möglich schiebe ich sie von mir weg, ein schwacher Versuch, wieder in die normale Welt zurückzukommen, in der wir eine rein berufliche Beziehung mit einer klar abgegrenzten Hierarchie hatten.

«Setzen Sie sich lieber hin, Sheila», empfehle ich. «Sonst bekommen Sie noch einen Schwächeanfall …»

«Sie verstehen das nicht, Véra. Dieser Hund, er ist mein ganzes Leben!»

Und warum, glauben Sie, habe ich einen Tierarzt besorgt?, bin ich drauf und dran, sie zu fragen. Aber ich sage lieber nichts. Außerdem, wenn man bedenkt, wie sich mein Leben gerade entwickelt, wird mir Sheila am Ende garantiert noch Häkelunterricht geben, damit ich an den Wochenenden eine Beschäftigung habe.

Im Moment aber streichelt sie mit der einen Hand Kiki und klammert sich mit der anderen an mir fest.

«Die Krankenschwestern der Klinik, in der ich gearbeitet

habe, bevor ich hierherkam, haben ihn mir zum Abschied geschenkt. Ich habe mich so wahnsinnig darüber gefreut! Er war drei Monate alt … Er war einfach so süß …»

Ich antworte, während ich versuche, mich aus ihrer feuchten Umklammerung zu befreien:

«Wo haben Sie denn da gearbeitet?»

«Oje, das war noch viel schlimmer als hier!»

«Intensivstation?»

«Kreißsaal. Keine Nacht gab es Ruhe. Als ob sie es absichtlich getan hätten. O nein, hier geht es mir viel besser.»

Und vor allen Dingen hättest du dir deinen Kiki auf der Entbindungsstation ans Knie nageln können, denke ich bitter. Aber dann gewinnt die nette Frau Doktor Cabral wieder die Oberhand.

«Sagen Sie, Sheila, die Entbindungsstationen müssen doch alle Geburten weitermelden, oder? Auch die anonym durchgeführten.»

«Selbstverständlich.»

«Also, selbst wenn das Baby nicht als Kind von Frau Dingsda ins Geburtenregister eingetragen wird, sogar wenn es eine Totgeburt ist, gibt es einen Hinweis auf seine Geburt, oder nicht? Nein, warten Sie, was ich eigentlich wissen will, ist, ob ausnahmslos alle Kinder, die in Frankreich geboren werden …»

Sie lässt mich nicht ausreden.

«Wissen Sie, es gibt ja nicht nur die Kreißsäle der Krankenhäuser. Manche Frauen entscheiden sich immer noch für eine Hausgeburt.»

Starr vor Staunen sehe ich sie an. Das fehlende Glied in der Kette. Giselle Leguerche hat ihr Kind bei ihren Eltern bekommen, und ihr Geheimnis wurde von den metallenen Fensterläden gut gehütet.

In genau diesem Moment hält mit quietschenden Reifen ein aufsehenerregender schwarzer Mercedes-Geländewagen mit getönten Scheiben vor dem Interventionszentrum. Gewöhnliche Parkplätze sind eines solch erhabenen Fahrzeugs offenbar nicht würdig. Jedenfalls sagt mir das einiges über die enge Beziehung, die offenbar zwischen meinem Werkstattbruder und diesem Tierarzt besteht. Es bleibt mir nichts anderes übrig, als Gilles' Rat zu folgen und so zu tun, als wäre ich Kikis Frauchen. Wenn er Kiki und mich zusammen gesehen hätte, wäre er garantiert nicht auf diese Idee gekommen.

12

ZU meinem Glück muss ich nicht im Zentrum bleiben, um die Totenwache für Kiki zu organisieren. Die Polizeiwache in Aulnay ruft mich zu einem Stadtstreicher im Delirium. Das Ganze endet mit einer Xanax-Spritze und der Einweisung in die Psychiatrie. Rund eine Stunde später verabschiede ich mich beim Gehen noch von ein paar Polizisten, die ich kenne.

Vor der Polizeiwache hat sich die Straße in ein schwarzes Loch verwandelt. Kein Geräusch ist zu hören, kein Licht zu sehen, abgesehen von dem zarten Schimmer der Großstadt über den Gebäuden. Ich hatte die blöde Idee, ganz am Ende der Straße zu parken; dort, wo es dermaßen dunkel ist, dass ich nicht mal mein eigenes Auto erkennen kann. Das Geräusch von Schritten hinter mir lässt mich schneller gehen. Ich bin kurz davor, eine Kehrtwendung zu machen und in die Polizeiwache zurückzurennen, als sich eine Hand auf meinen Arm legt. Unwillkürlich schreie ich auf. Hakim Salem löst sich aus den Schatten.

«Ich bin's», sagt er halblaut.

Ich bin stinksauer und eingeschnappt und versuche, mein rasendes Herz zu beruhigen.

«Sie hätten mich vorwarnen können! Ich hab ein Telefon, Scheiße nochmal!»

«Tut mir leid. Gespräche übers Handy sind nicht sicher.»

«Ich bezweifle, dass sich irgendwer so sehr für mich interessiert, dass er meine Gespräche abhört.»

Ein nachsichtiges Lächeln ist die einzige Antwort. Er führt hier einen Krieg, nicht ich. Auf ihn wird gehört, nicht auf mich. Ich zwinge mich zu einem Lächeln.

«Sie haben mir Angst eingejagt.»

«Bitte entschuldigen Sie. Ich lebe immer in der Vorstellung, dass es in Frankreich keinen Grund gibt, sich zu fürchten …»

Ich spüre seine große und irgendwie seltsame Bereitwilligkeit, mit der er nach einer echten Harmonie zwischen sich und dem Rest der Welt sucht. Dennoch hat dieser Mann wahrscheinlich nicht gerade Tausende von Freunden. Seine Einsamkeit ist nicht das einzig Abschreckende an ihm. Da ist auch noch diese Härte, die unter der Oberfläche wahrnehmbar wird, als wolle er den Leuten die Wahl lassen zwischen dem schönen Zimmer zum Garten hinaus und dem zum Hinterhof mit den Mülleimern.

Ich stöpsle das Funkgerät in meinem Auto aus, um Sheila anzuzeigen, dass ich schlafen gehe, ohne vorher nochmal im Zentrum vorbeizufahren. Meine Nacht war ganz schön lang, ich sehne mich nach den einfachen Freuden des Lebens, wie zum Beispiel nach einer warmen Dusche und einem schönen Glas Beaujolais. Ehrlich gesagt verstehe ich nicht so recht, was dieser stahlharte Kerl neben mir eigentlich von mir erwartet.

«Möchten Sie, dass wir Ihrem sympathischen kleinen Café einen Besuch abstatten?»

Er schüttelt den Kopf.

«Das würde Sie in Gefahr bringen. Beim ersten Mal konnten Sie noch als Hure durchgehen. Wenn wir gemeinsam gesehen werden, könnten gewisse Leute anfangen, sich Fragen zu stellen ... In unseren Kreisen überwacht jeder jeden.»

Danke. Das klingt ja wirklich sehr tröstlich. Während ich hinter dem Steuer sitze, beobachte ich ihn abwartend. Er sagt: «Wir sitzen ganz schön tief in der Scheiße, was?»

Wahrscheinlich liegt es an seinen weißen Zähnen, aber ich kann nichts dagegen tun, dass ich ihn sympathisch finde.

«Hören Sie, Monsieur Salem ...»

«Hakim. Ich nenne Sie Véra, Sie nennen mich Hakim. Das ist netter, oder?»

«Wenn Sie möchten. Und wieso sitzen wir in der Scheiße?»

Er zögert. Hat wohl gedacht, wir liegen auf der gleichen Wellenlänge. Da hat er vermutlich vergessen, dass ich keine Polizistin bin.

«Weil die Zeit vergeht, ohne dass wir erkennbare Fortschritte machen. In Algerien geht es auch nie voran. Eigentlich ist es überall das Gleiche …»

Ich unterbreche ihn, damit er bemerkt, dass ich nicht ganz so dämlich bin, wie er glaubt.

«Ich habe etwas Neues erfahren. Das Kind ist zweifellos nach der Geburt getötet worden. Giselle Leguerche hat schon von diesem Mord gesprochen, aber ich habe ihr nicht geglaubt. Ich hatte es für unmöglich gehalten, dass ein Kindesmörder nicht verhaftet wird.»

Ich warte darauf, dass er meine Naivität mit einer ironischen Bemerkung quittiert, aber es kommt nichts. Rauchend hört er mir weiter zu.

«Sie hat das Kind bei ihren Eltern bekommen. Garantiert haben die beiden das Baby verschwinden lassen.»

«Aber Sie können nicht beweisen, dass es getötet wurde, oder? Sie verlassen sich einzig und allein auf das, was Giselle Leguerche gesagt hat.»

«Reicht Ihnen das nicht?»

«Sie haben es nicht vor ihren Augen getan, oder?»

Ich versuche, mir die Geburt in dem stillen Haus bildlich vorzustellen. Madame hat das Baby in Monsieurs Obhut gegeben, um sich um die Plazenta zu kümmern. Unmittelbar danach hat er mit dem unerwünschten Päckchen auf dem Arm den Raum verlassen. Und Giselle war nicht in der Verfassung, ihn daran zu hindern.

Hakims Skepsis hat sich nicht gelegt.

«Vielleicht haben sie das Kind verschwinden lassen, vielleicht aber auch nicht. Wir wissen nur, dass Giselle ein paar Monate später ihre Freundin umgebracht hat und seitdem ununterbrochen in Haft war … Also weiß sie nicht das Geringste. Sie macht es genau wie wir, sie stellt Mutmaßungen an …»

«Warum wenden Sie sich eigentlich nicht direkt an die Leguerches?»

Er lacht.

«Glauben Sie im Ernst, dass sie mir eine Antwort geben würden? Garantiert nicht. Außerdem habe ich nicht einmal das Recht, sie überhaupt zu befragen. Da müsste ich vorher beweisen, dass sie mit der terroristischen Vereinigung in Verbindung stehen, zu der ich ermittle.»

«Ihre Tochter hat immerhin mit Ihrem Hauptverdächtigen geschlafen!»

«Ja, aber die beiden nicht. Sie haben Amar Zitoun kein einziges Mal gesehen. Nicht das Geringste von dem, was sie treiben, hat in irgendeiner Form mit dem Terrorismus zu tun.»

«Also wollen Sie, dass ich die beiden an Ihrer Stelle befrage.»

Plötzlich ist er sehr ernst. Sein zerfurchtes Gesicht erinnert an eine Totenmaske. Starr und leblos.

«Ich muss wissen, was mit diesem Kind passiert ist», sagt er. «Und ich muss es schnell wissen.»

«Um mit Amar Zitoun Kontakt aufnehmen zu können?»

«Ich habe schon Kontakt mit Zitoun aufgenommen. Aber er vertraut mir nicht. Ich muss ihm Informationen liefern, die ihm beweisen, dass ich bestens Bescheid weiß und dass ich ihm nützen kann. Tut mir leid, das ist die einzige Fährte, die ich habe.»

Den Kopf gegen das Fenster gelehnt, denke ich über einen Weg aus dieser Sackgasse nach.

«Aber wenn Sie mit der Nachricht zu ihm kommen, dass sein Kleiner tot ist», bemerke ich, «hätte das nicht die gleiche Wirkung, wie wenn Sie ihm sagen, dass er am Leben ist.»

«Darum geht's eigentlich nicht. Worum es wirklicht geht,

ist, mit klaren und eindeutigen Informationen aufzutauchen. Nicht mit Gerüchten. Die ganzen Gerüchte kennt er schon. Er weiß, dass Giselle nach der Trennung von ihm bemerkt hat, dass sie schwanger war. Er versteht immer noch nicht, weshalb sie es ihm nicht gesagt hat.»

Vielleicht, weil sie Zeit gebraucht hat, um zu verstehen, was da eigentlich gerade mit ihr vorging? Wahrscheinlich. Wenn eine Frau mit fünfundzwanzig noch Jungfrau ist, muss es ihr wie reine Science-Fiction vorkommen, plötzlich schwanger zu sein. Also gut. Und dann? Warum diese absolute Geheimhaltung? Dieses Theater von dem schlampigen Mädchen, das sich gehenlässt? Wollte sie damit ihre Schwangerschaft vor den Eltern verheimlichen und das Kind behalten? Und Evelyne? Hat ihr Giselle schließlich gesagt, auf welche Art das Kind ums Leben gekommen war?

Vielleicht hat Giselle ihre beiden Opfer aus dem gleichen Grund getötet: weil sie ihre Eltern angezeigt hätten. Die zwei Frauen haben vielleicht den Fehler begangen, nicht zu bemerken, dass dieses Geheimnis die drei Leguerches mit einem unzerstörbaren Band umschloss. Giselle muss die beiden anderen hassen, obwohl sie gemeinsame Sache mit ihnen macht. Gefangen in ihren heftigen und widersprüchlichen Gefühlen, ist sie einer so starken Spannung ausgesetzt, dass sie nur noch im Morden und im Wahnsinn ein Ventil findet.

«Ich muss mich noch einmal mit Giselle treffen.»

Ich habe laut gedacht.

«Ich hätte Sie gleich darum gebeten», sagt Hakim. «Aber lassen Sie sich nicht von mir beeinflussen. Die Entscheidung liegt ganz bei Ihnen.»

«Täuschen Sie sich da mal nicht. Ich lasse mich sehr leicht beeinflussen.»

«Ach ja? Und von wem?»

«Von Ihnen zum Beispiel.»

«Aber nein», sagt er auf seine gelassene Art. «Sie unterstützen mich, weil ich der Einzige bin, der sich für den Fall Leguerche interessiert. Normalerweise erwartet man von Ihnen bloß ein kurzes Gutachten auf die Schnelle. Sie werden nicht dafür bezahlt, sich so reinzuhängen, und Sie tun es trotzdem. Ich bin bloß ein Bauer in Ihrem Schachspiel und kann Ihnen vielleicht nützen. Also helfen Sie mir. Bitte.»

Dieser Ton, in dem er das gesagt hat. Woher stammt der? Aus welcher Nacht? Aus welchem Albtraum? Einer plötzlichen Eingebung folgend lasse ich den Motor an.

«Sie kommen mit. Mir ist gerade eingefallen, wohin ich Sie zum Frühstück mitnehme.»

«Und wohin?»

«Fragen sind nicht zugelassen.»

Ich will ihn gar nicht so schnell loswerden. Langsam finde ich Geschmack an unseren kleinen Zweierkonferenzen. Man fühlt sich dabei, als würde man auf einer schwimmenden Luftmatratze stehen. Wenn man darauf gefasst ist, macht es sogar Spaß. Andernfalls fällt man auf die Schnauze.

Es ist sieben Uhr morgens, als wir auf dem Treppenabsatz vor der Wohnungstür meiner Eltern ankommen. Meine Mutter öffnet die Tür, noch bevor ich Zeit habe, den Schlüssel aus der Tasche zu ziehen.

«Rosemarie ist heute Nacht nicht zu Hause gewesen», verkündet sie mit tragischer Stimme. «Ich nehme an, dass sie bei dir ist.»

«Mama, darf ich dir Hakim vorstellen, ein … algerischer Kollege. Wir arbeiten am gleichen Fall.»

Gleich darauf finden wir uns in der Küche wieder. Rosemaries Kinder sind gerade für die Schule aufgestanden. Mein Vater und Hakim tauschen einen männlichen Händedruck, und mein «Kollege» schmilzt beim Anblick der Kinder im Schlafanzug dahin. Mit größtem Ernst erkundigt er sich nach dem Alter jedes einzelnen, nach der Klassenstufe, den Noten, danach, ob sie Fußball und Tanzen mögen, schmiert ihnen Butterbrote, gießt ihnen heiße Milch ein, rührt Kakao hinein – kurz gesagt, er entspannt sich. Meine Mutter erkundigt sich: «Sind Sie verheiratet, Hakim?»

Seine Schultern versteifen sich, er antwortet, ohne sie anzusehen.

«Ich bin keine besonders gute Partie.»

Sein Ton signalisiert, dass es besser wäre, wir würden es dabei bewenden lassen. Verstimmt nutzt meine Mutter aus, dass er sich so um die Kinder kümmert, und zieht mich aus der Küche.

«Ist sie bei dir?»

Es geht natürlich um Rosemarie. Ich seufze.

«Woher soll ich das wissen? Ich hatte die ganze Nacht Dienst. Mama, was soll das? Sie hat schließlich auch das Recht auf ein bisschen Spaß im Leben, oder?»

«Das meinst du nicht ernst.»

«Geht es immer noch um die Altersfrage? Und wenn Rosemarie jetzt jemanden bräuchte, der reifer ist als sie? Jemanden, der sich um sie kümmert?»

«Sie kümmert sich doch um ihn, nicht er um sie. Lüg lieber nicht, ich weiß Bescheid. Sie hat es mir selbst gesagt. Er wohnt in einem erbärmlichen Hotel, unter erbärmlichen Umständen, und weißt du, was der Gipfel ist? Sie glaubt, dass sie viel von ihm lernen kann!»

Hier erkenne ich eindeutig eine Provokation Rosemaries

gegenüber den Vorurteilen unserer armen Eltern. Ihr ist bewusst, dass sie ihr ganzes Leben dafür gekämpft haben, uns das mitzugeben, was sie unter ‹guter› Erziehung verstehen.

«Mama, wenn es dir lieber wäre, wenn Rosemarie nicht mehr hier wohnt, musst du es sagen. Es stimmt schließlich … Ihr habt es verdient, Papa und du, dass ihr es ein bisschen ruhiger angehen lassen könnt …»

«Ich habe nicht sieben Kinder bekommen, um es ‹ein bisschen ruhiger angehen zu lassen›, wie du es ausdrückst.»

«Also gut. Was möchtest du, dass ich tue?»

«Ich hatte geglaubt, es würde reichen, wenn du ihr sagst, dass sie deine Wohnung nicht mehr benutzen soll, aber scheinbar hat sie eine andere Möglichkeit gefunden. Nein. Du wirst mir ein Treffen mit diesem Mann arrangieren. Wir werden mal mit ihm reden, dein Vater und ich.»

Gott im Himmel. Das hat der arme Maurice nun wirklich nicht verdient. Hastig nuschle ich: «Warum bittest du nicht Karine darum, mal mit Rosemarie zu sprechen? Sie ist in solchen Dingen viel besser als ich.»

«Jetzt sei nicht so egoistisch. Karine hat selbst genug Probleme mit José. Abgesehen davon, einen Nasenring zu tragen wie ein Ochse, hat der Junge überhaupt keinen Ehrgeiz mehr im Leben!», ruft sie erbittert aus. «Was ist bloß mit euch allen los? Seid ihr denn vollkommen verrückt geworden?»

Ich schüttle mit der scheinheiligen Würde eines italienischen Kardinals den Kopf.

«Tut mir leid, Mama, das kann ich nicht machen …»

«Du weigerst dich?»

«Frag die anderen.»

Ich habe mich schon fast zum Gehen umgedreht, als sie mich noch einmal anspricht.

«Sag mal, bei dir… ist da womöglich auch gerade was im Busch?»

Im Busch! Ich hole tief Luft, bevor ich antworte:

«Was meinst du denn damit?»

«Deinen Kollegen da. Er scheint ja intelligent zu sein. Und so was gefällt dir, wenn jemand intelligent ist. Sei's drum, mach, was du willst, bei dir macht es ja nichts.»

Sie verschwindet in der Küche und lässt mich sprachlos stehen. Bei mir macht es also nichts. Ich kann mit jedem Hergelaufenen ins Bett springen oder zu den Fallschirmjägern gehen, das macht alles nichts, ich kann ja schließlich nicht schwanger davon werden. Also ist es nicht schlimm.

Hakims Stimme dringt bis zu mir. Ich höre, wie er mit meinen Neffen rumalbert. Draußen rumpeln die grünen Laster von der Straßenreinigung vorbei. Ich höre die wütende Stimme der Hausmeisterin, die das Trottoir abspritzt. So hat jeder seine Sorgen, erlebt jeder sein kleines Drama.

Ich ziehe meinen Regenmantel über und verlasse die Wohnung.

13

ICH trabe neben einer Aufseherin her, die einen blauen Rock, eine hellblaue Bluse und am Gürtel eine Pistole trägt. Sie legt ein energisches Tempo vor, ihre Miene ist verschlossen. Sie ist genervt, weil sie wegen mir in Zeitverzug kommt. Noch mehr Türen, die wir in einer Orgie aus Metallgeklapper entriegeln und wieder verriegeln. Hinter schusssicheren Glasscheiben bewegen sich Frauen in Jogginganzügen träge in Richtung der Werkstätten oder der Sporthalle. Als neue Uniform der weiblichen Häftlinge scheint der Jogginganzug den Pyjama der Strafkolonien abgelöst zu haben.

Ich erfahre, dass Giselle Leguerche sich nicht mehr auf der Krankenstation, sondern in Einzelhaft befindet, und nutze den nächsten Sprint über einen Flur, um der Aufseherin ein paar Fragen zu stellen.

«Ich vermute, dass sich ihr Verhältnis zu den anderen Häftlingen inzwischen nicht besonders verbessert hat, oder?»

Von ihrem Verhältnis zu den Aufseherinnen ganz zu schweigen.

«Sie hat sich hier nie um Freundschaften bemüht», erklärt mir meine Begleiterin. «Aber das ändert auch nicht viel. ‹Freundschaft im Knast, so gut, als ob du keine hast›, wie sie so sagen.»

«Ich meinte auch keine richtige Freundschaft … sondern beispielsweise ihr Verhältnis zu ihrer Zellengenossin …»

«Ach die! Die ist verlegt worden.»

«In ein anderes Gefängnis? Warum denn?»

Sie wird noch schneller und wirft mir dabei ihre Informationen hin wie einem bettelnden Hund den Wurstzipfel.

«Sie hatte vor, einen Auftrag zu vergeben, in dem es um Giselle Leguerche ging.»

«Meinen Sie damit einen Mordauftrag?»

«Keine Sorge, solche Aufträge sind ziemlich teuer. Die Frau ist süchtig und sitzt finanziell völlig auf dem Trockenen. Der eigentliche Grund, aus dem sie verlegt worden ist, war, dass ihr die Strafmaßnahmen hier im Gefängnis nicht genügten. Sie wollte an Leguerche ein Exempel statuieren. In solchen Fällen kann man nie vorsichtig genug sein.»

Außer Atem bleibe ich stehen.

«Man hat mir aber gesagt, dass sie sich mit ihrer Zellengenossin gut verstanden hat.»

Als einzige Antwort lässt die Zehnkampffavoritin ein kleines Lachen hören und zuckt mit den Schultern.

«Hängt immer davon ab, was man unter ‹gut› versteht», sagt sie.

«Ich meinte, dass sie miteinander geschlafen haben …»

Funkstille. Sie findet, dass ich solche Sachen nicht wissen und sie erst recht nicht laut aussprechen dürfte. Andererseits weiß alle Welt, dass Psychiater ganz versessen auf solche Klatschgeschichten sind. Endlich entscheidet sie sich.

«Alles, was ich dazu sagen kann, ist, dass Giselle Leguerche den Ruf hat, sie wäre schnell herumzukriegen und würde alles mitmachen. Diejenigen, die Lust darauf hatten, mussten sich scheinbar nur bedienen.»

«Und was bedeutet das? … Wird sie vergewaltigt, oder ist sie einverstanden?»

Erneutes Schulterzucken.

«Schwer zu sagen. Offiziell haben die Häftlinge kein sexuelles Leben, aber einige können eben nicht darauf verzichten. Sie werden sich wohl auf die eine oder andere Art untereinander arrangieren …»

Ich kann unmöglich fragen, ob Giselle und die Aufseherin eine sexuelle Beziehung hatten. Sie würde glauben, ich wollte das Andenken ihrer ermordeten Kollegin beschmutzen. Also schlucke ich meine Frage hinunter und gebe mich mit dieser erstaunlichen Neuigkeit zufrieden, der einzigen, die mir diese durchtrainierte, misstrauische Aufseherin geliefert hat: Giselle, die Einzelgängerin, Giselle, die nur einen einzigen Mann in ihrem Leben hatte – und das nicht mal für lange Zeit –, soll leicht zu haben sein. Das nenne ich eine Überraschung.

Die Isolierzelle ist noch enger als die normalen Zellen. Eine an der Wand festgeschraubte Pritsche, ein Wasserhahn, ein Loch als Toilette, ein vergittertes Oberlicht zum Luftaustausch. Keine Möbel, keine Lebensmittel außer denen, die von der Gefängnisverwaltung kommen, keine Besuche, kein Fernsehen, keine Bücher, keine Musik, einfach nur die Stille und die Zeit, die verstreicht. Das reicht, um egal wen innerhalb kürzester Zeit in den Wahnsinn zu treiben.

Durch den Türspion sehe ich, dass sie sich hingelegt hat. Als sie merkt, dass die Panzertür entriegelt und geöffnet wird, wendet sie uns ihr Gesicht zu, oder vielmehr das, was davon noch übrig ist. Ich erstarre auf der Türschwelle, unfähig, auch nur ein Wort herauszubringen. Ein anderes Gesicht schiebt sich über ihres, das Gesicht einer Toten, die auf einer Bahre, die fast genauso aussieht wie ihre Pritsche, im Krankenhaus von Garches liegt. Es kommt mir vor, als würde mich die Tote ansehen, als hätte sich Solange Giselles Augen ausgeliehen, um mich daran zu erinnern, dass ich sie im Stich gelassen habe.

«Sie können eintreten», sagt die Aufseherin hinter meinem Rücken.

Am liebsten würde sie mir einen Stoß geben, aber sie traut sich nicht. Langsam komme ich wieder zu mir. Ich sage betont kühl: «Rufen Sie Doktor Ballisti her.»

«Das können Sie tun, wenn Sie mit Ihrem Gespräch fertig sind.»

«Ich bin fertig. Diese Frau wurde schwer misshandelt. Ihre Verfassung erlaubt es nicht, sie diesen Haftbedingungen auszusetzen. Ich lehne es ab, ein psychiatrisches Gutachten anzufertigen.»

Klar zum Gefecht. Die Tür fällt zu, das Walkie-Talkie der Aufseherin gibt knatternde Geräusche von sich, und eine gute Viertelstunde später kreuzt Ballisti auf. Angesichts der kilometerlangen Strecke, die er zurücklegen musste, und den Dutzenden von Sicherheitsschleusen, die er zu durchlaufen hatte, kann man das als ziemliche Glanzleistung verbuchen.

Ich greife sofort an.

«Hören Sie, Doktor Ballisti, ich will gerne glauben, dass Sie kein brutaler Sadist sind, aber es will mir scheinen, als hätten Sie sich so sehr an die Gewalt im Strafvollzug gewöhnt, dass Ihnen ein gewisses Einschätzungsvermögen abhandengekommen ist. Was ist nur in Sie gefahren, eine Person in diesem Zustand in eine Isolierzelle zu stecken? Wo sind ihre Röntgenbilder? Ihr Temperaturblatt? Ihre Transfusion? Ich rede hier von medizinischer Versorgung, nicht von psychiatrischer!»

Ich spreche mit dem Mann, als hätte er vollkommen den Verstand verloren, und ehrlich gesagt glaube ich das auch beinahe. Mein gesamter Respekt für seine Arbeit in diesem grässlichen Universum hat sich in nichts aufgelöst. Dieses System hat auch ihn von innen aufgefressen. Er kann Richtig und Falsch nicht mehr auseinanderhalten, Frau und Mann, einen Hypochonder von einem Menschen in Lebensgefahr.

«Sehen Sie denn nicht, dass man sie kaltmachen will?», stößt er gereizt aus.

«Nach allem, was ich hier sehe, ist dieser Versuch bald erfolgreich abgeschlossen.»

Gegen Ballistis Protest rufe ich die Untersuchungsrichterin an. Sie versteht, was los ist, und ordnet die Verlegung in ein geeignetes Krankenhaus an. Ich versuche, sie zum Saint-Guy zu überreden, und führe sowohl mögliche Hirnschädigungen durch die Schläge als auch die psychiatrischen Fragen an, die sich im Rahmen von Giselle Leguerches neuem Prozess stellen.

Irène Kotlas ist nicht davon überzeugt, dass eine psychiatrische Klinik der passende Ort für Giselle ist, doch ich kläre sie darüber auf, dass es im Saint-Guy neben der allgemeinmedizinischen Versorgung auch gesicherte Zellen für aggressive Patienten gibt. Noch dazu müsste sie erst mal in der Lage sein, einen Fluchtversuch zu unternehmen, und das ist eindeutig nicht der Fall.

Nach stundenlangen Verhandlungen zwischen der Richterin, Ballisti, der Verwaltung des Saint-Guy und mir wird die Verlegung endlich offiziell beschlossen. Es versteht sich von selbst, dass der Krankenhausaufenthalt zeitlich begrenzt ist. Sobald es ihr Zustand erlaubt, wird Giselle nach Fleury zurückgebracht.

Während wir auf den Krankenwagen warten, kommen ein paar Pfleger aus der Krankenabteilung mit einer Rollbahre an und bringen die Insassin bis zum Büro der Oberaufseherin. Die Stimmung im Büro ist ziemlich angespannt. Ballisti ist, vollkommen genervt von meinem «Kreuzzug», wie er es nennt, in sein Sprechzimmer zurückgekehrt. Seltsamerweise sind sie nicht froh, diesen schwierigen Fall loszuwerden, sondern benehmen sich, als würde ich ihnen die Butter vom Brot nehmen.

Mit überheblicher Miene reicht mir die Oberaufseherin einen gewöhnlichen Briefumschlag, der an Giselle Leguerche adressiert ist.

«Hier, den hat sie heute bekommen. Vielleicht kriegen Sie eine Erklärung dazu aus ihr heraus …»

Ich wende den fein säuberlich geöffneten Brief in meinen Händen. Er wurde von der Aufseherin abgestempelt, die für die Post zuständig ist.

«Die Post der Häftlinge wird immer geöffnet», erinnert mich mein Gegenüber. «Man hat mir dieses Ding gebracht, weil nicht klar war, ob sie es bekommen sollte oder nicht. Ich hoffe auf Ihre Einschätzung.»

Und als ich zögere, fügt sie mit einem spöttischen Lächeln hinzu: «Na los, sehen Sie schon nach!»

Es ist kein Papier in dem Umschlag, nur ein seidiges Büschel sehr feiner brauner Haare. Ich schütte den gesamten Inhalt auf den Tisch vor mir. Haare und nichts weiter. Kein Absender. Bloß der Name Giselle Leguerches und ihre Nummer aus dem Haftregister unter der Gefängnisadresse. Überrascht erkundige ich mich: «Das ist alles?»

«Das ist alles!»

In meinem Kopf arbeitet es fieberhaft. Dieses Haar, der anonyme Absender, das alles wirkt wie eine Drohung.

Ich zwinge mich zu einem leidenschaftslosen Ton.

«Ganz schön komisch, was?»

«Kann man wohl sagen! Ich hab ja schon allerhand gesehen, seit ich hier arbeite, aber das ist eine echte Premiere!»

«Und was fällt Ihnen dabei ein? Könnte das eine Liebeserklärung sein?»

«Würde mich wundern. Sie hatte mit Ausnahme ihrer Eltern in den ganzen zehn Jahren kein einziges Mal Besuch.»

«Vielleicht eine frühere Mitgefangene?»

Sie zieht ein Gesicht.

«Ich wüsste nicht, wer das sein sollte. Sie hat sich niemals einer der anderen angeschlossen. Sie werden vermutlich denken, dass mein Beruf langsam auf mich abfärbt, aber ich habe den Eindruck, dass man sie vor etwas warnen will. Aber vor was? Mir fällt dazu überhaupt nichts ein.»

«Die Haare sind kurz und sehr fein ...»

Zusammen mit mir über den Tisch gebeugt, untersucht die Oberaufseherin das kleine Häufchen.

«Fast wie Kinderhaar», sagt sie nachdenklich.

Ihre Bemerkung hat auf mich die Wirkung eines Stromschlages. Automatisch nehme ich einige der Haare und reibe sie zwischen meinen Fingern.

Und wenn es tatsächlich Kinderhaar sein sollte? Das

würde bedeuten, dass draußen jemand Giselles Geheimnis kennt. Hat man sie zum Reden gebracht? Aber wer könnte, abgesehen von ihren Eltern und der ermordeten Aufseherin, Bescheid gewusst haben? Eine frühere Insassin? Das wäre die einzig logische Erklärung. Eine ehemalige Insassin hätte dieses Haar als Warnung schicken können. Aber warum? Vor was sollte sich Giselle nach dem Mord an der Aufseherin hüten?

Wenn ich bei der Polizei wäre, hätte ich die Familie der Ermordeten befragt, aber daran brauche ich in meiner Position nicht mal zu denken. Da kann ich mein vorbildliches Berufsethos so lange ins Feld führen, wie ich will, die Richterin würde niemals zustimmen, die Anwälte der Nebenklage würden sich darauf stürzen, und mein Ruf wäre beim Teufel. Ich werfe der Oberaufseherin einen verständnisvollen Blick zu.

«Kommt mir so vor, als hätte Giselle nicht nur Freunde da draußen.»

«Da bin ich ganz Ihrer Meinung. Die Sache mit diesem Haar wirkt auf mich richtig absonderlich. Das ist doch krank.»

Aus dem Mund einer professionellen Zensorin bestärkt mich diese Ansicht in meiner Einschätzung, dass aus dieser anonymen Sendung die reine Boshaftigkeit spricht. Also bilde ich mir das nicht bloß ein. Als hätte sie meine Gedanken gelesen, ergänzt die Oberaufseherin: «Wenn das freundlich gemeint sein sollte, wäre bestimmt ein Gruß oder etwas anderes mitgeschickt worden …»

«Ganz bestimmt. Man könnte direkt an eine Erpressung denken …»

«Also?», fragt sie. «Sollen wir ihr den Brief geben oder die Polizei benachrichtigen?»

In diesem Moment geben uns die Pfleger Bescheid, dass der Krankenwagen wartet und dass wir uns beeilen sollen. Ich mache einen Vorschlag:

«Es wäre doch interessant, ihre Reaktion darauf zu sehen, finden Sie nicht? Danach nehme ich den Umschlag in die Akte auf.»

Weil in der Strafvollzugsverwaltung immer alles kompliziert sein muss, verbringen wir noch eine halbe Stunde mit Formalitäten, bevor ich endlich mit dem Umschlag und seinem seltsamen Inhalt abziehen kann.

Zurück im Zentrum, erledige ich Routinekram, während ich auf einen Anruf von der Station warte, die Giselle Leguerche aufgenommen hat. Von den Erste-Hilfe-Maßnahmen bis zum Röntgen und der Computertomographie können Stunden vergehen. Als ich die Eingangshalle durchquere, überrasche ich Antoine dabei, wie er auf einem Stuhl steht und eine lila Scheibe über die Tür der Telefonzentrale hängt.

«Geruchsfresser», erklärt er nüchtern.

Ich erwidere im Brustton der Überzeugung: «Das ist überflüssig. Es wird bald besser.»

«Ach ja? Und wie?»

«Wirst du noch früh genug merken.»

Mit diesem abgründigen Geheimnis lasse ich ihn stehen, weil mir die Einsatzkoordinatorin vom Tagesdienst einen Anruf ankündigt. Ich nehme ab und hoffe auf Neuigkeiten über Giselle Leguerche, doch stattdessen habe ich Fabrice an der Strippe.

«Können wir uns treffen?», fragt er nach einer hingemurmelten Entschuldigung dafür, dass er mich bei der Arbeit stört.

«Und wann?»

«Wann du willst. Sofort, falls du kannst. Möchtest du zu mir ins Büro kommen? Die Metrostation ist La Défense.»

Sein aggressiver Tonfall lässt keinerlei Zweifel an seiner Laune zu. Aber ich gehe nicht deshalb auf seine Bitte ein, weil ich ihm einen Gefallen tun will. Mir ist klar, dass meine Beziehung mit Hugo auf dem Spiel steht, und ich habe sehr wohl die Absicht, darum zu kämpfen. Mit einem Blick auf die Uhr stelle ich fest, dass es schon zwei ist. Wegen meines Ausflugs nach Fleury habe ich das Mittagessen ausfallen lassen, und mein Dienst beginnt erst wieder um achtzehn Uhr. Also habe ich genug Zeit, ihn zu treffen und rechtzeitig zurück zu sein, falls heute noch ein Gespräch mit Giselle möglich sein sollte.

14

FABRICE empfängt mich in der sechsundzwanzigsten Etage eines Hochhauses von La Défense. Im Erdgeschoss musste ich meinen Personalausweis gegen ein Magnetkärtchen eintauschen, das mir von einer charmanten Hostess in Begleitung eines zwei Meter großen, bewaffneten Wachmannes überreicht wurde. Vor jedem Aufzug stehen Klone dieses Wachmannes: Beine gespreizt, Hände auf dem Rücken, Ohren verkabelt. Auf dem Vorplatz des Hochhauses patrouilliert ein weiterer Wachmann mit einem Hund. Echt cool. Man spürt doch sofort, wenn sich ein Unternehmen nichts vorzuwerfen hat.

Fabrice erwartet mich in einem schwarzen Anzug, weißem Hemd und schwarzer Krawatte am Aufzug. Er ist groß und schlank, trotz eines kleinen Bauches, den der exzellente Schnitt seines Anzuges verbirgt. Das Blau seiner Augen wirkt, als sei es mit Deckfarbe in sein Gesicht gepinselt; außerdem mildern ein schmaler Mund und ergrauende Schläfen die Wirkung seines eckigen Kinns. Man sieht ihm an, wie überzeugt er von seiner Intelligenz, seinen Fähigkeiten und seinem Scheckbuch ist. Da er ständig einen Mundwinkel hochzieht, macht er einen spöttischen Eindruck, so als sei er ein Mann, der schon alles richten könne. Obwohl er schon ein bisschen außer Form ist, hat er bestimmt noch viel Erfolg bei den Frauen. Das hat gerade noch gefehlt, dass die Frauen verrückt nach ihm sind. Das wäre der Gipfel.

Er betrachtet mich mit ungefähr so viel Begeisterung wie Hundescheiße an seinem Absatz, und ich erspare uns einen verlogenen Wangenkuss, indem ich ihm kühl die Hand reiche. Anschließend führt er mich durch Flure mit beigefarbenem Teppichboden bis zu seinem Büro. Zweimal begegnen wir irgendwelchen aktenschleppenden Assistentinnen, die zur Seite treten, um uns vorbeizulassen. Er bemerkt sie nicht mal.

Bevor wir in sein Büro gehen, weist er eine Frau in den Fünfzigern an, zweifellos seine Sekretärin, keinerlei Anrufe durchzustellen.

Ohne mir einen Stuhl anzubieten oder auch nur ein paar einleitende Worte an mich zu richten, pflanzt er sich hinter seinen Schreibtisch.

«Ich lege Wert auf die Feststellung, dass ich mir einzig und allein deshalb die Mühe gemacht habe, dich anzurufen, weil du Hugos Tussi bist», erklärt er.

«Und nur deshalb bin ich gekommen.»

«Davon gehe ich aus. Unsere Familie scheint dir ja auch nicht besonders viel zu bedeuten ...»

Zuckersüß schneide ich ihm das Wort ab.

«Da verwechselst du etwas. Du bist derjenige von uns beiden, dem die Familie nichts bedeutet. Andernfalls hättest du es nicht zu diesem Unfall kommen lassen.»

Er mustert mich mit einem Blick, als müsse er sich ganz einfach verhört haben. Sein schiefes kleines Lächeln verstärkt sich und zeigt nun unverhohlene Geringschätzung.

«Du glaubst also wirklich, dass ich sie umgebracht habe?»

«Vielleicht hast du es nicht vorgehabt, aber das Resultat bleibt sich gleich.»

«Das ist ja lächerlich. Du hast nicht den geringsten Beweis. Hier steht dein Wort gegen meines.»

«Ich habe einen Zeugen. Ein Nachbar auf meiner Etage hat sie und ihr Veilchen mitsamt der armseligen Sonnenbrille gesehen, mit der sie ihr blaues Auge verstecken wollte. Ganz zu schweigen von den Ergebnissen der Autopsie, die wir beide ja schon im Voraus kennen. Du hast sie im Auto dermaßen verprügelt, dass sie weggelaufen ist. Dann ist sie wahrscheinlich umgefahren worden, als sie versuchte, einen anderen Wagen anzuhalten. Sie wollte einfach nur ihre Haut retten. Siehst du, wie nett ich bin? Ich verschone dich mit der Selbstmordtheorie.»

Er betrachtet mich aufmerksam.

«Was hab ich dir eigentlich getan?», will er schließlich wissen.

Das meint er wirklich so. Meine Erbitterung ist ihm vollkommen unverständlich. Also halte ich mich an das Einzige, was einem Mann wie ihm gegenüber etwas nützt: die Wahrheit, die ganze Wahrheit und nichts als die Wahrheit.

«Alle Welt soll erfahren, dass du deine Frau geschlagen

hast. Das ist mein Ziel. Es tut mir leid, dass ich diese Sache nicht schon früher verbreitet habe. Dann hättest du vielleicht damit aufgehört.»

Er schüttelt den Kopf und sieht mich mit einem Ausdruck vollkommener Aufrichtigkeit direkt an.

«Das stimmt nicht. Ich habe sie niemals geschlagen. Jedenfalls nicht grundlos. Wir haben uns gelegentlich ziemlich wild gestritten, das ist wahr, aber wir waren uns trotzdem sehr nah. Sie hat sich schrecklich aufgeführt, weißt du. Sie hatte sich selbst auch nicht mehr im Griff … Du bist nicht verheiratet, du verstehst nicht, wie man in einer so intensiven Beziehung lebt …»

Das Schlimmste ist seine Überzeugung, dass er gute Gründe dafür hatte. Nur deswegen lache ich ihm nicht einfach ins Gesicht. Stattdessen konfrontiere ich ihn erneut mit der Wahrheit.

«Eure Beziehung war die zwischen einem Opfer und seinem Folterer, nichts anderes. Sie hatte Angst vor dir, sie war am Ende. Der Beweis dafür ist, dass sie schließlich auf ihre Art einen Ausweg gefunden hat …»

«Siehst du, wie du bist? Zuerst sagst du das eine und danach das Gegenteil davon. Jetzt gehst du stillschweigend davon aus, dass sie sich doch umgebracht hat …»

«Sie wollte bloß noch weg, auch auf die Gefahr hin, überfahren zu werden. Das ist kein Selbstmord. Das ist das Gegenteil davon.»

Inzwischen ist deutliche Abscheu in seinen Blick getreten.

«Es ist nicht zu fassen. Mir anhören zu müssen, dass du mich auf diese Weise verurteilst, du, eine Psychiaterin … Du hast was gegen mich. Gott weiß, warum, aber du hast was gegen mich …»

«Jetzt verwechsle nicht wieder alles. Ich bin nicht deine

Psychiaterin. Am ehesten bin ich noch eine Schwägerin. Und Männer wie dich habe ich schon dutzendweise gesehen. Ihr seid nie schuld, ihr seid ja so bedauernswert. Das funktioniert immer.»

Ich weiß aber auch, dass sie es nicht besonders gut vertragen, wenn man ihre lächerlichen Entschuldigungen ablehnt. Jeder von ihnen hält sich für etwas ganz Besonderes, obwohl sie einer Kategorie von Männern angehören, deren Eigenschaften sich allgemeingültig beschreiben lassen. Trotzdem sieht sich jeder als Ausnahme, als Mann, der in einer «heftigen» oder «leidenschaftlichen» Beziehung lebt.

«Für was hältst du mich eigentlich», fragt Fabrice bestürzt. «Für ein Monster?»

«Für einen leitenden Angestellten, der seine Frau schlägt. Oh, entschuldige. Der seine Frau geschlagen hat. Und zwar so lange, bis sie daran krepiert ist.»

Verletzt unterbricht er mich.

«Es tut mir leid, dich enttäuschen zu müssen, aber so schlecht war unser Verhältnis gar nicht. Wir waren eine Familie, eine richtige Familie. Meine Kinder sind mir das Wertvollste im Leben. Ich gehe davon aus, dass du mir wenigstens das zugestehst.»

«Ganz bestimmt nicht. Wenn du deine Kinder lieben würdest, hättest du ihnen den Anblick eines gewalttätigen Vaters und einer gedemütigten Mutter nicht zugemutet.»

Wütend steht er auf.

«Sie waren bei keinem einzigen Krach dabei!»

«Du meinst, nicht live. Denn am nächsten Morgen hatten sie alles direkt vor Augen. Bildest du dir ein, sie wüssten nicht, warum sie gestorben ist? Fabrice, deine Kinder werden ihr Leben lang nicht damit klarkommen, dass sie ihre Mutter nicht gerettet haben!»

«Da ist deine Kundschaft ja gesichert!», zischt er.

Jetzt habe ich ihn, es ist so weit. Er gibt langsam nach. Nachdem ich ihm lange genug sein wahres Ich unter die Nase gerieben habe, ist er gezwungen, sich diesem Bild zu stellen, und das passt ihm ganz und gar nicht. Er mag die Realität nicht, sie ist viel zu erbärmlich für sein immenses Ego.

«Ich will dich nicht mehr sehen, Véra», erklärt er plötzlich. «Du verlässt jetzt mein Büro, und wir sehen uns niemals wieder. Ich verbiete dir, zu unserer Familie zu kommen, ich verbiete dir jeglichen Kontakt, sei es mit meinen Eltern, mit meinen Kindern oder irgendeinem anderen Mitglied meiner Familie, abgesehen von Hugo.»

Ich kann mir das Lachen nicht verkneifen.

«Du überlässt mir Hugo? Du bist wirklich zu gütig!»

So, jetzt ist er kurz davor, mir eine Ohrfeige zu verpassen, ganz kurz davor. Aber er beherrscht sich. Man steigt in der Ölindustrie ohne ein Mindestmaß an Selbstkontrolle nicht so hoch auf. Er schwenkt seinen Stuhl herum und betrachtet den Himmel, womit ich mich als entlassen betrachten darf.

Als ich aus dem Aufzug komme, muss ich an den Wachmännern mit dem Knopf im Ohr vorbei, um meinen Personalausweis abzuholen. Die hübsche Hostess nimmt meine Magnetkarte wieder in Empfang. Mit ihren Fingernägeln von mehreren Zentimetern Länge, die in einem ansprechenden lila Glitzerton lackiert sind, blättert sie durch die Ausweise, die sie in einer Schachtel aufbewahrt, und gibt mir meinen zurück, während sie mir für meinen Besuch dankt.

Auf dem Weg zu den Drehtüren hält mich eine Stimme auf.

«He, du!»

Noch während ich mich frage, wer damit gemeint sein

könnte, tauchen plötzlich zwei von ihnen vor mir auf; zwei riesige Wachmänner in blauer Uniform, die mir die gesamte Aussicht versperren.

«Komm mal hier rüber!»

«Sprechen Sie mit mir?»

«Halt's Maul. Mach deine Tasche auf.»

«Wie bitte?»

In einem Sekundenbruchteil haben sie mich hochgehoben.

«Lassen Sie mich los!»

Jeder von ihnen hat einen meiner Arme gepackt. Als sie mir die rechte Schulter verdrehen, entfährt mir ein Schrei. Einer packt mich an den Haaren und reißt meinen Kopf nach hinten. Die Füße mehrere Zentimeter überm Boden, geht es rückwärts, vorbei an der niedlichen Hostess, die mich missbilligend betrachtet.

«Aufhören! Lassen Sie mich los!»

Wir verschwinden durch eine kleine Tür, die sich wie eine Falle vor uns öffnet.

Einmal in dem kahlen Raum angekommen, lassen sie mich so unvermittelt los, dass ich vorwärtsstolpere. Ich falle nur deswegen nicht hin, weil ich mich noch rechtzeitig an einem Resopaltisch festhalten kann. Ich könnte heulen vor lauter Schmerzen in der Schulter.

Als sie mir die Handtasche wegreißen, traue ich mich nicht, sie daran zu hindern.

«Wer glaubst du, dass du bist, Schlampe?», will einer der Wachmänner wissen. «Meinst du wirklich, du kannst hier reinspazieren, Scheiße bauen, und wir sehen einfach weg?»

Ich schreie: «Rufen Sie Monsieur Markovitch her!»

«Monsieur wer?»

«Markovitch. Bei dem ich gerade war. Ich habe keine Ahnung, von was für einer Scheiße Sie eigentlich reden!»

«Was ist denn Markovitch eigentlich für dich? Ein Kunde?»

Ich bemühe mich, mir meine immer größer werdende Panik nicht anmerken zu lassen.

«Er ist mein Schwager.»

«Bist du gekommen, um's deinem Schwager auch mal zu besorgen? Hast du ihm einen geblasen?»

«Jetzt rufen Sie ihn endlich, oder Sie sind Ihren Job los …»

Eine Hand klatscht in mein Gesicht. Für einen kurzen Moment bin ich taub, und alles verschwimmt mir vor den Augen. Dann ist alles wieder da, und gleichzeitig überflutet Schmerz meine rechte Kopfseite. Ich habe das Gefühl, als würden mir gleich die Beine wegknicken.

Der Wachmann, der mich geschlagen hat, beobachtet mich belustigt, während der andere den Inhalt meiner Handtasche auf den Tisch schüttet.

«Verdammt, die Nutte hat nicht mal Gummis dabei!»

«Willst du deiner Kundschaft auch noch Aids anhängen, oder was?»

Ich klammere mich an dem Tisch fest, versuche meinen Herzschlag zu beruhigen und zu begreifen, was hier eigentlich vor sich geht. Mechanisch wiederhole ich: «Rufen Sie Monsieur Markovitch her.»

Endlich nimmt einer sein Walkie-Talkie in die Hand.

«Tja, stimmt, er kennt dich tatsächlich. Er kommt gleich.»

Ich erspare mir eine Antwort.

«Na los, pack dein Zeug zusammen. Diesmal hast du noch Schwein gehabt.»

Sie überwachen mich, während ich meine Sachen einsammle, die über den gesamten Tisch verstreut sind. Dabei versuche ich zu verhindern, dass meine Hände zittern.

Plötzlich kommt Fabrice in das kleine Zimmer gestürmt.

«Véra! Was ist passiert?»

Meine Stimme ist nur noch ein tonloses Flüstern.

«Ich weiß auch nicht.»

«Man hat uns gesagt, sie sei eine Sprayerin, Monsieur Markovitch, eine von diesen hysterischen Ökotanten, die denken, überall ihre Scheißshow abziehen zu müssen …»

Hier drin werde ich kein Wort dazu sagen.

«Können wir nicht draußen darüber sprechen?»

«Geh schon mal vor, ich komme gleich nach.»

«Es tut uns leid, Monsieur Markovitch», sagt einer der Wachmänner, während er ihm die Hand schüttelt. «Das konnten wir ja nicht wissen.»

Ich stehe kurz vor einem Wutausbruch, aber zuerst muss ich hier raus. In diesem Zimmer kann alles passieren. Ich werfe einen letzten Blick über die Schulter zurück, während Fabrice einen tadelnden Ton anschlägt. Und in diesem Moment sehe ich, wie zwei Hundert-Euro-Scheine heimlich von seiner Hand in die des Wachmannes wechseln. Eine Geste so schnell und flüchtig wie das Aufzucken eines Blitzes.

Gut. Jetzt hab ich verstanden.

«Danke, Monsieur Markovitch», murmeln die beiden Männer. «Sie nehmen unsere Entschuldigung an, ja?»

Fabrice stürzt sich in Erklärungen, während er mich zu den Glastüren begleitet, die sich auf den Vorplatz öffnen. Ich sehe ihn nicht mal an. Nichts wie weg hier.

15

ICH weiß nicht, wie ich den Weg zum Krankenhaus wiedergefunden habe. Mit voller Geschwindigkeit rase ich durch die Tore in den Park, kochend vor Wut, wild entschlossen, mich zu rächen, koste es, was es wolle. Und dennoch, als ich den Motor abstelle, senkt sich die friedliche Stimmung der spärlich belaubten Bäume wie ein Balsam auf mich herab. Soll ich Anzeige erstatten? Klar, bloß gegen wen? Ich habe nicht den geringsten Beweis für meine Behauptungen. Die Wachmänner werden durch die interne Hackordnung geschützt, dafür wird Fabrice schon sorgen. Sie werden nicht mal ihren Job verlieren.

Um mich weiter zu beruhigen, zwinge ich mich zu einem Besuch bei den Enten in dem alten, künstlich angelegten Teich. Meine neuen Stiefel ziehen in dem feuchten Laub Wasser, sie sind für meinen Beruf ein bisschen zu dünn, ein bisschen zu elegant. Diese leicht übertriebene Art, sich zu kleiden, stellt das gemeinsame Los aller Frauen dar, die sich einen Geliebten am Arbeitsplatz suchen. Und wer Geliebter sagt, meint Hugo. Soll ich auf seine Station stürzen und ihm erzählen, was passiert ist? Soll ich ihn dazu auffordern, sich mit seinem Bruder zu duellieren? Die ganze Episode erscheint mir jetzt schon vollkommen unwirklich. Es fehlt nicht viel, und ich fange an zu bezweifeln, dass ich diese Geldscheine tatsächlich gesehen habe. Wie könnte Hugo mir glauben? Es würde bloß so erscheinen, als verfolgte ich Fabrice mit meiner Rachsucht. Er würde mich einfach für ein bisschen durcheinander und mit reichlich Phantasie gesegnet halten.

Die Enten sind in den Süden gezogen. Langsam gehe ich zum Zentrum zurück und genieße die Ruhe dieses Spätnachmittags. Jetzt muss ich nur noch meinen Stolz hinunterschlucken und anerkennen, dass Fabrice diese Runde gewonnen hat. Er hat mir eine Falle gestellt, um sich ein bisschen zu amüsieren und um mir eine Lektion zu erteilen. Ich habe nicht das Geringste geahnt. Selber schuld. Ich will jetzt bloß noch einen guten Kaffee, um mein angekratztes Ego wieder aufzupäppeln.

Ich klingle an der Tür des Krisenzentrums. Auf der anderen Seite der Sicherheitsverglasung sitzt mit übereinandergeschlagenen Beinen eine bekannte Gestalt auf einem Sessel in der Eingangshalle. Er hat den großen Standaschenbecher neben sich gezogen und wartet auf mich, unempfindlich gegen die neugierigen Blicke, die seine Anwesenheit auf dieser Station ohne Publikumsverkehr erregt. Hakim.

Ich habe nicht mal Zeit, ihn zu fragen, was er hier eigentlich macht, denn Sheila schießt mit Kiki im Arm aus der Telefonzentrale.

«Er ist gerettet!», verkündet sie mir ekstatisch.

Ich spiele ein bisschen begeisterte Verblüffung, während ich in Wirklichkeit bedaure, dass wir ihn nicht los sind. Man lernt eben nie aus. Jeder guten Tat folgt die Strafe gleich auf dem Fuß.

Ich kürze die überwältigenden Dankesbezeugungen ab, indem ich Hakim in mein Büro ziehe. Während ich meinen Regenmantel an die Garderobe hänge, schneide ich eine Grimasse. Die Schulter schmerzt immer noch. Ich bin drauf und dran, Hakim zu erzählen, was passiert ist. Ob er mir glauben würde? Ganz bestimmt. Er würde das Ganze überhaupt nicht abwegig finden.

Aber was soll das nützen?

«Tut mir leid, dass ich Sie letztens bei meinen Eltern habe sitzenlassen», sage ich mit einem etwas verkrampften Lächeln. «Aber es kam mir so vor, als hätten Sie sich sehr wohl gefühlt, und ich war unheimlich müde …»

«Sie brauchen sich nicht zu entschuldigen, im Gegenteil, ich bedanke mich nochmal für diese Einladung. Es hat mir sehr gefallen.»

Der beißende Geruch seiner Afras verbreitet sich im Zimmer. Er ist mir inzwischen vertraut und wirkt sogar irgendwie tröstlich. Ich entspanne mich ein wenig, während er mir dazu gratuliert, dass ich es geschafft habe, Giselle Leguerche ins Saint-Guy verlegen zu lassen. Er hält diese Tat für das reinste Meisterstück.

Ich unterbreche ihn.

«Das hatte ich nicht im Voraus geplant. Aber hier kann ich wenigstens sicher sein, dass sie eine ordentliche Behandlung bekommt und noch andere Psychiater mit ihr sprechen. Vielleicht kommen wir dann endlich darauf, was sie eigentlich hat.»

«Wann werden Sie die Befragung durchführen?»

«Hakim, ich bin keine Polizistin, und ich habe nicht den gleichen Zeitdruck wie Sie. Ich werde mich mit ihr unterhalten, sobald es ihre Verfassung erlaubt.»

Und schon geht's wieder los. Madame Moralapostel. Als ob ich so vollkommen wäre und sämtliche Anstandsregeln und Vorschriften meines Berufsstandes bis aufs i-Tüpfelchen befolgen würde.

Ich versuche es wieder geradezubiegen.

«Wahrscheinlich würde ich mich jetzt schon mit ihr unterhalten, wenn Sie nicht gekommen wären.»

«Das habe ich mir gleich gedacht.»

Er bedenkt mich mit seinem nachsichtigen Lächeln. Seine hellen Augen schimmern sanft unter den schwarzen Wimpern. Es ist merkwürdig. Er erzählt mir, dass er möglichst schnell Ergebnisse braucht, aber er benimmt sich, als hätte er alle Zeit der Welt. Ich reiche ihm den Umschlag, den ich gerade aus meiner Tasche geholt habe.

«Hier. Sehen Sie sich an, was sie bekommen hat. Keine Zeile, kein Absender. Eine vollkommen anonyme Sendung.»

Er starrt die kurzen braunen Haare auf seiner Handfläche an. Auch er reibt sie flüchtig zwischen den Fingern, um ihre Struktur zu prüfen. Seine Falten sind tief eingegraben, seine dunklen Lippen wieder zu einem bitteren Strich zusammengepresst. Einen Moment lang betrachtet er schweigend das Haar. Dann hebt er den Kopf.

«Geben Sie mir einen Umschlag.»

Zu meiner Verblüffung nimmt er sich einen Teil der Haare weg.

«He! Was machen Sie da?»

«Ich treffe mich heute mit Amar Zitoun», erklärt er. «Die hier werde ich ihm mitbringen.»

«Aber was wollen Sie ihm dazu sagen? Dass es die Haare seines Sohnes sind? Sie können genauso gut von irgendeinem anderen Kind stammen!»

Dieses Mal bleibt sein Lächeln aus.

«Sie denken genau das Gleiche wie ich», bemerkt er trocken.

«Wie kann man eigentlich so eingebildet sein wie Sie?», entrüste ich mich. «Sie nutzen mich für eine vollkommen illegale Sache aus.»

«Sie denken, dass dieses Kind am Leben ist», sagt er und betont jede einzelne Silbe.

«Falsch! Ganz und gar falsch!»

«Doch, natürlich. Die verrückten Sachen, das ist doch Ihr Job.»

«Das bedeutet aber noch lange nicht, dass ich auch selbst verrückt bin! Oder dass ich nicht mitbekomme, was Sie vorhaben! Sie wollen unbedingt, dass dieses Kind existiert, und Sie wollen mich manipulieren, damit ich bei diesem Wahnsinn mitspiele!»

Gerade als ich so richtig schön in Fahrt gekommen bin, unterbricht ein leises Klopfen an meiner Bürotür den Ausbruch meiner Empörung. Es ist Hugo.

Er trägt seinen weißen Kittel und sieht mich mit einem Ausdruck an, den ich noch niemals an ihm gesehen habe. Einem Ausdruck, als verstünde er die Welt nicht mehr.

«Die Ergebnisse der Autopsie sind da», erklärt er mit tonloser Stimme. «Du hast recht gehabt.»

Hinter mir zieht Hakim inzwischen seinen Regenmantel an. Ich halte ihn nicht auf, ich habe zu große Lust, Hugo zu sehen und ihm alles zu erzählen. Er spricht weiter und scheint die Anwesenheit einer dritten Person nicht einmal zu bemerken.

«Gegen Fabrice ist ein Ermittlungsverfahren eröffnet worden. Schläge und absichtliche Verletzungen haben zur Tötung ohne Vorsatz geführt. Und zur fahrlässigen Tötung. Scheinbar ist das nicht dasselbe.»

«Ich weiß.»

Hakim bringt sich durch ein diskretes Hüsteln wieder in Erinnerung.

«Doktor Cabral, wenn Sie mich entschuldigen würden, ich muss mich auf den Weg machen.»

Ich trete zur Seite, damit er hinauskann. Dabei stelle ich ihn Hugo vor.

«Hakim, das ist Hugo, ein Freund von mir …»

Sie geben sich kurz die Hand. Der Blick Hakims auf Hugo erinnert an den Blick auf den Metallstab, mit dem man beim Auto den Ölstand misst. Eine augenblickliche Einschätzung, sozusagen ein präziser Check-up des Gegenübers.

Ich habe den flüchtigen Eindruck, dass das Ergebnis nicht gerade positiv ausfällt. Doch Hakims Miene bleibt undurchdringlich, er verabschiedet sich höflicher als Hugo, der von seinen eigenen Sorgen zu sehr in Anspruch genommen ist, um Hakim die geringste Aufmerksamkeit zukommen zu lassen.

Einen Moment lang bin ich genervt von Hugo, weil er Hakim nicht anders behandelt als irgendwelche Leute, denen wir zufällig in der Klinik begegnen. Ich möchte, dass er sich gerade hinstellt, die Hände aus den Kitteltaschen nimmt und diesen niedergeschlagenen Ausdruck ablegt. Ich möchte, dass er sich so zeigt, wie ich ihn liebe, energiegeladen und strahlend.

Bis ich mich wieder gefangen habe, ist Hakim verschwunden, und ich bin allein mit einem schlechtgelaunten, vorwurfsvollen Hugo.

«Du musst schon entschuldigen, Véra, aber ich kann mich nicht gegen den Gedanken wehren, dass das alles deine Schuld ist. Wenn du dem Fahrer nicht geraten hättest, eine Autopsie zu verlangen ...»

Als ich das höre, schlucke ich hinunter, was ich gerade erzählen wollte. Besser nicht jetzt, nicht sofort. Die Hoffnung, bei ihm ein offenes Ohr zu finden, verflüchtigt sich ebenso schnell, wie sie aufgetaucht war. Lächerlich.

Ich versuche eine Diskussion anzufangen:

«Ist dir klar, dass dieser junge Mann sich wahrscheinlich sein Leben lang mit Schuldgefühlen herumgeschlagen hätte? Dass er an dieser Geschichte hätte kaputtgehen können?»

«Wir etwa nicht?»

«Hugo, du übertreibst. Du übertreibst ganz bestimmt.»

Ich bemühe mich, ruhig zu bleiben, und bitte ihn innerlich darum, nicht ungerecht zu werden, mich nicht noch mehr zu enttäuschen. Offenbar hat er das gespürt, denn seine nächsten Worte klingen etwas herzlicher.

«Du hast recht. Ich weiß, dass du recht hast, aber manchmal wünschte ich mir, du wärst nicht so streng und würdest nicht immer alles nur schwarz und weiß sehen.»

«Was willst du damit sagen?»

«Es tut mir weh, dass du dich bei der Wahl zwischen meinem Bruder und einem Fremden für den Fremden entschieden hast.»

Ich seufze, um meine wachsende Gereiztheit zu überspielen.

«Ich habe mich für niemanden entschieden! Also wirklich, Hugo! Ich konnte doch nicht so tun, als wüsste ich von nichts! Man kann eben nicht sein ganzes Leben die Augen vor der Wahrheit verschließen!»

«Meinst du mich damit? Kannst du dir vorstellen, was es für eine Wirkung hat, zu erfahren, dass dein eigener Bruder ein Drecksack ist?»

Mein Lächeln ist nicht mehr als ein Muskelkrampf, den ich nur noch mit enormer Anstrengung durchhalte.

«Also gut, im Moment hast du mich auf dem Kieker. Das ist normal. Du kannst nicht akzeptieren, dass ich das schöne Bild zerstöre, das du von deinem älteren Bruder hast. Weißt du, es hätte Fabrice gutgetan, wenn er ein bisschen weniger bewundert und ein bisschen weniger vergöttert worden wäre. Mit eurer schrankenlosen Bewunderung habt ihr das Problem sogar noch verschlimmert ...»

«Du hast ihn noch nie leiden können», unterbricht er mich.

Wozu soll diese Diskussion eigentlich gut sein? Er meint es ernst, wenn er sagt, er hätte niemals etwas bemerkt. Wenn man nichts mitkriegen will, kriegt man eben auch nichts mit. So einfach ist das. Außerdem hat er nicht ganz unrecht: Ich fand Fabrice schon immer unausstehlich. Bemühe ich mich deswegen so sehr darum, dass die Wahrheit ans Licht kommt? Wenn er mir sympathisch gewesen wäre, wenn wir Freunde geworden wären, hätte ich mein Schweigen dann auch so eifrig gebrochen? Vielleicht nicht. Aber getan hätte ich es trotzdem. Geheimnisse, die in einer dunklen Ecke verrotten, jagen mir Angst ein.

Es folgt ein langes Schweigen. Draußen ist es inzwischen vollständig dunkel geworden. Ich nehme an, dass mir Sheila deswegen keinen einzigen Anruf durchstellt, weil Hugo bei mir ist. Seit der Tierarzt hier war, genieße ich sämtliche Privilegien, inklusive der Tasse heiße Schokolade, die sie mir zubereitet, wenn ich um zwei Uhr morgens von einem Einsatz zurückkomme. Diese Gunst war Antoine vorbehalten, als er noch ein guter Familienvater war, aber damit ist es vorbei. Jetzt bin ich dran.

Ich muss mir eingestehen, dass es mir lieber wäre, wenn Hugo ginge. Mir gefällt das Bild nicht, das er von mir zeichnet, ich erscheine wie eine böswillige und rachsüchtige Denunziantin. Ich will nicht sehen, in welche Hilflosigkeit ihn die Demütigung seines großen Bruders stürzt. Ich will nicht zur Kenntnis nehmen, wie gleichgültig ihm Solanges Schicksal ist. So ist es immer, wenn man eine neue Seite an einem anderen Menschen entdeckt. Man ist demjenigen böse und weiß nicht, was man davon halten soll. Man vergisst, dass jeder von uns viele Facetten hat.

In Gedanken versunken hängt er auf dem Stuhl herum, auf dem vor zehn Minuten noch Hakim saß. Um die Stimmung aufzulockern, wechsle ich das Thema.

«Hast du die Computertomographie von Giselle Leguerche gesehen?»

Er braucht eine gute Minute, um sich zu erinnern, wer das überhaupt ist.

«Sie wird operiert», sagt er endlich. «Sie hat eine kleine Rückenmarksquetschung.»

«Schlimm?»

«Es ist ernst, aber sie wird es schaffen. Das Gehirn wurde nicht gequetscht.»

Mit einem Kopfschütteln befreit er sich vom Fall Leguerche. Ich gehe um den Schreibtisch herum, um ihn zu umarmen und damit er mir verzeiht. Doch in meinem Hinterkopf fragt eine leise Stimme, wann Sheila mich endlich anrufen wird.

16

KÖNNTE Giselle Leguerches Kind wirklich noch am Leben sein? Im Gegensatz zu meiner früheren Behauptung habe ich diese Hypothese ernsthaft in Betracht gezogen. Und ich habe sie verworfen. Zunächst einmal, wo würde es leben? Bestimmt bei Adoptiveltern, aber in diesem Fall müsste seine Geburt irgendwo registriert sein, müsste es eine Spur von seiner Existenz geben. Man kann kein Kind adoptieren, das aus dem Nirgendwo kommt. Nun steht in der Akte aber, dass die Polizei keinen einzigen Hinweis darauf gefunden hat. Ich kann mir nicht vorstellen, wer es riskieren würde, zehn Jahre lang in vollkommener Illegalität ein Kind bei sich zu behalten.

Je länger ich darüber nachdenke, umso beunruhigender erscheinen mir die Haare in dem Umschlag. Irgendwer aus dem Leben Giselles kennt die Wahrheit und hat sie auf diesem Weg daran erinnert. Aber was bezweckt er damit?

Es ist vier Uhr morgens, als mein letzter Einsatz abgeschlossen ist, und mein Auto fährt wie von selbst zur Place de la Nation, als wollte es mich zum Ort meiner geheimsten Sehnsüchte bringen.

Um diese Zeit nehmen die Sicherheitskameras nur noch in leeren Straßen geparkte Autos auf. Leguerches Glaskasten steht direkt an der Einfahrt des Parkhauses, in der Nähe der Kasse. Schlapp in einem Drehstuhl sitzend, wendet er mir den Rücken zu, ganz vertieft in eine Zeitschrift, von der ich nichts außer grellbunten Fotos erkennen kann. Ich klopfe an die Scheibe, um ihn auf mich aufmerksam zu machen.

«Monsieur Leguerche?»

Er steht auf. Seine Verblüffung zeigt mir, dass er mich sofort wiedererkennt.

«Was wollen Sie?»

«Könnten Sie mir aufmachen? Ich würde mich gern ein paar Minuten mit Ihnen unterhalten …»

Er trägt einen dunkelblauen Overall mit einem Reißverschluss vorne und grobe, knöchelhohe Schuhe. Bedächtig schlägt er die Zeitschrift zu, räumt sie in eine Schublade, schließt die Schublade ab. Er will mir zweifellos zeigen, dass ich ihm keine Vorschriften zu machen habe. Anschließend dreht er einen Schlüssel im Schloss, um die schwere Panzerglastür zu öffnen, und mustert mich unbewegt.

«Worum handelt es sich?»

«Ich nehme an, Sie haben erfahren, dass Ihre Tochter ins Krankenhaus verlegt wurde.»

Er bleibt längere Zeit stumm und dreht und wendet diese Information in seinem Kopf hin und her.

«Nein, davon wussten wir nichts», erklärt er schließlich. «Aber die Besuchserlaubnis wurde sowieso bis auf weiteres ausgesetzt, und wir erfahren überhaupt nichts mehr.»

Ich sehe schon kommen, dass wir uns genau wie das letzte Mal immer nur im Kreis drehen, aber auf dieses Spielchen habe ich jetzt überhaupt keine Lust.

«Monsieur Leguerche, wir können beweisen, dass Ihre Tochter ein Kind hatte. Wissen Sie, wo es ist?»

Er schüttelt den Kopf.

«Von dieser Sache wurde schon vor Jahren gesprochen. Wenn sie ein Kind gehabt hat, weiß ich jedenfalls nicht, wann und wo das gewesen sein soll. Und übrigens», fügt er hinzu, «hat die Polizei keine einzige Spur davon gefunden.»

«Das ist richtig, aber es ist neues Material aufgetaucht, vor allem ein Foto, auf dem ihre Schwangerschaft zu sehen ist.»

«Und warum erzählen Sie mir das jetzt, um vier Uhr morgens? Warum sagen Sie mir das nicht ganz normal, wenn meine Frau dabei ist? Ich weiß genau, was Sie vorhaben. Sie wollen uns trennen, damit wir widersprüchliche Aussagen machen. Aber da gibt es nichts, so einfach ist das. Es gibt kein und es gab auch niemals ein Kind, abgesehen von dem in Ihrer Phantasie.»

«Der ehemalige Freund Ihrer Tochter weiß, dass sie schwanger war …»

«Na und?», schnauzt er. «Was geht mich das an?»

«Na ja, der Mann gilt inzwischen als ziemlich gefährlich. Möglicherweise hat er vor, sich zu rächen.»

Jetzt lässt er mich seine ganze Verachtung spüren.

«Machen Sie sich um mich mal keine Sorgen, Doktorchen. Ich weiß schon, wie man mit diesen dreckigen Arabern umgehen muss, das können Sie mir glauben. Der soll ruhig angeschissen kommen!»

«Also gut. Ich gehe davon aus, dass Sie eine Waffe besitzen?»

«Ich habe einen Waffenschein. Das ist bei meinem Beruf auch besser so.»

«Hat Ihre Frau auch einen Waffenschein?»

«Was sollte meine Frau Ihrer Meinung nach wohl mit einer Knarre anfangen?»

«Befürchten Sie nicht, dass man sich an sie hält? Schwierig wäre das ja nicht, wo Sie doch jede Nacht weg sind.»

Bleich vor Zorn funkelt er mich an, als wollte er mir gleich den Kopf abreißen. Es war vielleicht ein bisschen leichtsinnig von mir, allein hierherzukommen. Monsieur Leguerche ist keiner von den netten Opas, die sich um ihren Garten kümmern, während sie auf die Rente warten, sondern ein Mann kurz vor der Kernschmelze.

«Jetzt hören Sie mir mal gut zu, Sie verdammte Schnüfflerin», stößt er heiser flüsternd hervor. «Ich schäme mich kein bisschen! Ich muss mir das, was ich getan habe, nicht vorwerfen lassen! Wenn man uns hätte machen lassen, wären die Drecksaraber schon längst wieder in ihre Hütten zurückgekrochen, wo sie auch hingehören.»

Ich weiche einen Schritt zurück. Ich verstehe nicht ganz, worauf er anspielt, aber die Worte, die er benutzt, rufen eine vage Erinnerung wach. Auf gut Glück frage ich nach: «Haben Sie im Algerienkrieg gekämpft, Monsieur Leguerche?»

«Bei den Fallschirmjägern. Und Sie können mich mal, Sie blöde Schlampe!»

«Warum werden Sie eigentlich so ausfallend? Es ist schließlich nichts Ehrenrühriges dabei, im Krieg gekämpft zu haben.»

Er betrachtet mich argwöhnisch, bevor ihm klar wird, dass ich nach diesem Krieg geboren bin und nichts Besonderes damit verbinde.

Er lässt sich in seinen schwarzen Kunstledersessel fallen.

«Sie sind zu jung, Sie wissen nicht, was da los war … Sie können nicht verstehen, wie es ist, zurückzukommen und festzustellen, dass alle Welt drauf pfeift. Wie es ist, wenn alle Welt auf Sie spuckt und jeder Scheißer Sie verachtet. Die fallen hier mit Bootsladungen voller Leute ein, als ob ihnen das Land, das wir ihnen überlassen haben, nicht reichen würde und sie unseres auch noch dazuhaben müssten. Ich sage Ihnen, das verleidet es einem ganz schön, Franzose zu sein …»

Ich denke an unser Gespräch bei ihm zu Hause zurück. Also war er es im Grunde, der die Beziehung zwischen Giselle und Amar Zitoun nicht ertragen konnte. Ich spreche mit betont gleichgültiger Stimme weiter, weil er gerade dabei ist, sich nach seiner Hasstirade zu beruhigen.

«Sie waren wahrscheinlich ziemlich geschockt, als Sie erfuhren, dass sie von einem Araber schwanger war.»

«Sie war nicht von einem Araber schwanger.»

«Von wem denn sonst?»

«Jedenfalls nicht von einem Araber. Wenn sie von einem Araber schwanger gewesen wäre, hätte ich das Balg umgebracht.»

Behutsam und vorsichtig nehme ich seine eigenen Worte auf.

«Sie hätten es umgebracht … Aber Sie haben es nicht getan …?»

Schweigen. Ich warte, bis er sich mit seinem Stuhl herumschwingt, seine Schublade öffnet und wieder anfängt, in seiner Zeitschrift zu blättern, wobei er mich absichtlich ignoriert.

Mein Blick fällt auf die Fotos der Waffen, die sämtliche

Seiten bedecken. Leichte Maschinengewehre auf dem modernsten Stand der Technik, Messer, ein ganzes barbarisches Arsenal, dessen Betrachtung ihn voll und ganz in Anspruch zu nehmen scheint.

«Monsieur Leguerche?»

Er hebt kurz den Kopf.

«Ich habe es nicht umgebracht», sagt er.

Mit einem Fußtritt knallt er mir die Tür vor der Nase zu. Mir bleibt nichts anderes übrig, als schlafen zu gehen.

Als ich die Fensterläden öffne, ist der Altweibersommer ausgebrochen. Während ich geschlafen habe, ist die Luft in Paris lau geworden, und der Nachmittag erstrahlt in sommerlichem Licht. Es ist einer dieser Tage, an denen man Lust hat, sich alles egal sein zu lassen und stattdessen das Leben zu genießen. Ein Tag, an dem die Aussicht, zu einer Beerdigung zu gehen, einfach unerträglich ist, vor allem, wenn man genau weiß, dass man dort nicht gern gesehen ist.

«Kümmere dich einfach nicht darum, meine Süße!», ruft Victor, während er in seinem Kimono durch mein winziges Wohnzimmer flattert. «Das lässt dich doch wohl hoffentlich kalt!»

«Das lässt mich kalt» ist einer seiner Lieblingsausdrücke. Damit äußert er seine grenzenlose Verachtung für anderer Leute Meinung.

Mit trübsinnigem Blick verfolge ich sein Herumgefuchtel. Ich habe ihm nichts von meinem glorreichen Ausflug zu dem Hochhaus in La Défense erzählt. Ich weiß, dass er darauf bestanden hätte, dass ich Anzeige erstatte, und ich hatte keine Lust, mich rechtfertigen zu müssen. Die Situation ist schon kompliziert genug, auch ohne dass Victor sich hineinmischt.

Ich denke daran, dass ich Hugo seit gestern nicht gesehen habe, dass er nicht versucht hat, mich zu erreichen, und mir auch keine Nachricht hinterlassen hat. Zum ersten Mal seit zwei Jahren verschärft sich eine unserer Meinungsverschiedenheiten, ohne dass wir sie gleich wieder auflösen können. Als Folge davon erfassen mich Endzeitstimmung und Nostalgie.

«Du musst deinen Gefühlen folgen», beharrt Victor. «Dein Gefühl sagt dir, dass du zu der Beerdigung gehen sollst, also gehst du auch hin. Was Monsieur Fabrice Pinochet davon hält, spielt überhaupt keine Rolle! Deine Loyalität gehört seinem Opfer!»

«Das ist keine Loyalität. Das sind reine Schuldgefühle. Ich tue das nur, um mein eigenes Gewissen zu erleichtern, obwohl ich mich eigentlich um Hugo kümmern müsste. Ich bin ihm ganz schön auf die Zehen getreten.»

«Du bist ihm *auf die Zehen getreten*?», kreischt er.

«Das soll nicht heißen, dass mir irgendwas davon leidtut», ergänze ich hastig.

Aber in Wahrheit bin ich mir da nicht mehr so sicher. Am liebsten würde ich die Zeit zurückdrehen können, noch einmal neben dem berühmten Kaffeeautomaten im Krankenhaus von Garches stehen. Und wenn ich, statt von der Autopsie anzufangen, den völlig aufgelösten jungen Mann einfach nur gebeten hätte, mir Geld zu wechseln?

Zum Glück bemerkt Victor nicht, wie durcheinander ich bin.

«Das hoffe ich auch, mein Schätzchen», ruft er aus. «Ich will sogar schwer hoffen, dass es dir nicht leidtut! Du hast getan, was du tun musstest, so wie ich es auch gemacht hätte, und dieses Arschloch werden wir ins Gefängnis bringen!»

«Wann hast du denn deine Vorladung?»

«Am sechzehnten um sechzehn Uhr. Das muss ein Zeichen sein, oder?»

Niedergeschlagen zucke ich mit den Schultern.

«Jetzt hör mal, du bist ja schließlich nicht verpflichtet, dich in die erste Reihe zur Familie zu drängen. Wir setzen uns hinten hin, oder in die Mitte zu den Freunden.»

Ich reiße die Augen auf.

«Du kommst mit?»

«Natürlich!», erklärt Victor und zieht dabei eine kunstvoll nachgezeichnete Augenbraue hoch. «Ich habe ja kein Problem mit meinem Gewissen! Mein Verhalten ist ganz einfach zu erklären. Du dagegen bist in den Bruder von Pinochet verliebt, das ist viel heikler …»

Ich höre nur noch mit halbem Ohr zu. Bin ich wirklich in Hugo verliebt? Vor zwei Tagen hätte ich darauf noch jeden Eid geleistet; aber seit gestern Abend hege ich gewisse Zweifel daran. Unser Gespräch in meinem Büro hat bei mir ein leichtes Unbehagen hinterlassen. Es ist seltsam, aber ich kann mich nicht davon abhalten, ihn mit Hakim zu vergleichen. Auch wenn ich mich dafür selbst beschimpfe, mir sage, dass ich von diesem Mann nicht das Geringste weiß, mich als schwachsinnige Pubertierende hinstelle – im Vergleich zu ihm ist Hugo ein ziemliches Leichtgewicht.

An der Wohnungstür spricht mir Victor noch einmal Mut zu.

«Kopf hoch, mein Schatz! Und jetzt ziehen wir uns um, sonst kommen wir noch zu spät.»

Die Markovitchs haben eine Riesensache daraus gemacht. Die Kirche von Saint-Cloud droht schon aus den Fugen zu gehen, als noch nicht mal der Sarg hereingebracht worden ist. Victor entscheidet über den genauen Platz, den unser kämpferisches

Gewissen uns einzunehmen befiehlt, er tritt auf Füße und scheucht mit einem herrischen Blick einige Leute vom Ende der Bank weg, sodass wir schließlich am Mittelgang sitzen und zwischen den Freunden sehr gut zu sehen sind, sofern man bei Solange überhaupt von Freunden reden kann. Wir sind unmöglich zu übersehen.

Die Messe schleppt sich in erhebender Langsamkeit dahin, was mir Gelegenheit gibt, unauffällig die Anwesenden zu mustern. Nachdem ich die Markovitchs in Augenschein genommen habe, die Schulter an Schulter die erste Reihe besetzen, versuche ich festzustellen, wer hier wirklich trauert. Das Ergebnis meines Rundblicks sagt nicht viel aus. Kein Mensch weint, aber das hat nicht unbedingt viel zu bedeuten. Ich habe den Eindruck, dass vor allem Bekannte gekommen sind, Leute, mit denen sie Tennis gespielt oder die sie zum Essen eingeladen haben. Wer wusste Bescheid? Wer hat versucht einzugreifen?

Victor zwickt mich, aber ich weigere mich, Weihwasser auf den Sarg zu spritzen, nachdem ich nicht mal den kleinen Finger für sie gerührt habe, als sie noch am Leben war. Das wäre bloß eine weitere Unredlichkeit, ein unerträglicher Hohn. Trotzdem kann ich mir das Lächeln nicht verkneifen, als Victor, nachdem er sein feuchtes Weihwasserkreuz über dem Sarg gemacht hat, Fabrice einen langen und anklagenden Blick zuwirft. Zu meinem großen Erstaunen senkt Fabrice den Blick. Victor geht den Mittelgang als Sieger zurück, sein weißer Zopf hängt über seinen Rücken hinab.

Draußen vor der Kirche werden die Trauergäste von angenehmer Sonnenwärme empfangen. Hugo spricht mit seinem Bruder, während er gleichzeitig die Bestatter im Auge behält, die den Sarg in den Leichenwagen schieben. Er ist dermaßen bleich und angespannt, dass man ihn für den Witwer halten könnte. Als er mich näher kommen sieht, unterbricht er sein Gespräch und hakt sich bei mir ein, ohne mich jedoch zu umarmen.

«Ich bitte dich dringend, mach keine Szene.»

Sanft ziehe ich meinen Arm zurück.

«Hugo, für wen hältst du mich eigentlich? Glaubst du, ich bin deswegen hier?»

Er wirft einen nervösen Blick über die Schulter, als wollte er sichergehen, dass sein Bruder anderweitig beschäftigt ist. Empört will ich wissen: «Hat dir Fabrice etwas erzählt?»

Er beschwört mich: «Ich bitte dich, komm nicht mit auf den Friedhof.»

«Das hatte ich auch gar nicht vor.»

Er lächelt mich verkrampft an.

«Es tut mir leid. Das alles ist nicht meine Schuld, das weißt du. Fabrice will dich nicht sehen und meine Eltern auch nicht …»

«Das verstehe ich sehr gut, und ich habe überhaupt kein Problem damit.»

«Danke», sagt er erleichtert. «Es war trotzdem nett von dir zu kommen.»

Während ich nicke, achte ich sorgfältig auf diese neue Leere, die ich in mir spüre. Es ist traurig, ihn so unbeholfen und feige zu erleben. Er scheint es so angestrengt allen recht machen zu wollen, dass ich mich frage, ob er eigentlich auch eine eigene Meinung hat.

«Wir telefonieren», murmelt er mir zu, während er mir einen flüchtigen Wangenkuss zuteilwerden lässt.

Ich sehe ihm nach, als er sich wieder seinem Bruder und seinen Eltern anschließt, die in ihr dickes Auto steigen, während sich der Leichenwagen in Bewegung setzt. Victor gibt mir durch ein Zeichen zu verstehen, dass er gehen will. Ein letztes Mal lasse ich meinen Blick über die gutangezogenen Leute schweifen, die sich langsam zerstreuen.

Wer wusste davon?

17

NACH Solanges Beerdigung reihen sich die Tage gleichförmig aneinander. Mein Leben versinkt in einer Routine, die mir weder Zeit für spontane Unternehmungen noch für Gefühle lässt. Hugo und ich vermeiden es, auf andere Art als durch Nachrichten, die wir uns hinterlassen, miteinander in Kontakt zu treten. Um mich zu beruhigen, bete ich mir immer wieder vor, dass es besser ist, ihn in Ruhe zu lassen. Er weiß schließlich, dass ich immer für ihn da bin, falls er mich braucht. Trotzdem sind diese Sätze, die ich bis zum Überdruss vor mich hinleiere, nichts anderes als die Vorzeichen einer heillosen Verwirrung. In Wirklichkeit bin ich nämlich für niemanden da. Der beste Beweis dafür ist, dass ich mich nur noch in die Arbeit stürze und dabei hoffe, dass sich die Krise von selber auflöst.

Ich erlebe wieder diese sinnlosen Abende, an denen man nach zu vielen Nächten Bereitschaftsdienst nicht mal mehr weiß, wer man eigentlich ist; diese Wochenenden, an denen man das Gefühl hat, auf einem fremden Planeten gelandet zu sein. Ich bin unfähig, etwas Komplizierteres zu organisieren als einen Kinobesuch am Nachmittag, und dann gehe ich auch noch in den falschen Film.

Als ich am Sonntag in dieser Verfassung gegen Mittag aufwache, beschließe ich, in Didiers Restaurant zum ‹Brunch› zu gehen, wie noch hoffnungslosere Existenzen als ich das nennen. Ein Potpourri hyperkalorischen Essens, das man wahllos in sich hineinstopft. Die Sonntagsdepression ist danach mehr oder weniger garantiert, besonders bei denjenigen, die ohnehin eine Neigung dazu haben.

Die sonntäglichen Müßiggänger vom Marais haben schon alles besetzt. In seine lange schwarze Schürze eingeschnürt empfängt mich Didier, Gilles' Zwillingsbruder, mit einem schnellen Küsschen.

«Komm. Ich geb dir einen Platz an der Bar.»

«Ich würde lieber auf der Terrasse sitzen. Wenn schon mal die Sonne scheint …»

«Fang gar nicht erst damit an. An der Bar können wir uns unterhalten. Hier werde ich die ganze Zeit gestört.»

Und vor allem sitzt Gilles an der Bar, der täglich bei seinem Zwilling vorbeikommt. Didier will von diesem täglichen Ritual keine einzige Minute verlieren, aber er möchte den Augenblick gerne mit mir teilen. Die Zwillinge wollen nicht unbedingt nur zu zweit bleiben, wenn sie zusammen sind. Davon abgesehen verstehen sich auch ihre Frauen sehr gut miteinander.

Ganz der große Herr, empfängt mich Gilles mit der Frage, was es für Neuigkeiten von dem Pudel gibt, der ihm das

Leben zu verdanken hat. Ich stottere etwas davon, dass das nur eine Ausnahme war und ich gewöhnlich Arbeit und Privatleben nicht vermische, aber schnell stelle ich fest, dass die beiden darin nicht das geringste Problem sehen. Aus ihrer Sicht ist die Familie immer und für alles da. Und die neuesten Cabral-Nachrichten widersprechen dem auch nicht gerade.

«Einer deiner Kollegen war diese Woche mit Rosemarie zum Abendessen hier», verkündet Didier und stellt eine heiße Schokolade vor mich auf den Tresen. «Ein ganz sympathischer Algerier …»

«Hakim? Hakim kennt Rosemarie?»

Die Zwillinge wechseln einen Blick. Zwei Paparazzi, die einen Knüller wittern. Wir wollen gerade die Verhandlungen eröffnen, als Didier plötzlich in Richtung des in meinem Rücken liegenden Eingangs starrt.

«Sieh mal einer an. Wenn man vom Teufel spricht …»

Vorsichtig drehe ich mich auf dem erhöhten Sitz meines Barhockers um. Kein Zweifel, das ist Rosemarie. Ihr rosafarbener Angorapulli passt bestens zu den bunten Flicken, die sie auf ihre Jeans genäht hat. Zwei auf den Knien und ein kleines Herz auf dem Oberschenkel. Diesen Pullover hat sie selbst gestrickt, das ist ganz eindeutig. Es ist äußerst unwahrscheinlich, dass man ein solches Exemplar im freien Handel findet.

Mein Blick wandert zu Hakim. Er ist so unauffällig und entspannt wie immer. Ganz ehrlich, ich kann nicht entscheiden, ob er eigentlich gut aussieht. Es hängt immer von seinem Gesichtsausdruck ab, von der Art, wie er seine Zigarette hält, oder davon, wie er einen mit seinen bernsteinfarbenen Augen ansieht. Ich hätte ihn nicht meiner Mutter vorstellen sollen. Ich ahne schon, dass sie hinter dieser Sache steckt. Außerdem könnte ich darauf wetten, dass er mit keinem Wort seinen Beruf als Polizist erwähnt hat.

Wir begrüßen uns eher kühl. Ich umarme meine Schwester ohnehin höchst selten und werde mich auch hüten, Hakim um den Hals zu fallen. Plötzlich fällt mir ein belustigtes Glitzern hinter seinen langen Wimpern auf. Er trägt ein beigefarbenes Trevirahemd, made in Algeria, seinen schwarzen Überzieher, eine neue Jeans und Turnschuhe. Seine Nachforschungen lassen ihm offenbar genug Zeit für ein paar Einkäufe.

Leicht angesäuert erkundige ich mich:

«Können wir zwei Minuten miteinander sprechen?»

Dieses Mal hat sein nachsichtiges Lächeln auf mich den gleichen Effekt wie ein paar Fingernägel, die über eine Schiefertafel kratzen. Mit seiner Kaffeetasse in der Hand folgt Hakim mir bis zu einem Tisch ganz hinten im Restaurant, während sich Gilles und Didier an Rosemarie halten, die darauf brennt, ihnen alles zu erzählen.

«Ich weiß, was Sie denken», beginnt er in gelassenem Ton.

«So weit, wie wir inzwischen sind, können wir uns genauso gut duzen», sage ich höhnisch.

Bevor er fortfährt, erklärt er sich mit einem Kopfnicken einverstanden.

«Du denkst, ich nutze die Situation aus, nicht wahr? Du nimmst mich zu deiner Familie mit, und das Erste, was mir einfällt, ist, deine Schwester zu verführen.»

«Und außerdem nehme ich an, dass meine Mutter hinter alldem steckt. Was hat sie von dir verlangt?»

«Gar nichts. Ich habe die Kinder zur Schule gebracht, und sie hat mir ein bisschen von Rosemarie erzählt.»

«Du unterschätzt sie. Sie ist eine Meisterin der Manipulation.»

Er wischt das Argument mit einer Handbewegung beiseite.

«Aber nein. Sie hat mir vertraut, weil sie dachte, wir hätten etwas miteinander.»

«Wie bitte?»

«Sie ist davon überzeugt, dass es etwas zu bedeuten hat, wenn du jemanden mit nach Hause bringst.»

Mein Rührei mit Pilzen scheint plötzlich in meinem Hals steckenzubleiben.

«So ein Quatsch. Und was hat Rosemarie damit zu tun?»

«Ich habe deiner Mutter erzählt, dass ich Polizist bin, und ihr vorgeschlagen, mal mit diesem Mann zu reden.»

Ich erstarre.

«Was verstehst du unter ‹mal mit ihm reden›?»

Er lacht leise.

«Ich habe ihn nicht verprügelt … Aber unter Männern versteht man sich eben. Auf jeden Fall war der Typ nicht seriös. Er hat die Situation ausgenutzt, genau wie es deine Mutter vermutet hat. Sie hat für solche Sachen einen sehr klaren Blick.»

Super. Meine Mutter hat ein neues Groupie. Er spricht weiter:

«Aber pass auf. Dir kann ich das erzählen. Doch Rosemarie denkt, sie sei diejenige gewesen, die ihn zum Teufel gejagt hat. Das war das Schwierigste an der ganzen Sache. Jetzt gehe ich ein bisschen mit ihr aus, kümmere mich um sie, und sie kann sich vergnügen. Das hat ihr gefehlt, so wie sie mit den Kindern bei deinen Eltern eingesperrt war …»

«Sie braucht ja bloß auszuziehen!»

Mit einem Schulterzucken unterstreicht er die Sinnlosigkeit dieses Vorschlages.

«Kannst du dir das vorstellen? Deine Eltern in ihrer

Riesenwohnung und Rosemarie samt ihren Kindern wie die Sardinen in einem Einzimmerapartment? Deine Schwester verdient nicht grade viel, nicht mal, wenn man die Alimente dazurechnet ... Warte einfach ab, bis sie wieder heiratet.»

Er redet von uns wie ein entfernter Cousin, der uns auf seiner Durchreise schnell mal einen Gefallen tut. Man könnte glauben, dass er uns bestens kennt, zur Familie gehört. Das ist ein reichlich seltsames Gefühl, und dennoch, obwohl ich mich gegen diesen Eindringling wehren sollte, scheint es mir vollkommen natürlich.

«Meine Mutter hat wirklich geglaubt, du wärst mein neuer Freund?», wechsle ich das Thema. «Wo sie doch Hugo so sehr mag. Ich dachte, sie würde ein Riesentheater machen, falls ich mich je von ihm trennen sollte ...»

Schweigen. Mit besonderer Sorgfalt drückt Hakim seine Zigarette im Aschenbecher aus. Zu spät fällt mir wieder ein, dass ich eigentlich gar nicht wissen will, was er über Hugo denkt. Ich kann es nur allzu leicht erraten.

Rosemarie rettet die Situation, indem sie an unserem Tisch auftaucht.

«Hakim, kommst du?»

Er lächelt sie an, wie man eine tyrannische kleine Schwester anlächelt, bevor er mir erklärt: «Wir sehen uns den neuen James Bond an.»

Er schüttelt meinen Brüdern die Hand, stellt den Kragen seines Regenmantels hoch und folgt Rosemarie, als wäre ich gar nicht vorhanden.

Als ich nach Hause zurückkomme, blinkt mein Anrufbeantworter mit der Leidenschaft der Lichtreklame eines Sexshops an der Place Pigalle. Ich drücke auf den Knopf, während ich mit der anderen Hand meine Turnschuhe aufschnüre. «Hallo, hier ist Véra. Wer Sie auch sind, machen Sie's kurz.» Stille. Das Gerät hat über mehrere Sekunden hinweg nur Atemgeräusche aufgenommen. Wie gelähmt verharre ich vor dem Apparat und warte darauf, dass jemand zu sprechen anfängt. Klick. Das ist alles. Zweite Nachricht, dito. Insgesamt sind es vier von der Sorte, aufgenommen in jeweils zehnminütigem Abstand. Jedes Mal wird das Atmen stärker, bis es sich zu einem obszönen Keuchen gesteigert hat. Sehr sympathisch. Beim Löschen denke ich, dass dieser Sonntag so langsam wirklich endgültig im Eimer ist. Nur mit größter Überwindung kann ich mir auch noch die letzte Nachricht anhören. Es ist meine Einsatzleiterin, die mich darum bittet, sie so schnell wie möglich zu Hause anzurufen. Das beunruhigt mich umso mehr, als sie, ebenso wie ich, eine glühende Verfechterin der Abkapselungstheorie ist.

Meine Finger zittern vor Nervosität, als ich ihre Nummer wähle.

«Was ist passiert?»

«Sheila hatte einen Unfall. Sie ist von der Leiter gefallen, als sie bei ihrem Vater war, um ihm zur Hand zu gehen.»

«Was hatte sie denn auf einer Leiter zu suchen? Weißt du, was sie wiegt? Die braucht keine Leiter, die braucht eine Seilwinde!»

Tiefes Seufzen von Hélène.

«Anscheinend gibt's da einen Kronleuchter, der ab und zu abgestaubt werden muss ...»

«Hast du einen Ersatz für sie?»

«Monique hat gesagt, dass sie es sich diese Woche einrichten kann ... Das Dumme ist nur, dass sie den Hund nicht nehmen will.»

Da habe ich sofort eine Lösung parat.

«Dann muss man ihn eben einschläfern lassen.»

Kurzes Schweigen. Und dann spricht Hélène im gleichen erschöpften Ton weiter.

«Eigentlich hat Sheila darum gebeten, dass du dich um ihn kümmerst ...»

Da kann ich nur noch lachen.

«So! Sie muss doch nur ihrem Vater sagen, dass er sich um den Hund kümmern soll und um den Kronleuchter gleich dazu! Ist dann alles ein Aufwasch!»

«Ich mein's ernst, Véra.»

«Ich auch.»

Pause, diesmal eine Spur länger als die vorangegangene. Ich kenne Hélène, sie wird niemals heftig. Wenn sie nichts mehr sagt, so geschieht dies, weil sie den Leuten Zeit zum Nachdenken lassen will. Sie geht davon aus, dass niemand ein Idiot ist. Doch ich werde ihr gleich das Gegenteil beweisen.

«Hélène, ich hasse diesen Hund. Er ist eine echte Keimschleuder. Ich war von Anfang an dagegen, dass er auf die Station darf ...»

«Warst du nicht diejenige, die den Tierarzt gerufen hat?»

Eine Millisekunde lang bin ich versucht, den Hörer auf dem Boden zu zerschmettern und die Plastiksplitter unter meinen Absätzen zu zermalmen. Stattdessen antworte ich kühl: «Ich hatte keine Wahl. Es gab ein Problem, und ich habe es gelöst. Such dir einen anderen Trottel.»

Endlich gesteht sie ihre Niederlage ein.

«Also gut. Ich werde mal überlegen, ob es nicht doch einen anderen Ausweg gibt.»

Was sie nicht daran hindert, mich ins Zentrum zu schicken, damit ich mich davon überzeuge, dass Monique mit allem klarkommt.

Das Erste, was Monique tut, als sie sich in der Telefonzentrale einrichtet, ist, Kikis widerliches Körbchen mitsamt dem schmuddeligen Kissen in einen Schrank zu stopfen. Nachdem ich sie zu dieser Aktion beglückwünscht habe, erkläre ich ihr die Bedienung der Telefonanlage und zeige ihr noch einmal, wie die Gespräche vermittelt werden. Ich mache sie darauf aufmerksam, dass wir während der Dienstzeiten Privatgespräche vermeiden und dass zumindest ich während meiner Schichten keinerlei Anrufe von Familie oder Freunden entgegennehme. Prompt klingelt das Telefon. Es ist Hugo.

«Du hast Dienst?», wundert er sich.

Es versetzt mir einen leichten Stich zu erraten, dass er darauf gehofft hatte, nur eine Nachricht hinterlassen zu müssen.

«Wir haben hier ein Problem», erkläre ich, und mir ist sehr bewusst, dass Monique zuhört. Auf ihren Lippen liegt ein sarkastisches Lächeln. Willst du mir damit irgendetwas sagen?

«Giselle Leguerche wird morgen entlassen», kündigt Hugo an. «Na ja, in ihrem Fall heißt ‹Entlassung›, dass sie morgen wieder ins Gefängnis kommt.»

«Warum?»

«Weil sie sich ziemlich erholt hat. Ihr Zustand erfordert zwar noch weitere Behandlungen, aber nichts mehr, womit ich es rechtfertigen könnte, sie auf meiner Station zu behalten.»

Ein eisiger Schauer überläuft mich. Ohne es mit hundertprozentiger Sicherheit sagen zu können, habe ich den Eindruck, dass er hier etwas vorschiebt, um mit mir abzurechnen. Und das, obwohl wir uns sogar bei unseren schlimmsten Streitereien der Unterstützung des anderen sicher sein konnten, wenn es um unsere Patienten ging. Offensichtlich hält er Solidarität inzwischen nicht mehr für angebracht.

Ich bemühe mich, meine Stimme so sachlich wie möglich klingen zu lassen.

«Hör mal, ich habe jetzt gerade keine Zeit zum Telefonieren. Sobald ich hier fertig bin, komme ich rauf und sehe nach Giselle Leguerche.»

«Dann bin ich schon weg.»

«In dem Fall wünsche ich dir noch einen schönen Abend.»

Ende des Gesprächs.

18

WENN sie sich überhaupt an mich erinnert, an die Umstände unserer ersten Begegnung, an mein Eingreifen, als sie in Einzelhaft war, so zeigt Giselle Leguerche es nicht. In ihrem groben Gesicht sind unter den braunen, seltsam hell strahlenden Augen nur noch zwei dunkle Stellen und ein violetter Fleck auf der einen Wange zu erkennen, sonst nichts weiter Auffälliges. Das Haar am Hinterkopf wurde ihr abrasiert, und sieht man sie von der Seite an, ist das große Pflaster unter den Strähnen kaum zu übersehen.

Erneut frappiert mich diese Mischung aus Hässlichkeit und Anmut. Ihre Augen sind hinreißend, aber ihre tief eingesunkenen Wangen und die kräftige Nase lassen das Gesicht wie grob zusammengezimmert wirken. Man ahnt, dass sie sehr anziehend, aber niemals wirklich schön sein kann.

Da ich diesem ersten Gespräch einen eher informellen Charakter verleihen wollte, habe ich die Akte nicht mitgebracht. Ich ziehe mir einen Stuhl an ihr Bett. Aus der Art, mit der sie jede meiner Gesten beobachtet, kann ich schließen, dass sie bei vollem Bewusstsein ist.

«Wie geht es Ihnen?»

«Ganz gut.»

«Ja, Sie scheinen in bester Verfassung zu sein. Keine Kopfschmerzen mehr? Keine Übelkeit?»

«Nein.»

«Sehr gut. Erinnern Sie sich an den Tag, an dem Sie auf diese Station verlegt wurden?»

«Klar.»

«Wissen Sie, wer ich bin?»

«Sie sind die Psychiaterin, die nach meinem Vergehen gekommen ist.»

Ich finde, dass ein Mord eher in die Kategorie Verbrechen als in die Kategorie Vergehen fällt, aber ich will jetzt nicht anfangen herumzunörgeln.

«Ich war noch ein zweites Mal im Gefängnis. Erinnern Sie sich daran nicht?»

«Nein.»

«Also wissen Sie nicht, wie Sie in dieses Krankenhaus gekommen sind?»

«Ist mir auch schnurz.»

Ich glaube genau das Gegenteil. In Wirklichkeit ist sie zu stolz, um zuzugeben, dass man ihr die Fresse poliert hat.

Bevor sie diese Niederlage eingesteht, redet sie noch lieber von ihrem ‹Vergehen›.

Ich erläutere ihr, dass ich bei ihr zu Hause war und mit ihren Eltern gesprochen habe.

«Das ist nicht mein Zuhause», unterbricht sie mich schroff. «Das ist ihr Zuhause. Mein Zuhause, das ist im Gefängnis.»

«Fühlen Sie sich denn im Gefängnis wie zu Hause?»

Sie stößt ein höhnisches Lachen aus.

«Hier kann mich keiner rauswerfen. Ich hab noch hundert Jahre vor mir.»

«Wenn ich Sie recht verstehe, möchten Sie nicht so gern zu Ihren Eltern zurück …»

«Erstens mal sind das gar nicht meine Eltern. Das ist nur mein Vater mit seiner zweiten Frau, die sich als meine Mutter ausgibt. Da brauchen Sie nur einen Blick auf meine Geburtsurkunde zu werfen. Sie ist nicht meine Mutter.»

«Das kann schon sein. Ich habe Ihre Geburtsurkunde nicht gesehen.»

«Ich bin in Algerien geboren. In Biskra. Als meine Mutter gestorben ist, hat mich mein Vater nach Frankreich gebracht. Und hier hat er die andere geheiratet …»

Schweigend denke ich darüber nach, was das bedeutet. In der Akte tauchen nur das Geburtsdatum und der Geburtsort der Beschuldigten auf, nicht aber das Hochzeitsdatum ihrer Eltern. Ich hatte nicht den geringsten Grund zu der Annahme, dass Monsieur Leguerche zweimal verheiratet war. Das hätte ich nur von den Leguerches selbst erfahren können.

Und warum haben sie mir das nicht gesagt? Liegt es daran, dass sie mir am liebsten überhaupt nichts erzählen würden und selbst aus dem unbedeutendsten Detail ein Staatsgeheimnis machen? Oder daran, dass es gar kein so unbedeutendes Detail ist?

Vorsichtig wage ich mich weiter auf das offenbar verminte Gelände vor.

«Wie ist denn Ihr Verhältnis zu Ihrer Adoptivmutter?», frage ich.

«Ich bin nicht adoptiert. Ich bin die Tochter meines Vaters und meiner toten Mutter. Da kann er erzählen, was er will, das Schwein.»

«Entschuldigen Sie, Adoptivmutter habe ich einfach nur so gesagt. Ich wusste nicht, dass Ihr Vater während seines Wehrdienstes in Algerien verheiratet war.»

«Er hat keinen Wehrdienst gemacht. Er war dort als Berufssoldat. Meine Mutter und ich haben neben der Kaserne gewohnt. Meine Mutter war sehr schön, nicht so wie ich.»

Sie stößt die Wörter hastig nacheinander aus, in schneller Abfolge und so abgehackt, dass ich Schwierigkeiten habe, sie zu verstehen. Jedes Wort, das sie ausspricht, tut ihr weh. Aber sie gehört eben zu den Frauen, die sich einen entzündeten Zahn am liebsten selbst herausreißen.

In gleichgültigem Ton erkundige ich mich: «Erinnern Sie sich noch an Ihre Kindheit in Algerien?»

«Nein, dazu war ich zu klein. An meine Mutter erinnere ich mich auch nicht. Ich weiß nur, dass sie ganz langsam an so einem verfluchten Krebs gestorben ist. Danach hat mein Vater den Militärdienst quittiert. Er ist nach Frankreich zurückgekehrt. Mir wäre es lieber gewesen, wenn er mich ins Internat gesteckt hätte oder sich gleich hätte totschießen lassen. Tja. War eben Pech. Aber so ist es immer. Wenn es einmal anfängt, für jemanden schlecht zu laufen, wie zum Beispiel für mich, als meine Mutter starb, also wenn die Pechsträhne erst einmal angefangen hat, dann hört sie verdammt nochmal so schnell nicht wieder auf. Es klebt an Ihnen. Pech, Pech und nochmal Pech.»

Sie stößt ein gluckerndes Lachen aus. Es klingt traurig und ernüchternd.

«Als Ihr Vater mitbekommen hat, dass Sie sich mit einem Mann algerischer Herkunft getroffen haben», sage ich auf dieses Lachen hin, «wie hat er da reagiert?»

«Genau wie der Scheißwichser, der er eben ist. Er hat mich geschlagen. Er hat mich gezwungen, wieder zu ihnen zu ziehen. Ich habe keine Ahnung, wie er von Amar und mir erfahren hat. Ich glaube, Evelyne muss sich mal versprochen haben oder so.»

Ich warte ein wenig ab, weil ich hoffe, dass sie weiterspricht, aber sie verharrt in wortloser Niedergeschlagenheit. Ich nehme das Gespräch wieder auf.

«Im Prozess haben Sie ausgesagt, dass Ihnen Evelyne lästig geworden war … Haben Sie sie deshalb getötet? Weil sie Ihren Eltern von Ihrer Beziehung erzählt hat?»

Sie wendet mir den Blick zu, wie um mich zu taxieren.

«Mit Amar … da bin ich mir nicht sicher. Woher haben sie von unseren Verabredungen gewusst? Vielleicht haben sie mich mit ihm zusammen auf der Straße gesehen …»

Sie ist von dieser Frage wie besessen. Zum tausendsten Mal sucht sie in den Winkeln ihres Gedächtnisses nach einem Hinweis, nach einer Erklärung dafür, warum ihr Leben sich in eine einzige Katastrophe verwandelt hat. Es wird langsam Zeit für den Umschlag, den ich in meiner Tasche habe.

«Hier, das ist an dem Tag für Sie angekommen, an dem Sie ins Krankenhaus überwiesen worden sind», sage ich, während ich ihr den Umschlag reiche. «Die Gefängnisverwaltung hat den Umschlag geöffnet.»

«Post? Für mich?»

Sie reißt mir gierig den Umschlag aus der Hand und fährt argwöhnisch mit den Fingern hinein.

«Was ist denn das für eine verdammte Scheiße?»

Als sie die braunen Haarsträhnen sieht, die auf das weiße Laken hinuntersegeln, stößt sie einen Schrei aus. In Rekordgeschwindigkeit zeigt ihre Miene nacheinander Überraschung, Abscheu und Wut.

«Was soll das?», ruft sie und fegt die Haare mit dem Handrücken auf den Boden. «Wollen Sie mich etwa auch verarschen?»

Vielleicht irre ich mich, aber ich glaube, hinter ihrer Wut steckt Angst.

«Es tut mir leid», sage ich, ohne mich zu rühren. «Man hat mir diesen Umschlag für Sie im Gefängnis gegeben. Er war gerade angekommen.»

Sie hört mir nicht zu, sondern betrachtet aufmerksam und seltsam fasziniert die letzten Haare in dem Umschlag. Nach einigen Sekunden entscheidet sie sich, mit den Fingerspitzen hineinzufahren, und fast ängstlich berührt sie die Haare. Dann zerknüllt sie den Umschlag ganz plötzlich und schleudert den Papierball gegen die Wand.

«Das sind keine Kopfhaare!», ruft sie. «Das sind Haare von seinem Arsch! Von seinem widerlichen Arschloch! Ich weiß, dass er ihn umgebracht hat!»

Sie vergräbt sich in ihren Decken und heult ohrenbetäubend. «Dreckskerle! Dreckskerle!»

Vom Gang her sind rennende Menschen zu hören; zwei Sekunden später platzt eine Krankenschwester herein, dicht gefolgt von zwei kräftigen Pflegern.

«Also wirklich, Giselle, was ist denn los?», erkundigt sich die Krankenschwester und misst ihr den Puls. «Am Ende verletzen Sie sich noch!»

Schweißgebadet ist Giselle wieder auf ihr Kopfkissen zurückgesunken. Von ihrer Nase perlt ein Tropfen. Ich weiß nicht, ob es Schweiß oder eine Träne ist. Als ich gerade den Raum verlasse, höre ich den Pfleger, der ihren Blutdruck misst, erstaunt fragen: «Woher kommen denn diese Haare? Haben Sie sich die Haare geschnitten, Giselle?»

Wieder im Zentrum angekommen, umgehe ich die Telefonzentrale und schließe mich sofort in meinem Büro ein. An diesem Sonntagnachmittag zwitschern sich unter einem zartblauen Himmel die Vögel heiser. Ich sollte nach Hause gehen, um das zu tun, was die Leute normalerweise sonntags tun, aber vorher will ich noch genau aufschreiben, was sich gerade abgespielt hat, und meine ersten Schlüsse daraus ziehen.

Giselle Leguerche wurde 1961 in Algerien geboren. Der Krieg befand sich auf dem Höhepunkt, vermutlich hatte Unteroffizier Leguerche sehr viel um die Ohren, und garantiert stand er unter starkem Stress, umso mehr, als seine Frau im Sterben lag.

Das Sterbedatum der Mutter taucht im ersten psychiatrischen Gutachten nicht auf, die nächste Lücke. Man braucht nicht besonders viel Phantasie, um sich vorzustellen, dass der Tod ihrer Mutter Giselle Leguerche tiefgreifend und für immer verstört hat. Noch dazu, wenn man berücksichtigt, dass sie nur Frauen umgebracht hat.

Ich versuche, mir ein Bild von dem Kleinkind zu machen, das sich an seine sterbende Mutter klammert. Welche Art Krebs konnte diese Frau gehabt haben? Er fraß sie langsam auf, erlaubte ihr aber noch, ein völlig gesundes Kind zur Welt zu bringen? Andererseits hat niemand gesagt, Giselle sei ein besonders kräftiges Baby gewesen. Im Gegenteil, vielleicht hatte ja ihre zarte Gesundheit ihren Vater dazu gebracht, aus der Armee auszuscheiden und sie nach Frankreich zu bringen. Daher diese erstickende, neurotische Zuneigung in Verbindung mit den starken Vorurteilen gegenüber Muslimen. Leguerche konnte das Kriegsende nicht verarbeiten, weil er nicht dabei war. Er hat seine Kameraden im Stich gelassen, und das hat zweifellos starke Schuldgefühle in ihm ausgelöst. Er lebt wahrscheinlich in der Überzeugung, dass Algerien hätte gerettet werden können, wenn er dortgeblieben wäre.

Das bedeutet, dass er sich für seine Tochter aufgeopfert hat, die sich wiederum dieses Opfers als würdig erweisen musste. Es reicht schon viel weniger, um ein junges Mädchen dazu zu bringen, Dummheiten zu machen. Ihre übermäßig starke Bindung an den Vater, gepaart mit der Eifersucht ihrer Stiefmutter gegenüber, hat Giselle in die Arme des erstbesten Algeriers getrieben. Wollte sie damit ein Tabu brechen? Nicht nur das. Was sie im Unterbewusstsein bei Amar Zitoun suchte, war das Gespräch über Algerien und damit das Gespräch über ihre tote Mutter.

Wenn das die Ausgangslage ist, wie wurde sie dann zur Mörderin? Wie wurde aus dem verliebten jungen Mädchen die gehässige Frau mit dem fahlen Teint, die ich kennengelernt habe?

Das Kind. Angesichts ihrer starken Gefühle für Amar wollte sie es zweifellos behalten und sich darum kümmern, obwohl er ihr mittlerweile den Laufpass gegeben hatte.

Dass sie dazu gezwungen wurde, das Kind zu Hause zu bekommen, also gut. Dass ihr das Kind nach der Geburt weggenommen wurde, um es der Fürsorge aufzuhalsen, ebenfalls wahrscheinlich. Ich kann mir sogar vorstellen, dass der Unteroffizier und seine Frau so grausam waren, ihr einzureden, das Kind sei tot. Vielleicht sogar, dass sie vorgaben, es selbst getötet zu haben. Ich hab schon durchgeknalltere Leute erlebt.

Doch all das erklärt weder den ersten noch den zweiten

Mord. Vor was wollte sie flüchten, indem sie im Gefängnis blieb? Wie konnte aus ihr eine Frau werden, die «leicht zu haben» ist? Stellt sie sich wie ein Objekt der Erstbesten zur Verfügung, um zu spüren, dass sie überhaupt existiert, oder besser noch, um sich zu bestrafen?

Meine Finger fliegen über die Computertastatur, da kappt ihnen das Läuten des Telefons die Flügel.

Schlechtgelaunt nehme ich ab.

«Doktor Cabral?», flüstert eine Stimme fast unhörbar. «Bitte, lassen Sie mich mit ihm sprechen. Ich flehe Sie an, lassen Sie mich ihn hören ...»

«Wer ist am Apparat?»

«Hier ist Sheila, Doktor Cabral. Ich liege auf der Intensivstation, ich habe einen Pneumothorax. Diese Schmerzen, das können Sie sich gar nicht vorstellen ...»

Beunruhigt unterbreche ich sie. «Aber Sheila, Sie sollen doch nicht sprechen! Was machen Sie denn am Telefon?»

«Es ist wegen Kiki! Oh, Doktor Cabral! Es ist so nett von Ihnen, sich um ihn zu kümmern!»

«Aber ich ...»

«Wenn ich nicht wüsste, dass er bei Ihnen ist, würde ich mir solche Sorgen machen, Doktor, solche Sorgen ...»

Ich schlucke, bevor ich heuchlerisch herausbringe:

«Um die Wahrheit zu sagen, Sheila, habe ich nicht die Zeit gefunden ...»

«Ich weiß, ich weiß», fällt sie mir ins Wort. «Das verstehe ich sehr gut. Noch dazu, wo das Ihr Sonntag ist und so weiter ... Es macht mir nichts aus, ein Taxi zu bezahlen, wissen Sie. So viel Geld habe ich schon ...»

«Ein Taxi? Was für ein Taxi?»

Ich höre, wie sie pfeifend einatmet.

«Mein Vater hat seine Sachen zusammengepackt», stößt

sie in einem Atemzug hervor. «Haben Sie alles, was er braucht?»

Wo ist Kiki?, schießt es mir in meiner Verwirrung durch den Kopf. *Wo ist dieser verdammte Köter?*

Weil ich die Antwort offensichtlich kennen sollte, traue ich mich nicht, diese Frage laut zu stellen. Ich stammle bloß: «Alles, was er braucht … Wozu genau, eigentlich?»

«Ich danke Ihnen, Doktor Cabral. Das hätte ich Ihnen nie zugetraut, aber am Ende kommt die Hilfe doch immer von den Unverbesserlichen …»

Dann fügt sie, am Ende ihrer Kräfte, noch hinzu: «Sie geben ihm einen dicken Kuss von mir, ja? Sie werden sehen, er ist sehr verschmust …»

Kaum hat sie aufgelegt, da bin ich schon auf dem Weg zur Telefonzentrale, um nach einer vernünftigen Erklärung für das alles zu suchen.

Auf der Türschwelle bleibe ich wie versteinert stehen. Kiki ist wieder da. Den Kopf auf die Pfoten gelegt, sieht er mich aus seinen durchtriebenen schwarzen Murmelaugen herausfordernd an. Als er den Kopf hebt, dehnt sich ein Sabberfaden kilometerweit zwischen dem Boden und seinem Kinn. Ich brauche nur an meine Autositze zu denken, da schnürt sich schon mein Magen zusammen.

«Der muss hier raus», verfügt Monique mit leicht schriller Stimme. «Ich bin allergisch.»

19

ES ist noch Tag, als ich vor dem Haus der Familie Leguerche einparke. Langgezogene weiße Wolken dehnen sich am Himmel und verhüllen die spätnachmittägliche Sonne. Ob Sonntag oder Montag, in dieser Straße herrscht immer so ein zauberhaftes Dämmerlicht, genau wie bei einer Totenwache. Und als Perle aller Perlen verströmt das graue Haus die dazu passende Atmosphäre des totalen Gehirntodes. Der betonierte Garten, der kahle, einzelne Kirschbaum, die undurchdringlichen weißen Vorhänge vor den Fenstern, alles strahlt heimliche Feindseligkeit aus.

Im Auto bellt Kiki, als wollte er das ganze Viertel auf die Straße holen, und mir bleibt nichts anderes übrig, als ihn rauszulassen. Er dankt es mir, indem er gegen meinen Vorderreifen pinkelt.

Vom Gartenzaun aus stelle ich fest, dass die Garage leer ist und die Leguerches wahrscheinlich zu einem Sonntagsausflug aufgebrochen sind. Auch egal. Beziehungsweise umso besser. Ehrlich gesagt bin ich erleichtert, dass ich ihnen jetzt nicht gleich gegenüberstehe. Ich muss die dicke weiße Watte ihrer Vorhänge durchlöchern, die Atmosphäre dieses Hauses in mich aufnehmen, wenn sie nicht da sind.

Die Gartentür öffnet sich mit einem Quietschen. Scheinheilig pfeife ich nach Kiki. Er trottet mit der Nase am Boden vor mir her. Immerhin eine gute Entschuldigung. Wenn man mich hier erwischt, kann ich sagen, dass er mir weggelaufen ist und ich ihn wieder einfangen wollte. Natürlich würde mir kein Mensch glauben, doch der Schein bliebe gewahrt.

Langsam gehe ich den zementierten Weg bis zur Haustür entlang und klingle. Ich laufe ums Haus herum. Während es an den Seitenwänden keine Fenster gibt, gehen nach hinten eine Metalltür und im ersten Stock zwei Fenster hinaus. Eine Wäscheleine, die zwischen zwei Pfosten gespannt ist, ziert den engen Platz zwischen dem Haus und der Mauer des Nachbargrundstücks. Keine Pflanzen, nur hier und da ein verirrtes Grasbüschel. Die Leguerches haben nicht gerade den grünen Daumen. Ich schätze, sie leben nur drinnen, eingemauert in ihre Enttäuschungen. Ich versuche, den Knauf der Hintertür zu drehen, doch er rührt sich nicht, es ist abgeschlossen.

Inzwischen schnüffelt Kiki aufgeregt in der Garage herum, vollkommen konzentriert auf ein Tier, das er gewittert hat und das sich scheinbar hinter dem Heizkessel versteckt.

Besonders kälteempfindlich scheinen die Leguerches nicht zu sein. Wahrscheinlich muss erst die Seine zufrieren, bevor sie den Kessel in Gang setzen.

An der Rückwand der Garage bemerke ich eine Tür, durch die man direkt ins Haus kommt. Sie ist nicht abgeschlossen. Ich zögere. Einerseits wäre es mir nur schwer möglich, überzeugend zu erklären, dass Kiki ins Haus gelaufen ist, nachdem er sich selbst die Tür aufgemacht hat. Andererseits werden mir diese Leute in diesem Leben bestimmt nicht mehr freiwillig verraten, was sich tatsächlich mit Giselle abgespielt hat. Also muss ich rein.

Mit Kiki auf den Fersen gelange ich in eine kalte, dunkle Waschküche, die von einer altertümlichen Waschmaschine gehütet wird. Es handelt es sich um eines jener unverwüstlichen Exemplare, dessen Keilriemen Monsieur Leguerche gelegentlich austauschen muss und dessen Motor er mit aller Sorgfalt in Schuss hält. Sie passt einfach perfekt zu dem abgeschalteten Heizkessel und den arktischen Temperaturen, die im Haus herrschen.

Von hier aus komme ich in die Küche, in der es so sauber ist wie in einem Pharmalabor. Vorsichtig, um kein Geräusch zu machen, schleiche ich mich den Flur entlang, um in das rechteckige Wohnzimmer mit seinem braungemusterten Samtsofa und den beiden passenden Sesseln zu kommen. Auf dem niedrigen Tisch mit den gedrechselten Beinen liegen das Fernsehprogramm und ein Strickheft. Anschließend gehe ich in das Esszimmer mit dem Riesenfernseher unter einer Grünpflanze, in dem unser erstes Gespräch stattgefunden hat. Kein Videorecorder, kein DVD-Player; wenn ich genauer hinsehe, bin ich nicht mal sicher, ob das überhaupt ein Farbfernseher ist. In den paar Schubladen, die ich nach dem Zufallsprinzip aufziehe, liegen nur ganz gewöhnliche Dinge: eine Taschenlampe, eine Schere, ein Kamm, ein paar Büroklammern. Auf der Kommode stehen eine offene Box mit Kleenextüchern und eine Puppe – eine erstarrte kleine Flamencotänzerin auf ihrem Plastiksockel.

Am Fuß der Treppe bleibe ich stehen, ich horche, ich lauere auf irgendetwas. Ich fasse es nicht. In welcher Wüste leben die beiden denn hier? Man muss doch irgendwelche Spuren hinterlassen. Ich frage mich, ob Madame Leguerche schon immer so eine bewunderungswürdige Hausfrau gewesen ist oder ob sie sich mit der Zeit gesteigert hat. Selbstverständlich gehe ich nicht davon aus, dass ihr Monsieur Leguerche hilft, denn die traditionelle Rollenverteilung wird hier garantiert strengstens eingehalten. Das Haus gehört Madame, das Parkhaus gehört Monsieur.

Unfähig, meine Neugier zu bezähmen, laufe ich schnell die Treppe hinauf und werfe einen Blick in die Zimmer des ersten Stocks. Es erwarten mich keinerlei Überraschungen. Und auch keine Spuren aus Giselles Kindheit oder Hinweise auf ihre eventuelle Rückkehr. Ich erkenne das Zimmer von Monsieur und Madame an dem Doppelbett, das von Giselle an dem Einzelbett, und im dritten wird gebügelt. Die Schränke liegen derart voller Wäsche, dass man sich fragen kann, wann sie die jemals benutzen wollen. An der Innenseite der Badezimmertür hängen ein blaugrauer Pyjama und ein grünes Nachthemd, beide ordentlich an ihrem jeweiligen Haken.

Ich sehe mir gerade die Zahnbürsten an, da fängt Kiki erneut an, wütend zu kläffen, und ich fühle mich, als hätte mich ein Stromschlag getroffen. Ich gehe die Treppe nicht hinunter, nein, ich fliege. Mit rasendem Herzen und feuchten Handflächen schiebe ich den Vorhang ein wenig zur Seite, um einen Blick in den Garten zu werfen. Ich befürchte, dass sich die Leguerches diesen unpassenden Moment ausgesucht haben, um zurückzukommen. Falscher Alarm.

In der Waschküche treffe ich Kiki wieder, der wie wild die Tür zur Garage anbellt: Er wollte einfach bloß raus.

Gerade will ich erleichtert aufatmen, da bemerke ich, dass dieses Mistvieh den Hundenapf leer gefressen hat. Bei unserer Ankunft war er noch voll mit irgendeinem rötlichen Futter, und jetzt das: Leer geputzt steht er ordentlich neben einem Weidenkorb in Großausführung, der mit einer abgenutzten Schaumstoffmatratze ausgelegt ist.

Geizig, wie sie sind, werden die Leguerches sicherlich feststellen, dass das Futter verschwunden ist. Zumal ihr Hund bestimmt was fressen will. In ihrem Küchenschrank finde ich schnell den Vorrat an Dosenfutter für Hasso. Mit vor Nervosität zitternden Händen fülle ich die Schüssel wieder auf und vergrabe die Dose tief in der Abfalltonne. Mit einem letzten Blick versichere ich mich, dass ich nichts vergessen habe. Dann verschwinde ich genauso unauffällig wieder aus dem Haus, wie ich es betreten habe.

Zwei Minuten später steuere ich mein Auto im fahlen Licht des Nachmittags durch die Straße, während Kiki auf der Rückbank schnarcht. Ich beneide die Leguerches darum, einen so rücksichtsvollen Hund zu haben, der weder Kacke im Garten noch Haare auf dem Sofa hinterlässt. Gerade bade ich im tiefsten Selbstmitleid, weil ich mit Kiki wirklich das große Los gezogen habe, als mir ein winziges Detail wieder einfällt: Die Leguerches haben gar keinen Hund.

Ich warte. Seit mehr als zwei Stunden warte ich darauf, dass die Leguerches zurückkommen, und falls nötig, warte ich auch noch bis morgen früh. Kiki hat bestimmt Durst, aber das einzige Zugeständnis, das ich an seine Gesundheit mache, besteht darin, ihn frei auf dem Trottoir herumlaufen zu lassen. Es kann somit nur bedeuten, dass er mich nerven will, wenn er das Auto partout nicht verlassen will. Wahrscheinlich wartet er, bis die Rückbank vollständig mit seinem Sabber getränkt ist. Da aber die ganzen Haare, die er verliert, einiges aufsaugen, hat es noch Zeit.

In den zwei Stunden ist die Ruhe auf der Straße nur von zwei Fahrradfahrern, einem Ikea-Lieferwagen, der sich verfahren hatte, und einem Mädchen auf Inline-Skates unterbrochen worden. Sie kommt in ihrem Gleitschritt auf mich zu wie eine ungebundene, geschmeidige Mutantin. Ihre Haare flattern im Wind. Ohne langsamer zu werden, fährt sie an mir vorbei, berauscht von sich selbst und dem Gleiten durch die klare Dämmerung. Nachdem sie hinter der nächsten Ecke verschwunden ist, bin ich plötzlich total deprimiert. Ich hatte zuerst vorgehabt, bei meinen Eltern vorbeizufahren und ihnen Kiki aufzuhalsen, aber auf meinem Weg nach Paris habe ich mich für einen Umweg entschieden. Montreuil, das elfte Arrondissement, bedeutete nur einen kleinen Abstecher. Dass ich um sieben Uhr abends immer noch hier sein würde, hatte ich mir nicht vorgestellt.

Dennoch gebe ich nicht auf. Dieses Theater hat jetzt schon lange genug gedauert, ich muss mich mit den Leguerches unterhalten, ich muss einen Weg finden, sie zu knacken. In diesem Stadium würde es überhaupt nichts bringen, die Polizei zu rufen. Ich habe nicht den Hauch eines Beweises für irgendetwas.

Aber dieses Kind lebt, davon bin ich inzwischen überzeugt. Wahrscheinlich hat es sich hinter dem abgestellten Heizkessel versteckt, das würde auch Kikis Aufregung in der Garage erklären. Später wollte es vermutlich wieder ins Haus zurückkehren, aber Kikis Gebell hat es davon abgehalten.

Augenblicke vollkommener Gewissheit wechseln sich mit Zweifeln ab. Es gab im gesamten Haus keinen einzigen Hinweis auf eine dritte Person, wenn man von dem Napf und dem großen Hundekorb absieht. Keinen einzigen. Wenn ich vernünftig wäre, würde ich die Sache jetzt abbrechen, gehen und morgen mit Richterin Kotlas darüber sprechen. Ich kann mir schon genau vorstellen, wie sie fragt, woher ich wissen will, dass die Leguerches keinen Hund haben. Weil ich ihn bei meinem ersten Besuch nicht gesehen habe? Vielleicht ist der Hund auch kürzlich gestorben, und die Leguerches haben es noch nicht über sich gebracht, den Korb wegzuwerfen. Oder vielleicht suchen sie auch gerade nach einem neuen Hund. Das ist es. Ich habe die Übergangsphase bei den Leguerches erwischt. Aber wenn es so ist, was soll dann das Futter in dem Napf? Eine Huldigung an den lieben Verstorbenen?

Ich mache vor Schreck einen Satz, als mein Handy klingelt.

«Véra», höre ich die Stimme Lili Markovitchs. «Véra, ich habe lange gezögert, Sie anzurufen, aber ich denke, wir sollten uns einmal unterhalten. Von Frau zu Frau, verstehen Sie?»

«Ich verstehe, ja.»

Von diesem Verstehen bis zu dem Gedanken, das könnte eine gute Idee sein, ist es allerdings ein ziemlich weiter Weg.

«Danke», sagt sie etwas entspannter. «Ich wusste ja, dass Sie intelligent und aufgeschlossen sind. Fabrice ist so ungeschickt. Er macht zurzeit eine Dummheit nach der anderen …»

Einen Augenblick lang frage ich mich, ob Fabrice seiner Mutter von der gemeinen Falle erzählt hat, in die er mich hat laufen lassen, aber es ist ja klar, dass er das nie tun würde.

Sie ist schließlich nicht dumm. Deshalb hätte sie mich auch niemals angerufen.

«Ich weiß, dass Sie sehr viel zu tun haben», fährt sie fort. «Ich schlage vor, dass wir morgen zusammen zu Mittag essen. Was halten Sie davon? Ich kann auch nach Montmartre kommen, wenn Sie möchten ...»

Ich bin ganz und gar nicht davon überzeugt, dass dieses Mittagessen etwas bringt, doch als ein dicker, grüner Citroën in meinem Rückspiegel auftaucht, ist meine Entscheidung gefallen. Jetzt will ich Lili Markovitch so schnell wie möglich loswerden.

«In Ordnung. Dann sehen wir uns morgen um zwei bei Wepler.»

Ich beende das Telefonat im selben Moment, in dem der Wagen mitten auf der Straße anhält. Bedächtig steigt Monsieur Leguerche aus, um das Tor aufzumachen, Madame bleibt mit geradem Rücken auf ihrem Platz sitzen. Die beiden sind einfach vorbildlich.

«Monsieur Leguerche?»

Ich spreche ihn in dem Moment an, in dem er wieder ins Auto steigen will. Ungläubig sieht er mich an, während ich auf ihn zugehe. Ich habe meinen Regenmantel zugeknöpft, meine Haare hinten zusammengenommen und trage meine Brille. Ich sehe nicht aus, als wäre ich zum Vergnügen hier. Er mustert mich mit abwehrendem Blick.

«Was wollen Sie?»

«Ich muss mit Ihnen sprechen.»

«Maurice, die Nachbarn!», mahnt Madame Leguerche.

Und damit ist die Situation geklärt.

20

EINMAL im Haus, setzen wir uns wie beim ersten Mal ins Esszimmer. Mir ist das egal, den Rest kenne ich ja auch schon.

Gerne nehme ich die Tasse Kaffee an, die mir unwillig angeboten wird. Schlurfend geht Madame Leguerche in die Küche und kommt bald darauf mit heißem Wasser, drei Tassen und koffeinfreiem Löskaffee zurück. Wie ich es mir gedacht hatte, ist weit und breit kein Hund in Sicht.

Einige Augenblicke lang rühren wir schweigend in unseren Tassen. Kurz darauf beobachte ich einen Blickwechsel zwischen den beiden. Sie fragen sich, was ich ausbrüte. Ich lasse sie schmoren und konzentriere mich darauf, die richtige Menge Zucker in meinen Kaffee rieseln zu lassen. Schließlich hält Monsieur Leguerche es nicht mehr aus und erkundigt sich grimmig: «Gibt's Neuigkeiten?»

«Ja. Ich habe mich heute Nachmittag mit Ihrer Tochter unterhalten.»

«Das geht uns nichts an», wirft Madame Leguerche ein.

Ihr Mann bellt: «Sei nicht so dumm! Natürlich geht uns das etwas an.»

Und erzähl mir vor allem nicht, sie wäre deine Tochter, denke ich, während ich Madame Leguerche ansehe. *Sagt am besten gar nichts. Lasst mich raten.*

Vorsichtig setze ich an: «Bei meinem letzten Termin mit Giselle hat mich die Gefängnisverwaltung beauftragt, ihr einen Brief zu geben, der gerade für sie angekommen war. Ich habe damit gewartet, bis sie sich von ihrer Operation erholt hatte.»

«Und was hat das mit uns zu tun, welche Briefe sie bekommt?», knurrt Leguerche. «Das ist doch nicht unser Bier!»

«Das war kein normaler Brief. Es war sehr merkwürdig, in dem Umschlag waren Haare … Kein Brief, keine Karte, nichts außer Schamhaaren.»

Leguerche fährt hoch und wirft schockiert seinen Oberkörper zurück. Mit weit aufgerissenen Augen stößt seine Frau hervor: «Aber was soll denn das, das ist ja ekelhaft! Was für Haare? Haare vom Arsch?»

Sie ist derart entrüstet, dass sie mir bestimmt gleich erzählen wird, dass es Kopfhaare sind. Doch ihr Mann erkennt die Falle und unterbricht sie, bevor sie sich verrät.

«Na und? Was kümmert uns das, wenn Giselle per Post ein paar Haare geschickt bekommt?»

«Also … Nach Ansicht der Gefängnisverwaltung kann diesen Brief niemand außer Ihnen abgeschickt haben. Im Verlauf ihrer zehnjährigen Haft hat Giselle mit Ausnahme dessen, was Sie ihr geschickt haben, niemals irgendetwas bekommen.»

«Das hat sie also behauptet, das Miststück?», wirft Madame Leguerche rot vor Empörung ein. «Das hat sie behauptet? Dass wir ihr ekelhafte Sachen schicken?»

«Es geht hier um etwas viel Schlimmeres, Madame Leguerche. Giselle hat Sie beschuldigt, ihr Kind umgebracht zu haben.»

Mit schneidender Stimme mischt sich Unteroffizier Leguerche ein: «Ich habe Ihnen schon gesagt, dass ich es nicht getötet habe.»

Hass verzerrt sein Gesicht beinahe bis zur Unkenntlichkeit. Die Anstrengung, die es ihn anschließend kostet, diesen Hass zu unterdrücken, wirkt fast noch furchterregender. Seine Frau sieht ihn bestürzt an.

«Du hast es ihr gesagt?», wiederholt sie. «Wann hast du es ihr denn gesagt?»

Er antwortet nicht. Mir fallen die weiß hervortretenden Knöchel seiner zu Fäusten geballten Hände auf, die wie zwei Briefbeschwerer aus der Sowjetära auf dem Tisch liegen. Ich weiß nicht, ob ihn der Vorwurf seiner Frau oder die Tatsache, dass ihm eine Information entschlüpft ist, in diesen Zustand versetzt, jedenfalls ist er kurz davor, alles kurz und klein zu schlagen.

Also gieße ich noch ein bisschen Öl ins Feuer.

«Im Moment müssen Sie sich noch keine allzu großen Sorgen machen, da steht Giselles Wort gegen Ihres. Allerdings kann es sein, dass dieser Brief jetzt manches ändert …»

In der nun folgenden Stille erinnert uns nur das Tick-Tack der Wanduhr daran, dass wir noch zu den Lebenden gehören. Genau wie Tyrannosaurier, die vom Feuer in die Enge getrieben werden, schließen sich die Leguerches zu einer Einheit zusammen. Sie erkennen die Gefahr, doch sie sind völlig überrumpelt und ohnmächtig.

«Was hat sie gesagt, als sie den Umschlag aufgemacht hat?», fragt Leguerche.

Seine heisere Stimme dringt kaum zwischen seinen zusammengebissenen Zähnen hindurch. Ich lasse mich nicht lange um die Antwort bitten.

«Sie hat einen Wutanfall bekommen. Sie hat den Umschlag zerknüllt und ihn mitsamt den Haaren darin weggeschleudert.»

«Und sie glaubt wirklich, dass wir das waren?»

«Alle Welt glaubt das», erwidere ich freundlich. «Sogar die Oberaufseherin in Fleury. Allerdings ist das keine Straftat, da kann ich Sie beruhigen. Abgesehen davon habe ich mich in meiner Rolle als Psychiaterin gefragt, ob es eine Verbindung mit ihren Mordanklagen gibt. Verstehen Sie, was ich meine?»

Beim Sprechen behalte ich ständig die beiden Briefbeschwerer im Auge. Die steife Haltung Leguerches, seine Art, mich anzustarren, ohne mich wahrzunehmen, all das deutet darauf hin, dass er gleich zusammenbricht. Sogar seine Frau fühlt sich nicht mehr wohl in ihrer Haut.

Das ist der Moment, den ich mir aussuche, um meinen Kaffee umzuschütten.

«O nein!»

Ich springe auf die Füße, und hinter mir poltert lautstark mein Stuhl zu Boden. Sie zucken zusammen. Eine große Kaffeepfütze breitet sich auf dem lackierten Holz des Tisches aus und läuft sofort darauf in einem dünnen Rinnsal auf den Boden. Madame Leguerche eilt in die Küche, und ich trotte ihr hinterher. Ich hatte gehofft, dass Leguerche explodieren würde, aber es hat nicht geklappt. Im Gegenteil, er scheint sich wieder in den Griff zu bekommen. Der Vorfall hat ihn aus einer Art Trance geweckt, er ist wieder er selbst.

In der Küche kommt es mir so vor, als würde mir Madame am liebsten eine kleben. Am Ende ihrer Nerven, reißt sie mir den Schwamm aus der Hand.

«Das kann doch jedem passieren», knurrt sie. «Ich mach das schon.»

Unter wortreichen Entschuldigungen kehre ich ins Esszimmer zurück. Was interessieren mich die Leguerches. Ich habe erreicht, was ich wollte. Jetzt kann ich endlich weg.

Das Futter ist wieder aus dem Hundenapf verschwunden. Dieses Mal kann es Kiki nicht gewesen sein.

Als ich von den Leguerches wegfahre, bin ich viel zu angespannt, um meine Eltern noch dazu zu überreden, auf einen Hund aufzupassen, der nicht mal mir gehört. Ein so heikles Manöver erfordert ein Maß an Fingerspitzengefühl, zu dem ich mich momentan nicht mehr imstande sehe. Nicht nach der Entdeckung, die ich gerade gemacht habe.

Die Leguerches verstecken das Kind ihrer Tochter. Und zwar seit zehn Jahren. Kein Mensch weiß von seiner Existenz, nicht einmal seine Mutter, die es für tot hält. Es wird bestimmt misshandelt, es muss aus dieser Hölle befreit werden. Aber wie?

Wenn ich die Polizei rufe, riskiere ich, dass sie es umbringen. Davor haben die Leguerches umso weniger Skrupel, als sie es nicht als menschliches Wesen ansehen. Die beiden sind nicht auffällig grausam oder gewaltbereit, nur zwei ganz normale Franzosen, die aus einem Grund, den ich nicht verstehe, das Kind ihrer Tochter verdinglicht haben: Ihr Enkel ist für sie kein Mensch. Liegt es daran, dass es das Kind eines Arabers ist? Nein. Leguerche hat ja gesagt, dass er es in diesem Fall getötet hätte. Also, woran dann?

Weiß Giselle Bescheid? Wollte sie diesem Horror entkommen, indem sie die Aufseherin umbrachte? Ich denke nicht. Giselle hat wirklich geglaubt, dass ihr Kind tot ist. Ganz bestimmt haben sie ihr deswegen die Haare geschickt; damit sie weiß, dass es noch lebt. Daher ihre heftige Reaktion. Sie hatte gehofft, ihnen entkommen zu sein, aus dem Albtraum aufzuwachen, aber dann haben sie sich diese nette Sache einfallen lassen, um sich ihr wieder nachdrücklich in Erinnerung zu bringen.

Was soll ich machen? Ich muss mit Hugo sprechen. Ich will hören, was er davon hält, damit ich meine eigenen Gedanken ordnen kann. Nach Bercy nehme ich automatisch die Ausfahrt Pont d'Austerlitz und dann die Straße am Ufer entlang.

Wieso hielten es die Leguerches plötzlich für notwendig, ihrer Tochter mitzuteilen, dass dieses Ding aus ihrem Bauch noch lebt? Damit sie bereut? Wahrscheinlich, sogar sehr wahrscheinlich. Alles deutet darauf hin, dass die Leguerches seit Jahren und vermutlich sogar schon seit weit über zehn Jahren eine Art Familien-Vendetta führen, bei der sie das Kind und die zwei ermordeten Frauen als Geiseln benutzt haben. Es geht ihnen darum, ihr Ziel zu treffen, wobei die Zielscheibe immer einer von ihnen ist.

Flankiert von meinem unverwüstlichen Kiki, stehe ich mir seit fünf Minuten vor Hugos Wohnung die Beine in den Bauch. Ich weiß, dass er da ist, weil ich drinnen die Doors laufen höre. Gerührt sage ich mir, dass ein Mann, der die Musik der Doors mag, nicht ganz schlecht sein kann. Da er mich nicht zu hören scheint, bleibe ich mit dem Finger auf dem Klingelknopf, bis er endlich aufmacht.

«Geht's dir zu gut, oder was?»

Er steht wie üblich mit nacktem Oberkörper, Jeans und bloßen Füßen vor mir.

«Entschuldigung, ich warte hier schon zehn Minuten.»

«Dann ruf doch einfach vorher an.»

Klar. Was bedeutet es schon, dass es vor noch nicht allzu langer Zeit überhaupt keine Rolle gespielt hat, ob ich angerufen hatte oder nicht.

Er tritt von einem Fuß auf den anderen, die Haare zerrauft, und will die Tür am liebsten gleich wieder zumachen.

«Hör mal, es tut mir leid, aber ich habe einen furchtbaren Sonntag hinter mir. Seit der Beerdigung von Solange herrscht die reine Panik. Ich bin ständig in Saint-Cloud.»

Er lächelt, und plötzlich fällt mir wieder ein, dass ich in ihn verliebt bin. Bei dem Gedanken, dass er nur schlecht gelaunt ist, seine Familie ihm zusetzt und ihn Schuldgefühle gegenüber seinem Bruder bedrängen, schwappt eine Welle von Zärtlichkeit in mir hoch.

«Ich habe oft an dich gedacht», sage ich und erwidere sein Lächeln. «An uns beide, um genau zu sein …»

Seine Augen blitzen fast gegen seinen Willen.

«Und wie war das so?»

Ich muss mich beherrschen, um mich nicht einfach auf ihn zu stürzen. Er spürt es, und wir lächeln beide.

«Gar nicht so schlecht eigentlich. Ich erinnere mich sogar sehr gern zurück …»

In diesem Moment wird hinter ihm eine Gestalt sichtbar. Eine Flut brauner Haare fällt auf ihre Schultern, ein winziges

Handtuch reicht von ihren Brüsten bis knapp an die Oberschenkel. Und sie schämt sich kein bisschen.

Sarah.

Ich hätte ahnen können, dass sie ihn niemals aufgeben wird, ist mein erster Gedanke. Mein zweiter ist die Frage, wie lange das eigentlich schon so geht.

«Guten Abend, Véra», sagt sie.

Und ich erwidere im gleichen honigsüßen Ton:

«Was für ein Zufall, guten Abend, Sarah.»

«Verdammt, wie kannst du dich hier so aufführen!», zischt Hugo Sarah an.

Ich bremse ihn sofort aus.

«Tja, du kannst schließlich machen, was du willst. Ich habe dich ja nicht per Katalog bestellt.»

«Siehst du, mein Schatz», sagt sie. «Ich hab dir ja gleich gesagt, dass sie ein großes Mädchen ist.»

Ohne auf die Unterbrechung durch Sarah zu reagieren, spreche ich weiter:

«Hugo, du musst mir einen Gefallen tun, es ist sehr wichtig.»

Und dann drücke ich ihm Kiki in die Arme, bevor ich im Aufzug verschwinde.

21

ICH weiß nicht mehr, wie ich an diesem Abend nach Hause gekommen bin, ich weiß nicht mal mehr, ob ich geschlafen, gegessen, getrunken, geweint oder gekotzt habe. Doch ich erinnere mich, dass ich mich mit Hakim treffen wollte, um mit ihm über meine Entdeckung bei den Leguerches zu sprechen, aber auch über mich, schließlich war er jetzt ein Freund der Familie und würde alles verstehen. Doch Hakim ist in einer nebligen Ferne verschwunden, und das ist auch gut so. Sonst hätte ich womöglich Dummheiten gemacht.

Nachdem ich geduscht habe, sehe ich mich im Spiegel an. Ich erschrecke vor meinem eigenen Anblick. Blutunterlaufene Augen unter geschwollenen Lidern, aschgraue Haut, rötliche Haarsträhnen, die am Kopf kleben, ich sehe aus wie eine geschlechtslose Reinkarnation von Rasputin. Kein Wunder, dass die Markovitchs Angst vor mir haben.

Dann sitze ich im Wepler an meinem Tisch und warte auf die Clanchefin. Immerhin habe ich die Verabredung mit Lili nicht vergessen. Ich habe Pommes bestellt, weil die so schön fettig sind und man Cellulitis davon bekommt.

Es ist fast drei Uhr, und das Lokal leert sich allmählich, der mittägliche Ansturm ist vorbei. Kaum wahrnehmbar drosseln die Kellner ihr Tempo. Von meinem Platz aus, an der Rückwand des Raumes hinter einer Säule, habe ich über die verspiegelte Wand die Eingangstür im Blick. Aber es kommt niemand, obwohl ich schon beinahe eine Stunde warte. Jeder andere hätte kapiert, dass mich Lili Markovitch versetzt hat, bloß ich nicht. Ich fühle mich sogar wohl hinter meinem Pfeiler. Ich habe keine Lust, mich von der Stelle zu rühren, und noch weniger, über irgendetwas nachzudenken.

«Doktor Cabral?»

Erstaunt sehe ich den Kellner an.

«Ja?»

«Sie werden am Telefon verlangt.»

Und weil ich so aussehe, als verstünde ich kein Französisch, fügt er hinzu: «Die Kabine ist unten.»

Das ist mal wieder typisch Lili Markovitch. Mich im Wepler ans Telefon zu bestellen, statt mich wie jeder normale Mensch über mein Handy anzurufen. Dieser leicht altmodische Touch ist eben superchic. Ich steige die enge Treppe zu den Toiletten hinunter und ziehe die Tür der Telefonkabine hinter mir zu. Der Hörer liegt schon daneben.

«Allô?»

«…»

«Allô? Véra Cabral am Apparat.»

«…»

Nichts. Dennoch höre ich an den Atemgeräuschen, dass jemand am anderen Ende der Leitung ist. Mir schießen massenhaft Einfälle durch den Kopf, geistreiche Bemerkungen, ironische Kommentare, mit denen ich ihn bombardieren könnte, um ihn mit meiner überlegenen Intelligenz fertigzumachen, aber dafür habe ich doch zu viele Pommes in mich reingestopft. Ich lege auf und drehe mit einer erschöpften Handbewegung den Knauf der Kabinentür. Doch es geht nicht. Blitzartig wird mir bewusst, dass ich mich in einem sehr engen Raum befinde, der ziemlich viel Ähnlichkeit mit einem Sarg hat. Dieser Eindruck wird noch dadurch verstärkt, dass die Wände holzvertäfelt sind und es keinerlei Belüftung gibt. Ich stürze mich wieder auf den Knauf, ich hämmere an die Wände, zuerst mit den Fäusten, dann mit den Füßen. Die Leute, die zur Toilette gehen, können mich unmöglich überhören. Aber das Lokal war praktisch leer, als ich hier runtergegangen bin. Wie lange wird es dauern, bis jemand kommt? Der Spalt zwischen Boden und Tür reicht kaum aus, um die Luft hereinzulassen, die ich zum Atmen brauche. Ich klopfe, ich rufe, ich schreie, ich klopfe. Ich bin schweißüberströmt. Schließlich lasse ich mich mit dem Rücken an der Tür hinabgleiten, bis ich auf dem Boden hocke. Wer hat das eingefädelt? Irgendwer muss mich im Lokal beobachtet und dann von seinem Handy aus im Wepler angerufen haben. Ganz einfach. Er oder sie musste nur warten, bis ich die Treppen hinuntergegangen war, mir folgen und die Tür blockieren. Das kann nur Fabrice gewesen sein. Außer ihm konnte niemand wissen, dass ich hier verabredet war. Dass ich auf den Schuldigen gekommen bin, hilft mir, mich wieder zu fangen. Das ist vermutlich sein nächster Einschüchterungsversuch. Passt genau zu ihm.

Während ich ihn im Kopf mit sämtlichen Schimpfnamen belege, die ich in meinem ereignisreichen Leben je gehört habe, fange ich wieder an zu klopfen. Fast augenblicklich kommt jemand, und ich werde befreit.

Feiner Sprühregen bestäubt den Boulevard de Clichy. Mit tiefen Zügen sauge ich die feuchte, versmogte Luft in meine Lungen. Die Sache ist gegessen. Ich glaube nicht, dass Lili Markovitch etwas damit zu tun hat. Wahrscheinlich hat ihr Fabrice gesagt, dass er ins Wepler gehen und sich mit mir aussprechen würde. Ich muss nur noch ein paar Tage durchhalten. Das alles bekommen der Untersuchungsrichter und sein Anwalt zu hören, und wenn's sein muss, erstatte ich sogar Anzeige. Es ist höchste Zeit, dass ihm jemand seinen Allmächtigkeitswahn austreibt.

«Hakim?»

Überrascht dreht er sich um. Hinter ihm steht mein Auto. Die Windschutzscheibe ist zersplittert, die Seitenfenster sind eingeschlagen und die Reifen zerstochen. Ich öffne den Mund, doch es kommt kein Ton heraus. Ich traue meinen Augen nicht.

«Tut mir leid», sagt er. «Ich bin zu spät gekommen.»

Ich muss mich setzen. Ich ziehe die Autotür auf, aber Hakim hält mich zurück.

«Pass auf, da sind überall Glassplitter.»

Mit keuchendem Atem frage ich: «Was machst du hier?»

Und wenn er es gewesen wäre? Ich weiß schließlich, dass er mich ausspioniert, dass er mich die ganze Zeit überwacht. Wer außer ihm kann sich so unauffällig benehmen, dass ich ihn im Wepler übersehe? Wer außer ihm könnte so ein abgedrehtes Ding durchziehen? Fabrice ist nichts weiter als ein schlechter Verlierer. Aber Hakim ist Profi. Die Art und Weise, wie er sich in meiner Familie beliebt gemacht hat, seine Sanftmut, seine vertrauenerweckende Art, das sind alles nur Masken. Wer versteckt sich dahinter? Welches Ziel verfolgt dieser Mann?

Alles, was mir dazu einfällt, ist: «Hau einfach bloß ab.»

Er erstarrt.

«Ich habe die Polizei gerufen. Sie ist gleich da.»

«Du hast also die Polizei gerufen, aber mich anzurufen ist dir nicht eingefallen?»

Ich weiß, dass er meine Handynummer hat, auch wenn ich sie ihm nicht gegeben habe.

«Das wollte ich gerade tun, als du gekommen bist.»

So ein Zufall.

«Hast du geglaubt, ich wäre noch stundenlang eingesperrt?»

«Wo eingesperrt?»

«Da, wo du mich reingelockt hast. In der Telefonkabine.»

An seinem Blick erkenne ich, dass es mit dem Zimmer zum Garten aus und vorbei ist. Seine Augen sind zwei schwarze Löcher und sein Gesicht so ausdrucksstark wie abgestorbene Baumrinde.

Flüsternd wiederholt er kaum hörbar: «Ich soll dich also in einer Telefonkabine eingesperrt haben?»

«Ich weiß, dass du es warst. Die anonymen Anrufe, all die ganzen kleinen Nervereien, das kannst nur du gewesen sein.»

«Das reicht. Du hörst nichts mehr von mir.»

Ich verziehe mein Gesicht zu einem Grinsen.

«Was willst du eigentlich noch, Hakim? Findest du, dass ich dir nicht genügend Informationen gebe? Dass ich deine

Angelegenheiten nicht schnell genug vorwärtsbringe? Bin ich nicht das brave kleine Zugpferd, das du dir vorgestellt hast?»

Er hört mich nicht, er ist schon weg. An der Stelle, an der er gestanden hat, steigen zwei uniformierte Polizisten vom Fahrrad.

Ein Page erwartet mich vor dem Viersternehotel, einem neunstöckigen Riesenklotz an der Stadtautobahn. Monique hat mich angerufen, als ich gerade meine Anzeige im Kommissariat aufgegeben habe, und ich bin so schnell wie möglich los, ohne im Zentrum vorbeizuschauen und ohne eine Lösung für mein Autoproblem zu haben. Während ich dem Pagen nachrenne, der im Eilschritt die Halle durchquert, frage ich mich, wie man sich so ein Hotel aussuchen kann. Wie um mir recht zu geben, werfen uns die Touristen ängstliche Blicke zu. Wenn ich es richtig verstanden habe, sind die meisten Kunden hier Ausländer, vor allem Amerikaner.

«Es ist so schon schwer genug, sie hierher zu bekommen», vertraut mir der Page mit kummervollem Blick an, «wenn wir ihnen jetzt auch noch Angst einjagen ...»

Wenn man ihn so reden hört, könnte man denken, die Amerikaner ließen sich so leicht aufscheuchen wie die Nymphen in der Morgendämmerung.

Der Lift hält vor dem Terrassenrestaurant in der obersten Etage. Wir versinken bis zu den Knöcheln im Teppich, der zweifellos ausgesucht wurde, um die Stürze der Amerikaner abzumildern. Überall stehen Polizisten herum.

Ein magerer Mann mit hervorstehendem Adamsapfel gibt mir die Hand. Er drückt so fest zu, dass ich mich frage, was er mit den Knochen vorhat, wenn er wieder loslässt. Es ist der Hoteldirektor. Er fängt zu reden an, noch bevor der

Lieutenant, der den Polizeieinsatz leitet, mir auch nur guten Tag sagen kann.

«Es ist ein Stammkunde, sehr angesehen, Vertragshändler von Mercedes in Le Mans. Er kommt häufig nach Paris.»

Ich wende mich an den Lieutenant:

«Können Sie mir sagen, was vorgefallen ist?»

Sie zeigen mir ein Paar, das an einem Tisch mit weißer Decke sitzt, auf dem Silberbestecke liegen. Die anderen Tische sind leer, die Kellner stehen in einer Reihe an der hinteren Wand des Raumes. Man könnte das alles für ein Filmset halten, auf dem die Schauspieler gerade ihre Plätze eingenommen haben und darauf warten, dass «Action!» gerufen wird. Nur der Geruch der Angst passt nicht dazu.

Der Mann ist ein Hotelgast, erklärt der Lieutenant knapp. Offenbar kennt er die junge Frau gut, die seit zwei Jahren hier als Zimmermädchen arbeitet. Vielleicht hat der Gast einen Übergriff versucht, oder vielleicht ist bei ihrer Bettgymnastik einfach etwas schiefgegangen. Jedenfalls ist sie plötzlich halbnackt und um Hilfe schreiend aus dem Zimmer gerannt. Den Augenzeugen zufolge hat sie der Gast verfolgt und ist hinter ihr in den Aufzug gesprungen.

«Jetzt stellen Sie sich mal diese Szene vor!», ruft der Direktor, am Ende seiner Nerven. «Und das vor den Augen meiner amerikanischen Gäste!»

Pech für die Belgier und Serbokroaten. Vor ihnen muss man sich offenbar nicht schämen. Der Lieutenant und ich lassen dem Direktor einen kühlen Blick zukommen. Dann fährt der Einsatzleiter fort:

«Sie haben die Türen blockiert und in dem Lift das zu Ende gebracht, was sie im Zimmer angefangen hatten.»

«Moment. Sie sprachen gerade von einer Vergewaltigung, da …»

«In diesem Punkt sind wir keineswegs sicher», erwidert der Lieutenant schnell.

«Hatte sie nicht zwei Minuten vorher noch um Hilfe gerufen?»

«Schon, aber der Gast scheint sie wirklich zu kennen. Es ist ja möglich, dass sie ihm irgendwelche Versprechungen gemacht hat, um ihr Gehalt aufzubessern, und er sie beim Wort nehmen wollte.»

«Hat sie vielleicht nicht das Recht, ihre Meinung zu ändern?»

Wir funkeln uns an. Es kostet mich einige Anstrengung, mich daran zu erinnern, dass ich nicht hierhergekommen bin, um mich mit ihm herumzustreiten. Er ist der Normalfall. Na ja, pseudonormal. Oder einfach bloß pseudo.

Geduldig mache ich weiter.

«Wurden sie gesehen, als sie den Aufzug verließen?»

«Natürlich!», ruft der Direktor aus. «Sie sind mit einem Riesengetöse mitten ins Restaurant geplatzt … Kein Mensch konnte übersehen, dass sie kurz zuvor Sex hatten!»

Ich habe den Verdacht, dass der Hoteldirektor die Tatsachen herunterspielt, um seine Verhandlungsposition für den Schadensersatz zu verbessern, den das Hotel dem armen Zimmermädchen wird zahlen müssen.

Ich frage weiter:

«Er ist also mit der Angestellten, die er gerade vergewaltigt hatte, ins Restaurant gekommen?»

Er führt mit seinem Adamsapfel einen kleinen Jo-Jo-Trick vor, ehe er antwortet:

«Er hat dem Oberkellner seine Waffe gezeigt und dabei gesagt, dass er in aller Ruhe mit seiner Verlobten zu Abend essen möchte. Zufällig waren gerade nicht viele Gäste da, und niemand hatte besondere Lust, noch länger zu bleiben.»

«Steigt er immer bei Ihnen ab?»

«Seit sechs Monaten, ja.»

«Unterhält er sich mit dem Personal? Ist er sympathisch? Gibt er gute Trinkgelder?»

«Der Herr ist sehr zurückhaltend und diskret. Er isst jeden Abend im Hotel. Nicht der Typ, der durch die Bars zieht oder sich eine Prostituierte bestellt. Nein», sagt er und schüttelt heftig den Kopf, «sie muss ihn provoziert haben, anders kann man es sich nicht vorstellen.»

«Und was machen die beiden jetzt?»

«Er hat gefordert, dass ein Pfarrer und ein Standesbeamter kommen. Er hat vor, sie zu heiraten. Ehrlich gesagt glaube ich, dass es ihm nicht sehr gut geht.»

Wir dürfen keinen Augenblick länger abwarten. Das Opfer hat gesehen, dass die Polizei eingetroffen ist, und die Tatsache, dass ihr niemand zu Hilfe kommt, wird der Frau noch das letzte bisschen Verstand rauben. Angesichts der Umstände ist ein gewaltsames Eingreifen ausgeschlossen. Also müssen wir es mit einem Gespräch versuchen.

Ich durchquere das Restaurant, um an den Tisch zu kommen, an dem der Gast mit seiner «Verlobten» sitzt.

Er versucht, sie von irgendetwas zu überzeugen, denn er spricht mit leiser, drängender Stimme auf sie ein. Sie sieht ihn nicht an, sie hat den Kopf über den Teller gebeugt, sodass ein Teil ihres Gesichts hinter langen blonden Haarsträhnen verschwunden ist. Soweit ich sehen kann, ist sie ganz niedlich, das ist aber auch alles.

«Monsieur Cabesco?»

«Kommen Sie vom Standesamt?»

«Nein, ich bin Ärztin. Mein Name ist Cabral.»

Gänzlich unerwartet lächelt er. Seine offene Krawatte

hängt rechts und links an seinem blau-weiß gestreiften Hemd herunter.

«Ist schon gut», sagt er pfiffig. «Sie können ruhig sagen, wer Sie sind. Die werden Ihnen nichts tun.»

Während er auf die dicke Pistole neben seinem Teller klopft, fügt er befriedigt hinzu: «Ich hab sie im Griff.»

Ich setze mich auf einen Stuhl den beiden gegenüber.

«Ich habe schlechte Neuigkeiten für Sie, Monsieur Cabesco», sage ich und sehe ihm dabei in die Augen. «Ihrer Verlobten geht es nicht gut.»

Überrascht wendet er sich ihr zu.

«Nadège? Nadège geht's nicht gut?»

Das arme Mädchen schluchzt los: «Madame, ich bitte Sie, helfen Sie mir. Ich werde nichts sagen, ich will nur, dass er mich gehen lässt.»

Ich lege kurz meine Hand auf ihre.

«He! Lassen Sie das!»

Der Einsneunzig-Typ, der sie überfallen hat, kann es also nicht leiden, wenn sein Eigentum angefasst wird. Ich spreche weiter mit ihm und wiederhole dabei seinen Namen, als würden wir uns schon lange kennen.

«Monsieur Cabesco, ich kann Sie nicht verheiraten. Schon gar nicht, wenn Sie bewaffnet sind.»

Misstrauen blitzt in seinen Augen auf.

«Warum nicht? Sind Sie auf deren Seite?»

Ich schüttele bedauernd den Kopf.

«Nadège ist nicht bereit, das sehen Sie doch selbst ...»

Mit einer schnellen Handbewegung packt er seine Waffe und setzt den Lauf an die Schläfe der jungen Frau, dic vor Entsetzen erstarrt.

«Geht's vielleicht auf die Art?»

«Monsieur Cabesco», sage ich vorwurfsvoll. «Wir können

wenigstens miteinander sprechen, oder? Das werden Sie mir wohl nicht übelnehmen. Kommen Sie, legen Sie das weg. Seit wann kennen Sie Nadège eigentlich?»

«Seit sechs Monaten. Da hat sie durchblicken lassen, dass sie heimlich in mich verliebt ist …»

Die junge Frau schüttelt den Kopf und starrt mich flehentlich an. Ich würde sie gern beruhigen, ihr sagen, dass ich weiß, dass sie niemals in diesen Mann verliebt war, er ihr nicht mal aufgefallen ist. In Monsieur Cabescos Fall entwickelt sich das Delirium unter der Oberfläche. Bis es schließlich an den Tag kommt, ist es praktisch zu spät.

Zunehmend aufgeregt, senkt Monsieur Cabesco merklich den Lauf seiner Pistole, um seine Erklärung loszuwerden:

«Als ich angekommen bin, war sie sofort hin und weg von mir. Oh! Sie hätten mal ihre feurigen Blicke sehen müssen! Und wie sie sich in den Hüften gewiegt hat! Sie hätten sofort bemerkt, welchen Eindruck ich auf sie gemacht habe!»

«Haben Sie denn gemeinsam darüber gesprochen?»

«Wozu denn? Die Sache war vollkommen klar, das können Sie mir glauben! Diese Schlampe hatte nur noch mich im Kopf!»

Klassischer Fall. In Wahrheit hatte er nur noch sie im Kopf.

«Monsieur Cabesco, wenn Nadège wirklich eine Schlampe ist, können Sie sie nicht heiraten, so eine Verbindung taugt nichts.»

Das ist der Bannfluch. Ich habe das Objekt seiner Begierde eine Schlampe genannt. Er sieht mich jetzt auf eine Art an, die mein Blut aus den Adern zurückweichen und sich in die hintersten Winkel meines Organismus zurückziehen lässt.

«Wollen Sie wissen, was ich heute Morgen gemacht habe,

bevor ich hierhergekommen bin?», bellt er. «Wollen Sie wissen, was ich für sie getan habe? Sie hat mich darum gebeten, und ich war einverstanden, ganz gleich, wie teuer es mich zu stehen kommt.»

«Ich habe um gar nichts gebeten!», ruft die junge Frau aus. «Ich habe niemals mit ihm gesprochen!»

«Ich weiß», sage ich und zwinge mich zu einem beruhigenden Lächeln. «Aber lassen wir Monsieur Cabesco sagen, was er zu sagen hat.»

Hintersinn: Wenn Sie nicht wollen, dass er uns alle beide umbringt. Glücklicherweise ist er so in seinem Wahn gefangen, dass er nicht auf Nadèges Worte geachtet hat.

«Wollen Sie wissen, was ich gemacht habe? Ich habe meine Frau und meine Kinder verlassen. Ist das etwa kein Liebesbeweis? Ist das vielleicht nicht unglaublich?»

An diesem Punkt bin ich bereit, alles zu glauben. Ich halte es nicht mehr aus und stehe auf.

«Monsieur Cabesco. Hier drin sind zu viele Leute. Sie werden nie zulassen, dass Sie heiraten. Kommen Sie mit mir, wir werden sehen, was wir machen können.»

«Sie haben recht», sagt er.

Und so, wie man schnell noch sein Glas leert, bevor man vom Tisch aufsteht, entleert er das Magazin seiner Pistole auf den Körper der jungen Frau.

22

STARR vor Entsetzen klebt mein Blick an dem zerfetzten Körper auf dem Stuhl. Die Arme baumeln seitwärts herab, der Kopf hängt hintenüber, und aus der durchlöcherten blauen Arbeitskleidung sprudelt Blut. Nadège ist tot.

Von ferne nehme ich die Anwesenheit des Lieutenants wahr.

«Verdammtes Arschloch!», seufzt er. «Wir hatten es beinahe geschafft.»

Als ihm mein seltsames Benehmen auffällt, legt er mir den Arm um die Schulter.

«Los», sagt er freundlich. «Kommen Sie.»

Ich rühre mich nicht vom Fleck. Ich kann nicht. Ich starre auf die Leiche der jungen Frau, als hätte ich noch nie einen Toten gesehen.

«Doktor Cabral? Véra?»

Ich höre sie wie durch Watte. Der Polizeifotograf macht seine Aufnahmen, ohne zu bemerken, dass wir uns unterhalten, der leblose Körper und ich. Die Leiche ernennt mich zum Zeugen dieser schrecklichen Ungerechtigkeit. Sie erzählt mir von den Plänen, die sie jetzt nicht mehr verwirklichen kann, von dem dunklen Grab, das sie erwartet, von ihrer zerstörten Zukunft und ihren verlorenen Träumen. Ich verstehe alles, was sie mir sagt, ich fühle, was sie fühlt, den ganzen Schmerz und die Verzweiflung darüber, sich vom Leben verabschieden zu müssen. Diese Leiche bin ich.

Schließlich werde ich auf einer Trage hinausgebracht. Man darf nicht glauben, dass diese ganzen Dramen spurlos an den Einsatzteams vorübergehen.

Ein starker Afras-Geruch entreißt mich dem Scheintod. Durch das Fenster erkenne ich den Park des Krankenhauses Saint-Guy. Sofort fühle ich mich wie daheim, praktisch wie in meiner Wohnung. Ich bin nur in der Notaufnahme ein bisschen eingenickt.

«Hakim?»

Vom Fußende meines Bettes aus mustert er mich voller Abscheu.

«Was soll das eigentlich für ein Beruf sein? Warum legen

Sie solche Kerle nicht einfach direkt um? Wem nützt es was, wenn sie am Leben bleiben?»

Er macht mich für dieses lasche Vorgehen persönlich verantwortlich.

«Jetzt sieh dich bloß mal an! Du bist doch eine gebildete Frau, mit sämtlichen Diplomen und so weiter, und du reibst dich für solche Spinner auf!»

«Mach die Zigarette aus.»

«Die stört nicht. Das Fenster ist offen.»

Das stimmt. Es ist genauso mild wie am Tag zuvor, und die Sonne, die schon tief über den Rasenflächen steht, verleiht jedem einzelnen Grashalm einen langen Schatten.

«Verzieh dich. Ich will dich nicht sehen.»

«Véra, töte mir nicht den letzten Nerv, in Ordnung? Ich habe keine Ahnung, was du dir einbildest, aber es ist ganz und gar nicht meine Art, Frauen in der Toilette einzusperren …»

«Es war eine Telefonkabine …»

«Egal, das ist dasselbe! Und ich als Polizist soll mitten auf der Straße ein Auto demoliert haben? Machst du Witze, oder was?»

«Meine Aktentasche wurde gestohlen. Die lag auf dem Beifahrersitz.»

«Ich pfeif auf deine Aktentasche! Ich kenne die Unterlagen ohnehin besser als du selbst! Was sollte ich mit deiner Tasche anfangen?»

«Wer soll's denn sonst gewesen sein?»

Er zögert eine Millisekunde, bevor er erklärt: «Keine Ahnung.»

«Du lügst.»

«Stimmt», sagt er einfach. «Aber ich bin hier nicht zu Hause. Ich kann mich nicht in eure Angelegenheiten mischen.»

Erschöpft, die Lider schwer vom Schlafmittel, das noch

durch meinen Körper kreist, erwidere ich nichts mehr. Er hat recht. Er ist nicht so dumm, ein derartiges Risiko einzugehen und mitten am Tag auf ein Auto einzudreschen. Außerdem hat mir die Polizei gesagt, dass zwei Jungs dabei gesehen wurden. Und dass die beiden wahrscheinlich für diese Aktion bezahlt wurden. Ich habe Hakim die Schuld gegeben, weil ich einen Sündenbock brauchte.

«Kann ich mich setzen?»

Ich gebe mich geschlagen und nicke. Warum sollte ich es leugnen? Es tut mir gut, ihn an meiner Seite zu haben. Seine Ruhe umgibt mich wie eine Schutzschicht.

Mit schwerer Zunge erzähle ich ihm, was ich bei den Leguerches gesehen habe. Als ich damit fertig bin, fixiert Hakim einen Punkt weit draußen im Park. Die Beine vor sich ausgestreckt, bleibt er tief in Gedanken versunken. Langsam brennt die Zigarette ab, die zwischen seinen Fingerspitzen hängt. Dann legt er plötzlich, fast ohne sich zu bewegen, ohne seine Augen vom Fenster abzuwenden, sanft seine Hand auf meine. Die Berührung seiner warmen, weichen Handfläche treibt mir Tränen in die Augen. Ich halte seine Hand, bis sie wieder versiegt sind.

Dann fragt er mich ganz leise: «Und was hast du jetzt vor?»

«Ich wollte die Polizei benachrichtigen, aber es ist besser, wenn ich vorher mit der Untersuchungsrichterin spreche. Verstehst du, das Problem ist, dass ich das Kind nicht gesehen habe. Wenn ich Pech habe, setze ich mich damit richtig in die Nesseln.»

Leichtes Schulterzucken.

«Er ist dort. Mach's … Ich wusste von Anfang an, dass er dort ist. Wir können uns nicht beide dermaßen irren.»

«Und was wirst du jetzt tun? Wirst du diesem Terroristen

erzählen, dass er einen Sohn hat? Denkst du, du kannst auf diese Weise sein Netzwerk unterwandern?»

Statt einer Antwort umspielt ein ironisches Lächeln seine bläulichen Lippen. Er betrachtet mich mit zärtlicher Belustigung, sagt aber kein Wort. Erbost rufe ich: «Du fällst mir langsam wirklich auf die Nerven mit deiner ewigen Geheimnistuerei!»

Aber eigentlich spüre ich das unwiderstehliche Verlangen, dass er mich in seine Arme nimmt, mich weit von meinem eigenen Leben fortbringt, nicht in seines, bloß anderswohin.

In einem Moment äußerster Verlegenheit kreuzen sich unsere Blicke. In seinen Augen spiegeln sich meine Gedanken glasklar wider.

Aber gibt es überhaupt ein Anderswo?

Unvermittelt wird die Zimmertür aufgerissen. Hugo stürzt herein, sein offener Kittel flattert über seinem Ralph-Lauren-Hemd. Manchmal frage ich mich, ob er nicht vielleicht in seinem Keller eine Schwarzarbeiterwerkstatt betreibt, in der über Nacht seine ganzen Ralph-Lauren-Hemden genäht werden.

«Véra! Wie fühlst du dich? Was ist passiert?»

Hakim hat meine Hand losgelassen, ohne dass es mir aufgefallen wäre. Neben meinem Bett stehend hat er wieder seine übliche reservierte Haltung eingenommen. Ich spüre, wie unangenehm es ihm ist, dass er unangebrachte Gefühle hat durchscheinen lassen. Fast will ich lachen und ihm sagen, dass ihm das nicht peinlich sein muss. Aber nur fast.

Hugo begrüßt ihn mit einem Nicken, ohne ihn wiederzuerkennen. Er fühlt meinen Puls und sieht mich beunruhigt an.

«Du siehst schlecht aus. Was haben sie dir gegeben?»

Am liebsten würde ich ihm sagen, dass er ein Stück zur Seite gehen soll. Er verdeckt mir den Blick auf Hakim. Ich höre seine Stimme schon fast von der Türe aus: «Ich gehe dann mal. Tschüs, Véra.»

Er ist verschwunden, bevor ich ihn zurückhalten kann.

Als wir allein sind, versuche ich mich mit Hugo so zu unterhalten, als hätte ich am Vortag in seinem Wohnzimmer keine meiner Freundinnen im Evaskostüm angetroffen.

«Es war blöd», sage ich und ziehe es ins Lächerliche. «Eine kleine Abschlachterei, und zack, schon kippe ich um!»

Er sieht sich mein Krankenblatt an, und was er da zu lesen bekommt, scheint ihm nicht besonders zu gefallen.

«Das ist normal», erklärt er. «Du bist zurzeit wirklich vollkommen überlastet. Und zum Teil bin ich dafür verantwortlich …»

Ungeduldig unterbreche ich ihn: «Das hat nichts damit zu tun!»

Doch umsonst, schon legt er los:

«Véra, ich fühle mich wirklich schlecht wegen gestern Abend. Ich möchte nicht, dass du das falsch verstehst. Zwischen Sarah und mir ist nichts Ernstes. Deshalb wollte ich auch gar nicht mit dir darüber sprechen. Es war nur ein- oder zweimal, nur so …»

Über die grenzenlose Naivität von Männern kann man sich bloß wundern. Es ist naiv zu glauben, dass sich Sarah mit einer kleinen, heimlichen Affäre zufriedengeben könnte, und genauso naiv zu glauben, dass ich ihm das abnehmen werde.

«Für sie ist es aber etwas Ernstes», sage ich.

«Nein, gar nicht! Sie hat einfach bloß keinen Typen zurzeit, sie langweilt sich, und da hat sie sich mich geangelt, um die Leere ein bisschen auszufüllen.»

Es wäre allerdings interessant zu erfahren, warum er sich hat angeln lassen. Doch diese Frage bleibt unausgesprochen.

Dank der Medikamente sieht mein edles Gemüt das alles als unwichtig an.

Ich bewundere die Lichtreflexe der Sonnenstrahlen auf den Fensterscheiben, bevor ich nachdenklich antworte: «Du hast sie schon immer falsch eingeschätzt. Sarah ist eine sehr sensible Frau und sehr allein. Verführerinnen sind immer allein.»

Er gibt mir voll und ganz recht, es stört ihn schließlich nicht, wenn er jemand anderem die Schuld zuschieben kann.

«Genau. Sie hat mich verführt.»

Gereizt knurre ich: «Gib mir meine Kleider rüber, bitte.»

«Nein, ich möchte, dass wir darüber reden.»

«Hör mal, ich bin eine Woche krankgeschrieben. Da haben wir ausreichend Zeit, uns zu unterhalten.»

Wie soll ich ihm auch sagen, dass ich seine blauen Augen und seine ewigen Ralph-Lauren-Hemden nicht mehr ertragen kann? Dass ich ihm einen Mann vorziehe, der aus einer ganz anderen Welt kommt?

Ich bin zu müde, um darüber nachzudenken. Also mache ich ein kleines Ausweichmanöver.

«Entschuldige, aber ich bin noch nicht ganz da.»

«Ich rufe dir ein Taxi.»

«Danke.»

Ich befürchte nur eines: dass er mich bittet, Kiki wieder zu nehmen. Aber momentan traut er sich nicht. Er denkt zwar daran, aber er traut sich nicht. Großmütig verzichte ich darauf, ihm Vorwürfe zu machen, weil er mich nicht nach Hause bringt.

23

SO wahr ich hier stehe, Hakim fehlt mir. Die strahlende Herbstsonne vergoldet meine winzige Wohnung. Mit einer Schale Tee in der Hand gehe ich von der Küche ins Wohnzimmer, ins Schlafzimmer und wieder zurück und bedaure die ganze Zeit, dass ich ihn nicht nach einer Nummer gefragt habe, unter der ich ihn erreichen kann.

Das Interventionszentrum hat angerufen, um festzustellen, ob ich klarkomme. Sie haben posttraumatische Therapiesitzungen für mich organisiert, von denen die erste heute Abend stattfinden wird. Am besten fängt man gleich damit an, bevor sich das Problem verkapseln kann. Die Leute verstehen schließlich was von ihrem Job.

Doch ich will nur, dass Hakim wiederkommt und wir da weitermachen, wo wir aufgehört haben. Ich klammere mich an die Erinnerung seiner Hand auf meiner, aber er ist nicht da, und ich löse mich in Tränen auf.

Dann überrascht mich die Klingel. Wie üblich fange ich an, auf Victor zu schimpfen, aber bei der Vorstellung, dass es Hakim sein könnte, springe ich vom Sofa auf. Mindestens zehn Sekunden starre ich meinen Besucher wie versteinert an: Es ist Fabrice.

«Störe ich?»

Auf der Verwahrlosungsskala hat er eine gute Länge Vorsprung vor mir. Der Krawattenknoten hat sich so gut wie aufgelöst, das dreckige Hemd hat Schweißränder unter den Achseln, und er trägt einen Dreitagebart. Der perfekte Auftritt eines Schnapsbruders, der dabei ist, eine neue Pariser Brücke einzuweihen.

«Ja, du störst.»

«Schade», sagt er und schubst mich in die Wohnung.

Als auch er drinnen ist, knallt er heftig die Tür zu und schneidet uns so vom Rest der Welt ab.

Nach Alkohol stinkend und mit geballten Fäusten pflanzt er sich mitten im Wohnzimmer auf. Vorsichtshalber bringe ich das Sofa zwischen uns.

«Also?», knurrt er. «Was hast du entschieden?»

«Inwiefern entschieden?»

«Du wirst morgen deine Zeugenaussage machen, oder?»

Woher weiß er, dass es morgen ist? Das hat er garantiert von Hugo. Vielen Dank auch, Hugo. Während ich mich zwinge, mein klägliches Restchen Mut zusammenzuraffen, sehe ich mir den Mann genau an. Es geht ihm schlecht. Sehr schlecht.

«Wie bist du hereingekommen?»

«Es war offen. Warum? Hättest du mich sonst vor dem Haus stehen lassen?»

Er beginnt, auf und ab zu gehen.

«Mach dir keine Sorgen, ich habe nicht vor, ewig zu bleiben. Ich will nur, dass du damit aufhörst.»

«Mit was?»

Die Lampe vom Couchtischchen explodiert in einem Schauer aus Glas und Porzellan an der Wand. Ich mache einen Satz nach hinten. Nur mit unheimlicher Anstrengung gelingt es mir, das Zittern in meiner Stimme zu beherrschen.

«Ich hoffe, du hast dein Scheckbuch dabei. Du schuldest mir eine Lampe.»

«Halt's Maul!»

Ohne ihn aus den Augen zu lassen, krame ich in meiner Handtasche nach meinem Handy. Doch er findet es vor mir auf der Theke meiner amerikanischen Küche.

«Suchst du das hier? Pech gehabt, meine Liebe. Jetzt wirst du einmal im Leben das machen müssen, was man dir sagt.»

Mein Handy erleidet das gleiche Schicksal wie die Lampe. Es verfehlt mich nur knapp, bevor es an der Wand atomisiert wird. Als Nächstes greift er sich eine durchgeschnittene Boulekugel, die ich als Aschenbecher benutze. Er lässt sich Zeit mit dem Zielen. Ich weiß, dass er keine Schau macht. Gewalt über eine Frau auszuüben, verschafft ihm eine Befriedigung, die er sich selbst niemals eingestehen würde. Da ich zwischen der Wand und dem Sofa eingekeilt bin, ist mir jeglicher Fluchtweg abgeschnitten. Der Aschenbecher schießt mit dem Geräusch einer Rakete durch die Luft. Ich werfe mich zur Seite. Ich höre, wie er hinter mir an einen Bilderrahmen knallt. Das Glas zersplittert, der Rahmen fällt herunter, ich schreie: «Einverstanden!»

Überrascht hält er inne. Ich keuche mit rasendem Herzen: «In Ordnung! Du hast gewonnen! Ich gehe nicht zur Anhörung! Ich werde keine Aussage machen!»

Oberste Priorität: den Kerl loswerden. In meiner augenblicklichen Lage würde ich ihm auch versprechen, dass ich für Kiki ein Girokonto eröffne. Nicht eine einzige Sekunde lang ziehe ich ernsthaft die Möglichkeit in Betracht, von meiner Aussage bei der Voruntersuchung abzusehen. Aber das kann er ja nicht wissen.

«Du gehst nicht hin?»

«Nein.»

«Das glaube ich dir nicht.»

Jetzt muss ich mir aber schnellstens etwas einfallen lassen.

«Ich tue das nicht für dich, ich tue es für Hugo. Hast du auch mal an ihn gedacht? Hast du mal daran gedacht, was er sagt, wenn ich ihm die Sache mit der Lampe erzähle? Glaubst du vielleicht, so was findet er gut? Überleg's dir genau, Fabrice. Wenn du versuchst, mir die Schuld zuzuschieben, verlierst du garantiert die Unterstützung deines Bruders …»

Er denkt einen Moment nach, dann zieht er seine Brieftasche heraus.

«Ist gut, ich stell dir einen Scheck aus.»

Einen Scheck ausstellen, das kann er richtig gut. Während er wieder in die Rolle des verantwortungsbewussten Mannes schlüpft, lässt er sich auf dem Sofa nieder. Und ich spiele meinen Part, indem ich so tue, als ob mir das unheimlich wichtig wäre.

Er hebt den Blick und sieht mich peinlich berührt an.

«Entschuldige, ich glaube, ich hab's ein bisschen übertrieben. Ich bin kein Schwein. Solange hat mit meinem Geld ziemlich gut gelebt, weißt du! Sie konnte alles haben, sich jeden Wunsch erfüllen, ich habe ihr jede Summe gegeben, die sie wollte …»

Mit den Nerven am Ende, falle ich ihm ins Wort:

«Dich sollte man mal in einen Käfig sperren, zusammen mit einem Affen, der dich entweder schlägt oder dir Bananen gibt. Nach einem Monat würden wir schon sehen, ob du immer noch Bananen haben willst …»

«Es ist nicht so, wie du denkst. Ich habe sie nicht ständig geschlagen. Manchmal ist bei mir eben eine Sicherung durchgebrannt, das ist alles …»

Ich halt's nicht mehr aus. Er muss augenblicklich hier verschwinden. Umstandslos schiebe ich ihn zur Tür.

«Fabrice …»

Er dreht sich zu mir um.

«Lass dich behandeln.»

Nachdem die Tür hinter ihm zugefallen ist, postiere ich mich am Fenster, um zu beobachten, wie er das Gebäude verlässt. Ich will sichergehen, dass die Gefahr vorüber ist, bevor ich Victor eine Szene mache, die sich gewaschen hat. Das alte Haus, in dem wir wohnen, ist in drei Eigentumswohnungen aufgeteilt worden. Die beiden Wohnungen unten gehören einem reichen Maler, der in den USA lebt. Victor ist als Letzter eingezogen, und irgendwie fühlt er sich, als ob man ihn reingelegt hätte, weil er in diesem Haus niemals jemanden sieht.

Ich habe keine Ahnung, was er von dem Leben hier erwartet hat, aber ich lehne es strikt ab, dass er alle möglichen Leute reinlässt, nur damit er ein bisschen Unterhaltung hat.

Rasend vor Zorn klingle ich an seiner Tür. Keine Reaktion. Wenn Victor nicht da ist, wie ist Fabrice dann reingekommen? Es sieht Victor gar nicht ähnlich, wegzugehen und die Haustür offen zu lassen. Ich klingle noch einmal. Wieder nichts. Dann höre ich ein Geräusch hinter der Tür, ein Rascheln. Ich klingle beharrlich weiter. Auf dem Treppenabsatz wird die Stille plötzlich greifbar und unheimlich. Irgendein Unheil liegt in der Luft, Stresspartikel schweben herum, schlechtes Karma. Auf einen Schlag fühle ich mich vollkommen allein. Am liebsten würde ich auf der Stelle umdrehen und mich in meiner kuscheligen Höhle einschließen, stattdessen fange ich an, mit den Fäusten gegen Victors Tür zu hämmern und seinen Namen zu rufen. Ich hänge mich an die Klinke, ich trete gegen die Tür, ich tobe.

Urplötzlich geht die Tür von allein auf. Gegen den Türrahmen gelehnt steht Victor blasser als ein Geist vor mir. Sein Kimono ist blutdurchtränkt.

Ich stürze vor, um ihn am Fallen zu hindern. Das Rascheln, das ich gehört hatte, war nichts anderes als das Reiben des Stoffs am Türrahmen, während er sich aufgerichtet hat, um mir zu öffnen. Ich versuche, ihn auf den Boden zu legen, doch er krallt sich mit seinen lackierten Fingernägeln an mich. In der Gegend seiner linken Niere steckt ein Messer. Fremdartig ragt das Ding aus der Seide, die vor lauter Blut an seiner Haut klebt. Die Wunde hat sehr stark geblutet, er ist kurz davor zu sterben. Ich lege ihn auf die rechte Seite, bevor ich über meine Sondernummer den Rettungsdienst und die Polizei rufe.

«Es ist alles gut, Victor. Sie kommen, in einer Minute sind sie da.»

Und da er schwächer zu werden scheint, frage ich: «Weißt du, wer das getan hat?»

Fabrice. Er ist der Einzige, der das Gebäude in dieser kurzen Zeitspanne betreten und wieder verlassen hat. Noch dazu hat er allen Grund, sauer auf Victor zu sein, dessen Aussage vor dem Untersuchungsgericht ihn sehr wahrscheinlich belasten wird.

«Müll», murmelt Victor fast unhörbar.

«Du warst unten? Du hast den Müll rausgebracht?»

Er nickt mit halbgeschlossenen Augen. Fabrice ist reingekommen, während mein Nachbar den Müll weggebracht hat. Das Messer war vermutlich für mich bestimmt, doch als er Victor sah, stach er zu, bevor er zu mir nach oben kam. Victor, der nicht wusste, dass ich zu Hause war, hat sich allein die Treppen hochgeschleppt.

Ich streiche ihm eine weiße Haarsträhne aus den Augen.

«Streng dich nicht zu sehr an.»

Noch bevor er antworten kann, meldet sich über die Gegensprechanlage der Rettungsdienst. Ich höre, wie sie mit großen Sprüngen die Treppe heraufeilen und dabei mit ihrer Ausrüstung gegen das Geländer stoßen. Ich rücke weg, während sie sich auf Victor stürzen.

Und genau in diesem Moment fällt mein Blick auf ein rechteckiges Päckchen, das sorgsam mitten auf den Tisch platziert worden ist. Auf das Packpapier, das mit Tesafilm zugeklebt ist, hat jemand mit Kugelschreiber «Doktor Cabral» geschrieben.

Das Päckchen ist für mich.

Verblüfft drehe und wende ich es in meinen Händen und frage mich, wie es in Victors Wohnung gekommen ist. Es ist nicht frankiert, also muss es ihm jemand so gegeben haben. Und wer? Warum hat er es mir nicht gleich weitergegeben? Hatte er das Päckchen in der Hand, als er angegriffen wurde?

Die Sendung stand sehr gut sichtbar mitten auf dem Tisch. Victor, der um sein Leben kämpfte, wird sich wohl kaum die Mühe gemacht haben, es so auffällig hinzulegen, dass ich es auf jeden Fall finde. Das bedeutet, dass er es schon hatte, bevor er überfallen wurde. Oder dass der Überbringer es selbst mitten auf den Tisch gelegt hat …

Inzwischen ist auch die Polizei eingetroffen. Ich berichte, was ich weiß, und das ist nicht gerade viel. Während sich die Beamten im Treppenhaus verteilen, um nach Indizien zu suchen, kämpfe ich mit der braunen Packpapier-Verpackung. In dem Päckchen befindet sich eine von diesen großen Streichholzschachteln. Und in der Streichholzschachtel ein kleines, rosiges Ohr.

«Doktor Cabral, könnten wir uns kurz unterhalten?»

Victor ist in irgendein Krankenhaus gebracht worden, und der Lieutenant muss mir ein paar Fragen stellen. Unfähig, auch nur einen Ton herauszubringen, halte ich ihm das Ding hin.

«Scheiße», sagt er bloß.

Er reißt mir die Schachtel aus den Händen und mustert mich erstaunt.

«War das für Sie bestimmt?»

Ich nicke.

«Wissen Sie auch, woher das kommt?»

«Ich glaube schon.»

Zwei Stunden später hält eine Zivilstreife vor dem Haus der Leguerches. Ihr folgt ein Krankenwagen mit abgeschaltetem Blaulicht. Hinter uns sperren zwei Polizeiautos ohne großes Theater die Straße ab. Die frühe Abenddämmerung hat sich über das Viertel gesenkt. Mit seinen hermetisch geschlossenen metallenen Fensterläden wirkt das graue Haus ungefähr so heimelig wie ein Bunker. Lichtstreifen, die da und dort herausdringen, zeigen, dass Madame Leguerche noch nicht zu Bett gegangen ist. Wie jede Nacht arbeitet Monsieur vermutlich im Parkhaus. Die Polizei hat vor, ihn zu schnappen, nachdem sie das Kind rausgeholt haben.

Während ich den Einsatzleiter zur Tür begleite, umstellen uniformierte Polizisten das Haus.

Ich bleibe mit dem Finger lange und gebieterisch auf dem Klingelknopf. Madame Leguerche soll aus ihrer ewigen Routine aufgescheucht werden.

Zwei Sekunden später klingle ich erneut, und zwar noch länger. Ein Beamter mit einem Satz Werkzeuge zum Schlösserknacken macht sich zum Einsatz bereit, als sich die Tür endlich einen Spaltbreit öffnet, jedoch immer noch mit der Kette gesichert bleibt.

Der Lieutenant hält seinen Ausweis hoch.

«Madame Leguerche. Polizei. Bitte öffnen Sie die Tür.»

24

WO ist er bloß? Wo haben ihn diese Unmenschen versteckt? Ich weiß, dass er irgendwo hier im Haus auf uns wartet, ich weiß, dass er uns auflauert, voller Entsetzen, weil er außerstande ist zu verstehen, dass wir ihm nichts Böses wollen. Er gibt keinen Laut von sich. Er ruft nicht um Hilfe. Im Gegenteil, er versucht sich so gut wie möglich zu verstecken, um neuen Quälereien zu entgehen.

Die Polizisten suchen nach Blutspuren, nach Indizien für ein mögliches Verbrechen. Solange die Laborergebnisse nicht vorliegen, haben wir nämlich noch keinerlei Beweise dafür, dass sie ihm nicht deshalb das Ohr abgeschnitten haben, um uns, Giselle und mir, mitzuteilen, dass er tot ist.

Systematisch durchforsten wir den ersten Stock, in dem es so still ist wie in einer Leichenhalle, dann das Erdgeschoss, wo der große Hundekorb und die Dosen mit Futter eine lebhafte Befragung auslösen.

«Wo ist Ihr Hund?», erkundigt sich der Lieutenant bei Madame Leguerche.

In ihrem dicken, rotgeblümten Nylon-Hausmantel stellt sie sich uns trotzig entgegen.

«Er ist tot», zischt sie.

«Seit wann?»

«Seit einem Monat.»

«Madame Leguerche, ich weise Sie darauf hin, dass wir Ihre sämtlichen Aussagen bei den Nachbarn überprüfen werden.»

«Ich weiß nicht mal, wer nebenan wohnt.»

«Warum bewahren Sie diesen Korb und das Dosenfutter auf?»

«Warum nicht?», fragt sie empört zurück. «Es handelt sich ja schließlich nicht um Drogen.»

Ein Mann von der Spurensicherung teilt uns mit, dass sich in dem Korb nicht der geringste Hinweis auf die Anwesenheit eines Hundes finden lässt. Er will den Korb mit ins Labor nehmen, doch das hält der Lieutenant für zwecklos. Weder das Fehlen von Hundehaaren noch das Fehlen von Speichelspuren kann als Beweis verwendet werden, zudem ist das Aufbewahren eines Hundekorbes zu dekorativen Zwecken nicht gesetzlich verboten. Man bräuchte schon Spuren menschlichen Blutes, doch auch mit Hilfe des Pulvers, das sie überall verteilen, lassen sich keine finden.

Etwas später sorgt die Entdeckung eines Kellers für erneute Aufregung, besonders weil sich dort eine weitere Matratze und eine Wasserschale befinden.

«Weshalb stellen Sie hier Wasser hin, wenn Ihr Hund doch tot ist?», geht der Lieutenant zum Angriff über.

«Weil es mich an die Zeit erinnert, in der er noch lebte», knurrt Madame. «Ich habe mich eben dran gewöhnt.»

Gleichmütig erträgt sie die Hausdurchsuchung, ohne Widerspruch einzulegen, ohne eine andere Einmischung als ihre misstrauischen Bemerkungen. Sie wirkt nicht überrascht bei meinem Anblick. Man könnte meinen, sie sei von Anfang an darauf gefasst gewesen und dass ich in ihren Augen keine besonders große Gefahr darstelle.

Trotzdem, sie muss das Ohr in die Streichholzschachtel gelegt haben, nachdem ihr Mann es abgeschnitten hatte. Sie war diejenige, die es abgewischt und das Päckchen zugeklebt hat, und ich könnte meinen Kopf darauf verwetten, dass die Schrift auf dem Päckchen ebenfalls ihre ist. Ihre dumpfe Arroganz verblüfft mich kaum. Die Leguerches bewegen sich nicht in der normalen Welt. Sie leben inmitten ihrer Hirngespinste. Sie haben festgestellt, wie leicht sich die Welt betrügen lässt, und leben inzwischen in dem Gefühl, man könne sie gar nicht bestrafen. Im Grunde genommen halten sie uns für zu blöd, um das Kind zu finden.

Der Keller jedoch ist leer. Die Polizisten klopfen auf der Suche nach einem Versteck oder einer Falltür die Wände und den Boden ab. In der Nähe der Matratze, fast auf Höhe des Fußbodens, fallen mir Einritzungen in der Kalkwand auf.

Eine davon zeigt eine menschliche Gestalt mit einem Kopf und großen Augen, den berühmten «Kopffüßler», das erste erkennbare Gebilde auf vielen frühen Kinderzeichnungen. Für mich ist das eindeutig ein Beweis; für die Polizei ist es gar nichts. Allenfalls, so meinen sie, reihen sich diese Kritzeleien in die Kette der Mutmaßungen ein, aus denen der Fall bisher ausschließlich besteht. Ich sage nichts mehr, dieser Dämpfer reicht mir fürs Erste.

Nach und nach machen sich Zweifel breit. Ich überrasche die Polizisten dabei, wie sie sich heimlich Blicke zuwerfen und Kommentare murmeln. Gelegentlich zieht Madame Leguerche missbilligend den Atem ein. Sie spielt ihre Rolle. Für sie sind wir nichts weiter als Marionetten, die ihre Nummer vorführen. Nichts weiter als Hampelmänner.

Weil ich spüre, dass sich ein gewisses Unbehagen in meiner Truppe breitmacht, frage ich: «Und die Garage? Letztes Mal hatte ich den Eindruck, er hätte sich hinter dem Heizkessel versteckt.»

Eine kaum wahrnehmbare Anspannung bei Madame Leguerche zeigt mir, dass ich sie erwischt habe. Der Lieutenant hat es auch bemerkt. Er stürzt los.

Die von außen verschlossene Garage wird gründlich auf den Kopf gestellt, ausgeräumt, umgedreht wie ein Handschuh. Bei unserer Ankunft war das metallene Rolltor heruntergelassen und verriegelt, niemand konnte heraus, ohne durch die Küche zu gehen, wo ein uniformierter Beamter postiert war.

Nichts.

Niedergeschlagen denke ich an die Vorwürfe, die ich mir demnächst anhören kann. Man wird sagen, dass ich diese ganzen Leute für ein Produkt meiner Phantasie, für eine fixe Idee losgejagt habe. Das Einzige, was sie zurückhält, ist das Ohr. Es ist inzwischen im Schnellverfahren hinreichend untersucht, geröntgt und durch den Computertomographen gejagt worden. Es ist tatsächlich ein Kinderohr, das vor weniger als vierundzwanzig Stunden abgetrennt wurde, und zwar mit so etwas wie einem Küchenmesser.

Wohin haben sie ihn gebracht? Wo kann man einen Menschen heimlich unterbringen? Wie kann man ihn von einem Ort zum anderen verfrachten, ohne Aufmerksamkeit zu erregen?

Also bleibt nur übrig, dass sie ihn getötet haben.

Und logischerweise sucht die Polizei inzwischen den Garten ab. Sie sind mit Scheinwerfern ausgerüstet, die ein grelles Licht abgeben, bei dem man fast blind wird. Sie sehen sich bei ihrer Suche nach einem frischen Grab jeden Quadratzentimeter an. Umsonst. Die Leguerches haben weder die betonierte Miniaturwüste noch den hartgestampften Boden aufgehackt.

Nach zwei Stunden intensiver Suche ruft der Lieutenant seinen Leuten zu: «Also gut, wir machen uns vom Acker!»

Ich warte darauf, dass Madame Leguerche mit so etwas wie «Ich hab's Ihnen ja gleich gesagt» oder «Sie können mir ja wohl nicht dieses Chaos hinterlassen» anfängt, aber sie schweigt. Unbeweglich und leicht verwirrt betrachtet sie uns dabei, wie wir mit unterdrückter Stimme wütende Bemerkungen austauschen. Die Hände in die Taschen ihres Hausmantels gebohrt, den sie bis zum Hals zugeknöpft hat, hört sie uns nicht mehr. Ich behalte sie unauffällig im Auge und versuche herauszubekommen, was diesen Wechsel in ihrer Haltung herbeigeführt hat. An was denkt sie? Was beunruhigt sie dermaßen?

«Entschuldigen Sie die Unannehmlichkeiten», sagt der Lieutenant.

Wegen des Ohrs und des Hundekorbs spart sich der Lieutenant eine richtige Entschuldigung für ein anderes Mal auf. Natürlich muss er seine Niederlage eingestehen, doch er ist eher frustriert, als sich geschlagen zu geben.

«Sie haben ihn also nicht gefunden?», blökt sie.

«Umso besser für Sie», bemerkt er trocken.

Doch statt sich zu freuen, wirkt sie völlig durcheinander. Was ist bloß mit ihr los? Warum bleibt sie steif und starr mitten in der Garage stehen, sodass ich sogar zurückgehen und sie holen muss, damit sie uns die Haustür aufschließt? Hatte sie erwartet, dass wir ihn finden? Und wenn der Junge unseren Besuch dazu genutzt hätte, zu flüchten?

Ich habe keine Zeit mehr, diese Hypothese zu entwickeln. Der Lieutenant verlässt das Haus, ohne auf meine Proteste zu hören. Hinter uns verbarrikadiert sich Madame Leguerche mit ihrem Geheimnis.

In ihrem riesigen Büro der Jugendschutzpolizei am Quai des Orfèvres reagiert Capitaine Gueniè vre Sanchez mit Unwillen auf die Geschichte, die sie gerade zu hören bekommt. Auf ihrem selten hässlichen Gesicht finde ich nicht das kleinste Zeichen der Sympathie, der Freude darüber, mich wiederzusehen. Ihre jüngste Beförderung hat sie nicht liebenswürdiger werden lassen, und jetzt ist nicht der rechte Moment, ihr dazu zu gratulieren. Und auch nicht, um ihr zu sagen, dass ihr der elegante Scheuerlappen gut steht, in den sie ihren Oberkörper gehüllt hat.

Auf den Stühlen neben mir halten sich der Lieutenant, der die Hausdurchsuchung durchgeführt hat, und der andere, der die Einsatzleitung bei Victor hatte, auffällig steif und gerade. Dabei bin ich doch diejenige, die von Capitaine Sanchez gerade aufs Korn genommen wird.

«Doktor Cabral», fängt sie an und wirft einen Blick in die Akte, «kennen die Leguerches Ihren Nachbarn … Monsieur Victor Teslic?»

«Ich glaube nicht. Aber sie mussten ihn auch nicht kennen, um ihm dieses Päckchen zu schicken! Wie geht es ihm? Konnten Sie ihn befragen?»

Eifrig wie der Klassenstreber antwortet der Lieutenant, der bei Victor im Einsatz war: «Seine Verletzungen sind nicht so schwer. Sobald er sprechen konnte, hat uns Monsieur Teslic gesagt, dass er seinen Angreifer gesehen hat. Tatsächlich hat er ihm sogar selbst die Tür geöffnet. Es handelt sich um einen gewissen …»

Er konsultiert sein Notizbuch.

«… einen gewissen Fabrice Markovitch. Ich habe veranlasst, dass nachgesehen wird, ob er bei uns aktenkundig ist.»

Nachdem ich einen langen Moment nachgedacht habe, entscheide ich mich.

«Ich kenne Fabrice Markovitch. Er ist mein Schwager.»

Ein grässlicher Gestank nach Hundekacke und faulen Eiern zieht langsam in meine Nasenlöcher. Wie erstarrt werfen mir die beiden Polizisten von rechts und links hasserfüllte Blicke zu. Ich habe Capitaine Sanchez verärgert, und wenn Capitaine Sanchez verärgert ist, dann furzt sie. Das weiß jeder.

«Wollen Sie damit sagen, dass Sie den Mann kennen, der Victor Teslic niedergestochen hat?», fragt sie und genießt dabei den Anblick unserer blauroten Gesichter.

«Ich weiß nicht, ob er Victor Teslic wirklich niedergestochen hat. Alles, was ich Ihnen sagen kann, ist, dass er mich an diesem Tag besucht hat.»

«Worum ging es denn bei diesem Besuch?»

«Er wollte mich sprechen, weil ich wegen des Todes seiner Frau vor dem Untersuchungsgericht erscheinen soll. Er hat sie geschlagen. Victor soll auch eine Zeugenaussage machen.»

«Gegen ihn?»

«Also … ja.»

Echt ein Superergebnis. In weniger als zwei Minuten habe ich Fabrice reingeritten und wirke selbst so, als würde ich die Polizei belügen. Einfach brillant.

Die drei Polizisten jedoch sind sehr erbaut. Sie wissen, dass sie jetzt einen erstklassigen Hauptverdächtigen am Wickel haben: einen gewalttätigen Mann, den die Aussicht auf einen Prozess zum Äußersten getrieben hat. Man kann sich das Motiv geradezu heraussuchen. Hassgefühle, Rachegelüste oder die Absicht, Victor Teslic an seiner Aussage zu hindern.

«Hören Sie», sage ich. «Es ist sicher, dass Fabrice dieses Ohr nicht abgeschnitten hat. Er weiß überhaupt nichts von den Leguerches, und von dem Kind auch nicht. Möglicherweise besteht überhaupt keine Verbindung zu diesem Angriff.»

«Es ist zu reizend von Ihnen, Ihren Schwager zu verteidigen», bemerkt Capitaine Sanchez mit beißender Ironie.

Vor allem, wenn man weiß, wie sehr ich ihn mag! Aber wenn ich anfange, ihr zu erzählen, dass mich dieser Mann physisch bedroht hat, dass er ein infamer Mistkerl ist und dass ich jedes Mal Lust habe zu kotzen, wenn ich ihn sehe, kommen wir völlig von dem verschwundenen Kind ab.

«Entschuldigen Sie, aber mir erscheint es jetzt wichtiger, dieses Kind wiederzufinden», sage ich energisch. «Schließlich ist es in Gefahr.»

Die beiden Polizisten würden mich am liebsten schlagen, damit ich endlich meinen Schnabel halte. Wer Capitaine Sanchez sagt, was am besten zu tun ist, riskiert, sie zu verärgern.

Also mache ich so schnell wie möglich weiter, bevor sie mich unterbrechen können.

«Ich bin den Leguerches seit drei Wochen auf der Spur! Ich weiß, dass vor zehn Jahren in ihrem Haus ein Kind geboren wurde und dass sie die Geburt nicht angemeldet haben. Ich wiederhole noch einmal, dass es keine andere Spur gibt. Ein leitender Angestellter überfällt niemanden mit einem Küchenmesser! Der weiß ja nicht mal, wo seine eigene Küche ist. Da würde er sein Opfer schon eher vom Balkon im zehnten Stock stoßen oder ihm vielleicht vor einem Restaurant auflauern, um es mit seinem Mercedes totzufahren. Die Dresche ist für seine Frau reserviert, das braucht er, um sich abzureagieren.»

Nachdem ich fertig bin, breitet sich Stille aus. Zutiefst erstaunt sehen mich die drei an. Tja, man braucht mich bloß zu fragen. Das ist Profiling frei nach Doktor Cabral.

Schließlich kommt Capitaine Sanchez selbst wieder auf das Problem mit dem Kind zu sprechen.

«Egal, wie oft ich es erlebe ... Ich werde nie verstehen, wie man ein Kind so misshandeln kann», knurrt sie.

«Für sie ist das kein Kind», erkläre ich. «Es ist ein Ding, ein Hassobjekt, ein verachtenswerter Gegenstand. Der Junge wird in der Dreiecksbeziehung zwischen Giselle und ihren Eltern als Geisel benutzt. Es muss einen guten Grund dafür geben, dass sie ihn am Leben gelassen haben, aber ich weiß noch nicht, welchen. Vielleicht haben sie ihn gebraucht, um auf sadistische Art ihre Tochter unter Druck zu setzen: Dein Kind ist ein Hund, und wir behandeln es auch wie einen Hund. So was in der Richtung. Jedenfalls beweist das Ohr, dass dieses Kind existiert.»

«Aber nicht, dass es noch lebt», bemerkt Gueniève Sanchez.

«Nein.»

«Wir können immer noch eine Durchsuchung des Arbeitsplatzes von Leguerche anordnen. Vielleicht versteckt er den Jungen in dem Parkhaus.»

Erneut schalte ich mich ein.

«Ich kann mir nicht vorstellen, dass er ein so hohes Risiko eingehen würde. Tagsüber kommen viel zu viele Leute ins Parkhaus. Die Reaktion Madame Leguerches legt eher nahe, dass das Kind weggelaufen ist. Wenn das der Fall ist, sollten wir es so schnell wie möglich wiederfinden.»

«Sie würden es vor uns finden», unterbricht mich Sanchez. «Diese ‹Käfigkinder› sind stark zurückgeblieben. Sie sind draußen allein nicht überlebensfähig, können nicht mal um Hilfe bitten und sich oft nicht normal bewegen. Und aus diesen Gründen glaube ich nicht an die Fluchthypothese, Doktor Cabral. Wenn, wie Sie es sagen, das Enkelkind der Leguerches das Haus noch nie verlassen hat, wenn es in einem Zustand des totalen Entzugs sensorischer und affektiver Reize gehalten wurde, dann war es nicht einmal dazu in der Lage, über das Weglaufen auch nur nachzudenken.»

Sie hat recht. Es fällt mir nicht leicht, es zuzugeben, aber sie hat vollkommen recht. Diese Kinder sind in ihrer psychologischen Entwicklung zu stark eingeschränkt, um wegzulaufen. Meine Hypothese lässt sich nicht halten.

Doch plötzlich fällt mir etwas ein, und ich rufe: «Da hat noch jemand anderes die Spur des Kindes verfolgt! Ein Polizist! Ich kenne ihn. Er wird uns helfen.»

Während ich alles erzähle, denke ich blitzschnell nach. Wie kann ich mit Hakim in Verbindung treten? Rosemarie hat seine Nummer nicht, ich habe sie schon danach gefragt. Fred Labouche oder Ladouche fällt mir ein, dem ich bei meiner ersten Begegnung mit Hakim über den Weg gelaufen bin. Er kannte ihn gut, er hatte ihn zum Abendessen eingeladen.

Ich verziehe mich in den Flur, und nach fünf Minuten Suche habe ich Freds Nummer aufgestöbert. Ich rufe ihn über mein Handy an. Seine raue Raucher-Trinker-Verführer-Stimme erfüllt den Hörer.

«Latouche am Apparat.»

«Hallo, Fred. Hier ist Véra Cabral ...»

«Véra! Was für ein Zufall!», ruft er aus. «Bist du jetzt total übergeschnappt?»

Wie lustig. Ein Polizist fragt einen Psychiater: *Bist du jetzt total übergeschnappt?* Nein wirklich. Man könnte sich echt wegwerfen vor Lachen. Ich bringe ein höfliches Glucksen zustande.

«Hör mal, Fred, ich suche Hakim. Du weißt nicht zufällig, wo er ist, oder?»

«Hakim? Aber ... der ist doch nach Algier zurück!»

25

WARUM sollte ich enttäuscht sein? Er ist weg, na und? Dieser Mann bedeutet mir gar nichts. Zwischen uns war gar nichts. Er schuldet mir gar nichts.

Betont locker frage ich: «Hat er seinen Auftrag abgeschlossen?»

«Welchen Auftrag?»

«Ich dachte, er wollte Amar Zitoun schnappen. Aber vielleicht habe ich auch alles falsch verstanden.»

Lautes Gelächter. Ich habe ihm gerade die Antwort auf all meine Fragen geliefert: alles falsch verstanden. Wenn er wüsste, wie falsch!

«Zitoun wurde bereits letztes Jahr geschnappt», sagt er. «Er wurde an das Gefängnis von El Harrach, nahe Algier, ausgeliefert. Ausnahmsweise hat Hakim dieses Mal hier bloß Urlaub gemacht. Er ist nett, oder?»

Mit Mühe bringe ich heraus: «Sehr nett. Kennst du ihn schon lange?»

«Wir haben auf der Polizeischule zusammen einen Lehrgang besucht. Daher kenne ich ihn. Ich habe ihn vor dem Bürgerkrieg auch mal in Algerien besucht. Das war eine tolle Reise. Sobald sich dort alles beruhigt hat, fahre ich mit dem Schlauchboot im Gepäck wieder hin und angle, bis kein Fisch mehr in seine Kühltruhe passt. Du kannst dir nicht vorstellen, was es dort für Fische gibt!»

Das kann ich mir weder vorstellen, noch interessiert es mich. Ich frage ein bisschen zu hastig: «Ist er verheiratet?»

Wenn schon, dann ziehe ich mir lieber gleich die ganze Katastrophe rein.

Fred bricht in schallendes Gelächter aus.

«Oho! Da herrscht aber ziemlich dicke Luft, würde ich sagen! Hat er dich angebaggert? Würde mich nicht wundern, wenn du sein Typ wärst, vor allem bei den ganzen Scherereien, die er deinetwegen auf sich genommen hat ...»

«Was denn für Scherereien?»

«Der Kerl, den er umgebracht hat. Bei uns sind Cowboys schon im Allgemeinen nicht besonders beliebt und algerische Cowboys erst recht nicht.»

«Davon hat er mir nichts erzählt.»

«Er erzählt nie irgendwas. Jedenfalls, ich habe wirklich gedacht, sie setzen ihn ins erste Flugzeug und schicken ihn zurück. Aber irgendwie haben sie es geregelt, wir sind auf diese Typen zu sehr angewiesen. Weißt du, wie sie genannt werden? Die Rattenkiller ...»

Ich bin erst mal einen Moment still, um diese Neuigkeiten zu verdauen. Fred spricht inzwischen weiter:

«Na gut, ich kann dir aber versichern, dass er nicht verheiratet ist. Weder in Algier noch in Biskra, wo er eigentlich herkommt: keine Frau, kein Kind, er ist frei wie ein Vogel ...»

Ich lasse ihn von den landschaftlichen Reizen Algeriens schwärmen. Aber ich höre ihm nur noch mit halbem Ohr zu. Biskra. Das habe ich schon mal gehört. Aber in welchem Zusammenhang?

«Wo liegt eigentlich Biskra?»

«Am Fuße des Aurès, das ist ein Massiv des Atlasgebirges, am Rand der Wüste.»

Aurès. Eine Garnison an den Ausläufern des Aurès. Eine Garnison, in der – was für ein Zufall – Unteroffizier Leguerche stationiert war. Plötzlich fällt mir wieder ein, wo ich den Namen Biskra schon einmal gelesen habe. In Giselle Leguerches Akte, unter *Geburtsort*. Hakim und Giselle sind im selben unwahrscheinlich kleinen Städtchen am Rand der unendlich weiten Sahara geboren.

«Véra?», erkundigt sich Fred, plötzlich beunruhigt. «Bist du sicher, dass es keine Schwierigkeiten gibt?»

Ich versichere ihm:

«Ich bin einfach nur genervt, dass ich Hakim nicht erreichen kann. Er hat mir in einer verwickelten Sache geholfen, und ich wollte ihm erzählen, wie es weitergegangen ist.»

«Willst du seine Nummer in Algerien?»

Aber ich habe schon aufgelegt.

Die Beförderung von Capitaine Sanchez hat den unbestreitbaren Vorteil, dass sie zu beschäftigt ist, um uns zu sehr auf den Wecker zu gehen. Nachdem sie einmal eingesehen hat, dass die Leguerches tatsächlich unsere einzige Spur bei der Suche nach dem Kind mit nur einem Ohr sind, lockert sie die Zügel und lässt uns machen.

«Trotzdem werden wir das Parkhaus genau überprüfen, in dem Leguerche arbeitet», knurrt sie, während sie mir die Hand schüttelt. «Wenn das Kind nicht dort ist, gibt es nur noch zwei Möglichkeiten.»

«Ich sehe nur eine.»

«Das liegt daran, dass Sie nicht seit vierzig Jahren bei der Polizei arbeiten. Sie beziehen nicht alle Möglichkeiten mit ein.»

Da hat sie recht, aber ich will nur noch eins: nach Hause gehen und Hugo darauf vorbereiten, dass Fabrice verhaftet wird, mit Rosemarie sprechen ... Weiß Rosemarie, dass Hakim zurückgefahren ist? Weiß Rosemarie mehr über ihn?

Umstandslos falle ich Capitaine Sanchez ins Wort:

«Wenn er nicht ausgerissen ist, welche Möglichkeit bleibt dann Ihrer Meinung nach noch übrig?»

«Kidnapping.»

«Wer sollte einen Jungen kidnappen, den kein Mensch je zu Gesicht bekommen hat?», ruft einer der Lieutenants aus.

Man spürt, dass ihm das einfach so herausgerutscht ist, dass er sich nicht beherrschen konnte. Er fängt schon an, es zu bereuen, als ich mit fast unhörbarer Stimme sage: «Es weiß jemand von seiner Existenz. Dieser Polizist, den ich nicht erreichen konnte.»

«Also war er's», bellt Sanchez. «Schnappen Sie ihn!»

Die Lichterketten der letzten Bateaux-Mouches erhellen den Quai des Orfèvres, die Luft ist schwer von Feuchtigkeit. Gegenüber am Quai Saint-Michel gehen in einem Café nach dem anderen die Lichter aus. Es herrscht die Atmosphäre einer trübseligen Winternacht. Man scheint irgendwas in seiner Seele zu begraben, wenn man auch nicht genau weiß, was. Die Kälte kriecht noch in die letzten Winkel, in diejenigen Winkel der Seele, die man nicht abgedichtet hat. Bald herrschen überall Ödnis und Erstarrung, bis der nächste Frühling kommt.

Man muss schon sehr ausgeglichen sein, um sich am Winteranfang den Frühling vorzustellen. Das bin ich zurzeit nicht. Meine Gedanken entführen mich gnadenlos zu dem wässrigen Porridge meiner Aufenthalte in England. Ein widerlicher, lauwarmer Brei, der keinem Menschen schmeckt, den man aber trotzdem runterwürgt, weil es nichts Besseres gibt.

Hakim ist weg. Er hat mir alle möglichen Märchen erzählt, und dann ist er weg. Ich sollte stinksauer sein, ihm die Pest an den Hals wünschen, aber so ist es nicht. Die Sache deprimiert mich einfach nur unheimlich. Nicht, weil er mich angelogen, betrogen, lächerlich gemacht und verhöhnt hat, nein, einfach bei der Vorstellung, dass ich ihn nicht mehr sehen werde. Der Vorstellung, dass er nicht mehr an dunklen Ecken auf mich wartet, dass seine Afras nicht mehr mein kleines blitzsauberes Auto verpesten werden. Unser gemeinsames Einverständnis war gar kein gemeinsames Einverständnis, sondern bloß Manipulation. So. Auch gut. Davon geht schließlich die Welt nicht unter.

Ich lasse die Ereignisse der vergangenen Tage noch einmal vor meinem geistigen Auge ablaufen. Ich frage mich, ob es nicht vielleicht Hakim war, der Victor angegriffen hat. Absurde Vorstellung. Erstens hätte er nicht so schlecht gezielt, und zweitens hätte man Victor vermutlich nie wiedergefunden. Hat er Giselle Leguerches Kind gekidnappt? Das klingt schon wahrscheinlicher. Aber genauso wie ein leitender Angestellter keinen Mordversuch mit einem Küchenmesser unternimmt, bräuchte ein Polizist schon einen sehr, sehr guten Grund, um ein Kind zu entführen. Mitleid genügt da nicht als Erklärung, wenn Sie meine Meinung hören wollen. Vor drei Wochen wusste Hakim noch nicht mal, dass dieses Kind überhaupt existiert, und er hat mich benutzt, um es zu finden. Also gut, ich muss zugeben, dass er mir auch sehr nützlich war, aber wir haben ganz klar nicht dieselben Ziele verfolgt. Ich wollte, dass dieses Kind ein normales Leben führen kann, Hakim dagegen hat seine Absichten immer verschleiert. Die Möglichkeit, dass er das Kind brauchte, um auf Amar Zitoun, den inhaftierten Terroristen, Druck zu machen, besteht weiter, da er ja an Algerien ausgeliefert wurde. Wahrscheinlich versuchen sie, so viele Informationen wie möglich aus ihm herauszuholen. In diesem Fall würde das Kind vollständig instrumentalisiert werden.

Aber das glaube ich nicht. Diese Hypothese bezieht die Leguerches nicht mit ein. Es besteht nämlich eindeutig eine Verbindung – auch wenn ich noch nicht weiß, welche – zwischen Hakim und dieser Familie der lebenden Toten. Hakims Motive müssen persönlicher, privater Natur sein. Das Ganze muss im Krieg angefangen haben, als Unteroffizier Leguerche in der Nähe von Biskra gewütet hat. Vorsichtig steuere ich den Twingo, den mir das Zentrum zur Verfügung gestellt hat, durch die Straßen. Ich muss mich konzentrieren, um die Ampeln richtig zu erkennen, um Rot von Grün zu unterscheiden. Ich kann keine zwei Gedanken miteinander verknüpfen. Nicht mal einen einzigen klaren Gedanken fassen. Ich weiß nicht, ob das eine Nebenwirkung der Medikamente ist oder gar die Nachwirkung der verpatzten Hausdurchsuchung bei den Leguerches. Oder ob es an dem Bruch mit Hugo liegt oder daran, dass Hakim einfach so gegangen ist. Die Auswahl ist ziemlich groß.

Ich komme am Boulevard Richard-Lenoir an. So spät abends schlafen meine Eltern bestimmt schon. Ich schließe mir selbst auf, schlüpfe im Flur aus meinen Schuhen und schleiche in Rosemaries Zimmer, ohne auf die knarrende Diele zu treten, so wie ich es als Jugendliche getan habe.

Rosemarie sitzt mit einem Walkman auf den Ohren am Schreibtisch und korrigiert Hefte. Sie hat die Wände lavendelblau angestrichen und mein Bett rausgeworfen, aber davon abgesehen hat sich unser früheres gemeinsames Zimmer kaum verändert. Mit dem Zeigefinger auf den Lippen schiebe ich mich ins Zimmer und werde das Gefühl nicht los, in die Vergangenheit zurückkatapultiert zu werden.

«Was treibst du hier?», flüstert Rosemarie.

«Weißt du, wo Hakim ist?»

Sie schüttelt den Kopf.

«Gestern haben wir zusammen zu Abend gegessen, er musste heute Morgen abfliegen. Möchtest du einen Pfefferminztee? Du siehst überhaupt nicht gut aus.»

Pfefferminztee geht ja noch. Ich hoffe, daraus wird nicht gleich wieder ein Salbei-Brombeer-Aprikosen-Süßholz-Gebräu, denn ich befinde mich in einem Zustand, in dem ich jederzeit und ohne Vorwarnung meinen Mageninhalt von mir geben könnte.

Als sie mit dem Tablett wiederkommt, übrigens immer noch auf Zehenspitzen, frage ich direkt: «Was weißt du von Hakim?»

«Moment mal, Véra, ich will dir zuerst sagen, dass wir nur

ganz harmlos miteinander ausgegangen sind. Es war gar nichts dabei. Ich weiß ja nicht, ob ihr was miteinander habt …»

Ich schneide ihr einfach das Wort ab.

«Haben wir nicht.»

«Ach so.»

Sie schenkt uns Tee ein, aber sie ist nicht überzeugt. Trotzdem habe ich keine Lust, weitere Erklärungen abzugeben. Ich bin schließlich nicht gekommen, um mit ihr ein Hühnchen zu rupfen. Ich bin auf der Suche nach der Verbindung zwischen Giselle Leguerche und Hakim. Ich will wissen, warum er unbedingt erfahren wollte, ob Giselle ein Kind hatte. Die beiden haben schließlich nicht miteinander geschlafen. Sie haben sich sogar niemals gesehen.

Hat er dem Kind das Ohr abgeschnitten?

Sämtliche Horrorgeschichten von den Massakern in Algerien fallen mir ein. Doch ich verdränge diese Möglichkeit sofort wieder. Er hatte überhaupt keinen Grund, ein Kind zu verstümmeln, und noch weniger, mir das Ohr zu schicken. Die logischste Erklärung wäre noch, dass Hakim nach Hause gefahren ist, nachdem er erfahren hatte, dass das Kind getötet worden ist.

«Rosemarie, bitte. Sag mir, was du weißt.»

Sie setzt sich im Schneidersitz aufs Bett.

«Eigentlich ist es nicht viel. Ich weiß, dass er irgendwo im Gebirge am Rand der Sahara geboren ist und dass seine Eltern während des Algerienkrieges von französischen Soldaten getötet worden sind …»

«Wie alt war er da?»

«Sechs oder sieben Jahre. Er hat mit angesehen, wie sie umgebracht wurden. Er hat gesagt, niemals im Leben würde er das Gesicht des Mannes vergessen, der seine Mutter ermordet hat. Zuerst hat er sie vergewaltigt und dann umgebracht. Kannst du dir vorstellen, was wir da unten angerichtet haben? Wie konnten diese Typen bloß nach Frankreich zurückkommen, nach allem, was sie verbrochen hatten? Wie konnten sie so tun, als wäre gar nichts gewesen?»

Das haben sie nur versucht. In Wahrheit ist es ihnen nicht gelungen. Wir fangen erst an, ein Bewusstsein dafür zu entwickeln.

«Und weißt du», fährt sie fort. «Was mich am meisten bei Hakim erstaunt, ist, dass er trotzdem kein Franzosenhasser geworden ist. Er ist schlau genug, zwischen den Dreckskerlen und denjenigen zu unterscheiden, die nichts dafür können …»

«Falls du glaubst, dass er so ein Erlebnis wirklich verarbeitet hat, dann irrst du dich.»

«Das wollte ich damit nicht sagen. Er ist offensichtlich nicht bloß zufällig Polizist geworden. Er lebt ständig inmitten von Gewalt, weil er Verbrecher, wie den, der seine Mutter getötet hat, bestrafen will. Er braucht diese Gewalt; er wird erst damit aufhören, wenn er selbst eines Tages abgeknallt wird, und genauso wird es früher oder später auch kommen.»

Da hat sie recht. Genau wie die Leguerches ist Hakim ein lebender Toter. Ich vermute sogar, dass zwischen ihnen eine morbide Ähnlichkeit besteht, aber die reicht nicht aus, um diese Geschichte zu erklären. In irgendeinem Winkel fault etwas vor sich hin und kettet sie an eine Vergangenheit, unter die sie, selbst wenn sie wollten, keinen Schlussstrich ziehen können.

Ich wende mich wieder an Rosemarie:

«Hat er dir erzählt, ob er Geschwister hat?»

«Soweit ich es verstanden habe, ist durch die Repressalien der Soldaten nach und nach das gesamte Dorf ausgerottet worden. Das Übliche eben … Seine Mutter war erst Anfang zwanzig. Vermutlich hat sie sehr jung, so mit sechzehn, geheiratet. Er erinnert sich sehr gut an sie. Kurze Zeit bevor sie umgebracht wurde, hatte sie noch ein Baby bekommen. Eine kleine Aïcha.»

26

MIR ist klar, dass es nach Mitternacht ist und ich besser nach Hause und ins Bett gehen sollte. Krankschreibung, vollständige Ruhe, Unterstützungstherapie, eben das ganze Programm für traumatisierte Einsatzkräfte. Ich weiß, dass ich eigentlich nicht mehr imstande bin, Auto zu fahren, und meinen Führerschein riskiere. Das alles ist mir in irgendeinem Winkel meines Gehirns klar, so als ob es eine andere Person beträfe, während ich mich in Richtung des Parkhauses an der Place de la Nation bewege. Ich mache die seltsame Erfahrung, mich wie durch Watte zu bewegen, und trotzdem kann ich nicht einfach schlafen gehen. Morgen kann mir Unteroffizier Leguerche keine Fragen mehr beantworten. Da hat er die Polizei am Hals und wird sich einzig und allein darum kümmern, seine Haut zu retten. Vor allem, wenn er seinen Enkelsohn tatsächlich umgebracht hat.

Es ist fast drei Uhr morgens, als ich mit dem verdreckten Twingo auf der Zufahrt des Parkhauses anhalte, in dem Leguerche arbeitet. Ich bremse, um mir ein Parkticket aus der gelben Säule an der linken Seite zu ziehen, als sich die automatische Schranke von selbst hebt. Aus einem Grund, der nirgends angegeben ist, scheint das Parken heute gratis zu sein. Kurz überlege ich, ob er vielleicht auf mich wartet, aber dann müsste Leguerche schon hellsehen können. Vor zwanzig Minuten war ich nämlich noch auf Rosemaries Bett eingenickt. Da wusste ich selbst noch nichts von meinem Besuch bei ihm. Dagegen hat seine Frau ihm bestimmt am Telefon von der Hausdurchsuchung erzählt, und er hatte genug Zeit, sich etwas auszudenken.

Vorsichtig fahre ich die Betonspirale bis zum ersten Parkdeck hinunter, wo sich unter Aufsicht des Parkwächters in seiner Kabine aus Sicherheitsglas die Tanksäulen und Kassen befinden. Doch heute Nacht ist die Kabine leer.

Bloß keine Panik.

Vielleicht ist Leguerche mal zur Toilette, um sich die Nase zu pudern. Ich parke an der Seite, seiner Kabine direkt gegenüber, und riskiere es, kurz zu hupen. Umsonst.

Ich zögere, aus dem Auto zu steigen. Ehrlich gesagt ist die Atmosphäre hier nicht gerade besonders fröhlich, und die Stille lastet schwer auf mir. Ich überlege gerade, wieder wegzufahren, als eine Gestalt vor meinen Kühler springt und ein monströses Maschinengewehr auf meine Windschutzscheibe richtet. Genau so ein Horrorteil, wie man es aus dem Kino kennt, wo es den riesigen Phallus des übermächtigen Helden symbolisieren soll.

Gezwungenermaßen muss ich jetzt zur Kenntnis nehmen, dass diese Dinger auch in Wirklichkeit existieren. Hinter der Waffe steht mit gespreizten Beinen und leicht durchgedrückten Knien der gut sechzigjährige, weißhaarige Unteroffizier Leguerche mit dem kleinen Wohlstandsbauch.

Ich steige aus.

«Monsieur Leguerche, ich bin's, Doktor Cabral … Wissen Sie, dass Ihr Ticketautomat defekt ist?»

«Scheren Sie sich weg! Ich weiß, was Sie suchen! Aber ich war es nicht! Ich habe keine Ahnung, wo er ist!»

«Von wem sprechen Sie? Von Giselles Kind?»

Außer sich vor Zorn, fängt er an zu brüllen:

«Halt's Maul! Mach, dass du wegkommst, bevor ich abdrücke! Mach schleunigst, dass du wegkommst, verdammt!»

Und ich, als ob ich nichts davon gehört hätte: «Ich weiß, dass er nicht hier ist, Monsieur Leguerche. Die Polizei wird hier morgen eine Durchsuchung vornehmen, aber ich weiß, dass Sie ihn nicht hier verstecken.»

Wie in Zeitlupe senkt er den Lauf der Waffe.

«Was wollen Sie eigentlich», sagt er mit gebrochener Stimme.

Leise gebe ich zurück: «Sie wissen nicht, wo er ist, oder? Sie haben nicht die leiseste Ahnung, was mit ihm passiert sein könnte …»

Seine einzige Antwort besteht darin, sich umzudrehen und mir ein Zeichen zu geben, dass ich ruhig sein soll. Wie in einem amerikanischen Kriegsfilm pirscht er sich an eine der Tanksäulen heran, die Waffe auf einen unsichtbaren Feind gerichtet. Ich wage mir nicht vorzustellen, was passiert, wenn er auf die Tanksäule feuert. Wahrscheinlich wären wir alle beide sofort weg vom Fenster.

Ich spreche ihn an, während er halb geduckt die Zapfsäule umkreist.

«Monsieur Leguerche, warum haben Sie es eigentlich nicht bei der Geburt getötet?»

«Wen? Das Kind? Warum ich das Kind nicht getötet habe? Weil ich es nicht gesehen habe! Ich habe einfach nur die Kleine gesehen, verstehen Sie?»

Welche Kleine? Wovon redet er eigentlich?

Der Stress führt dazu, dass sich mehrere Dinge in seinem Kopf vermischen. Die Tatsache, dass Giselles Kind verschwunden ist, die Hausdurchsuchung, all das lässt die Wellen seiner Ängste höher schlagen, als die Dämme reichen, die er dagegen errichtet hat. Er hat vollkommen die Kontrolle verloren. Die alten Dämonen, die er sein Leben lang beherrscht hat, all diese grauenhaften Bilder, diese verabscheuungswürdige Gewalt, all das vergossene Blut, für das er fürchtet, eines Tages zur Rechenschaft gezogen zu werden, all das macht sich in seinem Kopf breit und droht ihn zu überwältigen.

Er ist dabei, den Verstand zu verlieren, und er weiß es. Sein ganzes Leben in seinem kleinen, grauen Haus war ein einziger Kampf. Aber dann hat Giselle mit einem Araber geschlafen. Das war natürlich kein Zufall. Sie hat sich einen Araber ausgesucht. Damit hat sie das graue Haus ebenso sicher gesprengt, als hätte sie irgendwo im Innern eine Ladung Plastiksprengstoff deponiert. Und das Schlimmste daran ist, dass sie sich dessen nicht einmal bewusst war.

Weil ich hoffe, ihn aus seiner Trance herausholen zu können, frage ich mit sanfter Stimme: «Von welcher Kleinen sprechen Sie?»

«Von Giselle. Da war sie, die großen Augen aufgerissen, und weinte nicht. Man konnte denken, sie wollte mir etwas sagen. Dass ich sie mitnehmen, sie nicht in dieser armseligen Hütte zurücklassen sollte. Und meine Frau wäre so glücklich darüber gewesen. Sie lag im Sterben, wissen Sie. Dieses verdammte Scheißland hat sie umgebracht.»

«Also haben Sie das Baby mitgenommen?»

«Ja», sagt er einfach und sieht mich direkt an. «Ich habe Giselle mit nach Hause genommen. Für meine Frau.»

Das könnte bedeuten, dass Giselle Hakims Schwester ist. Jedenfalls hat Hakim guten Grund, das anzunehmen. Das würde sein enormes Interesse an den Leguerches erklären.

Die Aufzugtüren geben ihr typisches Geräusch von sich. Ich bekomme fast einen Herzanfall, als sie vor einem ganz normalen Pärchen aufgleiten, einem Mann und einer Frau in Abendkleidung. Weil ihnen mein Auto den Weg versperrt, sehen sie uns wütend an.

«He!», schimpft der Mann. «Ist das Ihr Auto?»

«Entschuldigen Sie, ich fahre es sofort weg.»

Der Lauf von Leguerches Waffe bohrt sich unangenehm in mein Kreuz.

«Keine Bewegung», murmelt er mir ins Ohr. «Der Spinner soll sich vom Acker machen.»

Das Pärchen ahnt, dass hier etwas Seltsames vor sich geht, und so drücken sich die beiden an der verdreckten Wand entlang, um an die Kassen zu kommen. Die Frau wirft uns verstohlene Blicke zu, während ihr Mann bezahlt. Als sie sich entfernen, hören wir den Mann bis zu uns:

«Da siehst du mal, was in Frankreich alles möglich ist! Jetzt bestellen sich die Typen schon Nutten an den Arbeitsplatz!»

Sie verschwinden im Treppenhaus. Würde Leguerche seine Arbeit machen, dann würde er sie auf den ungezählten Bildschirmen beobachten, mit denen seine Kabine tapeziert ist. Aber momentan ist er zu stark mit seiner eigenen Sicherheit beschäftigt, um sich über die anderer Leute Sorgen zu machen. Sein Gesicht ist aschfahl vor Angst, und eine drohende Gefahr, sei sie real oder nur vermutet, stellt ein merkwürdiges Einverständnis zwischen uns her. Ich nutze es für eine Frage aus.

«Haben Sie Giselle adoptiert?»

Er hebt einen Mundwinkel, die Parodie eines Lächelns.

«Ich wollte ein Kind. Und da meine Frau keine bekommen konnte, habe ich mir eins genommen, als sich die Gelegenheit bot. Was hätte ich denn Ihrer Meinung nach sonst tun sollen? Sie umbringen, auch sie?»

«Nein, Sie bringen keine Kinder um. Auch das von Giselle haben Sie nicht umgebracht.»

Er zuckt mit den Schultern.

«Das ist normal», sagt er mit ruhiger Gelassenheit. «Er ist schließlich mein Sohn.»

«Wie bitte?»

Ich muss mich verhört haben. Aber er bestätigt, was er gesagt hat.

«Mein Sohn, genau. Das ist der Grund, aus dem ich meiner zweiten Frau verboten habe, ihn umzubringen. Das wollte sie nämlich, das Miststück. Sie war nämlich auch nicht fähig, ein Kind zu kriegen. Aber dazu ist sie schließlich da, oder?»

Ich sage nichts, er soll sich rechtfertigen, so gut er kann.

«Deshalb habe ich den Kleinen behalten, als er geboren wurde. Meine Frau hat ihn nie akzeptiert. Das ist normal, schließlich denkt sie, Giselle wäre meine Tochter. Es stimmt schon, irgendwie ist sie meine Tochter, aber wenn sie für irgendwelche Araber die Beine breitmacht, muss man sich keinen Zwang mehr antun. Finden Sie nicht auch?»

Ich bringe kaum mehr als ein Murmeln heraus, als ich die nächste Frage stelle:

«Haben Sie Ihrem eigenen Sohn das Ohr abgeschnitten?»

Er wendet den Blick ab.

«Das war ich nicht.»

«Doch, das waren Sie, Monsieur Leguerche.»

Eilig fällt er mir ins Wort, als wolle er möglichst schnell das Thema wechseln.

«Das war meine Frau! Sie wollte, dass wir Giselle kleine Teile vom Körper des Jungen schicken. Und nach der Sache mit den Haaren wusste sie, dass es auf dem Weg über Sie klappen würde.»

Inzwischen habe ich Schwierigkeiten, einigermaßen passende Worte zu finden.

«Aber … warum? Warum wollten Sie so etwas tun?»

«Giselle hat die Aufseherin umgebracht, um nicht nach Hause zurückkehren zu müssen. Sie hat nicht geglaubt, dass der Kleine noch lebt, sie hat gedacht, wir erfinden das, damit sie wiederkommt. Meine Frau wollte es sie bereuen lassen, nicht zu uns zurückgekommen zu sein.»

«Ihre Frau? Unzufrieden waren aber doch Sie. Sie wollten doch, dass sie wiederkommt.»

Er brummelt unbehaglich und wischt sich Schweiß ab, der überall auf seinem Gesicht steht.

«Ja, kann sein. Aber Sie waren nicht zufällig diejenige, die ihn mitgenommen hat?»

«Wen?»

«Na, ihn, meinen Sohn, wen sonst?»

Wie um mir eine Antwort zu ersparen, rast mit quietschenden Reifen ein Auto durchs Parkhaus, flitzt hinter uns vorbei und wird blitzartig von der Abfahrt zum Unterdeck verschluckt. Der ganze Spuk hat höchstens zwei oder drei Sekunden gedauert. Ich hatte kaum Zeit, mich umzudrehen und ein Stück grauer Karosserie und die Rücklichter zu erkennen.

Jetzt flippt Leguerche aus.

«Das ist er», brüllt er. «Ich weiß, dass er es ist!»

Er rennt auf das Treppenhaus zu, das Maschinengewehr im Anschlag. Ein schwerfälliger, alternder Rambo.

Ich schreie: «Monsieur Leguerche! Kommen Sie zurück!»

Doch das interessiert ihn nicht, er poltert: «Pass auf, du Arschficker, jetzt zeig ich's dir!»

Zuerst ist noch das Echo seiner Schritte auf der Treppe zu hören. Dann herrscht Stille.

Ich überlege gerade, ob es Sinn hat, ihm zu folgen, da hält das Auto des Pärchens von vorhin an der Glaskabine. Seinen Parkschein in der Hand, ruft mir der Fahrer zu: «Wo ist denn der Aufseher?»

Er hat gerade festgestellt, dass die Schranken deaktiviert sind und er gar nicht hätte zahlen müssen.

«Er ist unten», gebe ich zurück. «Ich gehe ihn holen.»

Mutig setze ich mich in den klapprigen Twingo, ohne die Antwort abzuwarten, die vermutlich ohnehin ziemlich unfreundlich ausfällt. Die Leute sind eben undankbar.

Ganz langsam steuere ich über die verlassenen, markierten Fahrspuren des ersten Untergeschosses. Die meisten Parkplätze sind besetzt, doch dazwischen findet sich immer wieder ein freier Platz. Das Licht ist genauso unheimlich wie in allen anderen Parkhäusern, und es riecht genauso erstickend nach Kohlendioxid, Benzin und Reifengummi.

Ab und zu stecke ich den Kopf aus dem Fenster und rufe: «Monsieur Leguerche!»

Zweites Untergeschoss. Ich hoffe, der Typ da oben hat es aufgegeben, auf mich zu warten, denn es sieht so aus, als ob die Sache hier doch länger als geplant dauert. Und je tiefer ich komme, desto schöner wird es. Ich weiß nicht, ob es eine optische Täuschung ist, aber die Neonlichter wirken noch funzeliger, die Mauern noch grauer. Abgesehen von Dealern und Pennern wüsste ich nicht, welcher auch nur annähernd vernünftige Mensch in dieser Vorhölle etwas zu suchen hätte.

Leguerche ist nirgends zu sehen. Um mein Gewissen zu beruhigen, fahre ich gerade noch eine letzte Runde im dritten Untergeschoss, in dem sich die abschließbaren Boxen der Dauerparker befinden, als ich ihn plötzlich im Licht meiner Scheinwerfer habe. Er hebt sich deutlich gegen die graue Betonmauer ab, seine Füße sind etwa auf einer Höhe mit meiner Kühlerhaube. Er baumelt an einem der dicken Elektrokabel, die an der Decke entlanglaufen. Erhängt.

Das Aufheulen eines Motors, begleitet vom Quietschen der Bremsen und Reifen, reißt mich aus meiner Erstarrung. Der gleiche graue Toyota verschwindet blitzschnell auf der Rampe Richtung Ausfahrt. Ich springe aus dem Wagen.

Den Kopf zur Seite geneigt, scheint mich Leguerche ironisch anzusehen. Die Zigarette, die ihm sein Mörder in den Mundwinkel geklemmt hat, verleiht ihm einen lässigen Ausdruck. Ich nehme sie vorsichtig zwischen die Finger, aber ich weiß schon vorher, welche Marke es ist: Afras.

27

SCHANDE über mich, dass ich nicht die Polizei gerufen habe. Zu kompliziert, zu spät. Tut mir leid für den nächsten Kunden, der sich sein Leben lang von diesem Anblick erholen muss, aber ich bin ganz einfach aus dem Parkhaus gefahren. Tut mir leid für die Leguerches, für Hakim, für dieses schreckliche Durcheinander. Ich bin einfach zum Ausgang hochgefahren, ungefähr wie ein Grubenarbeiter, total erschöpft und verdreckt. Ich habe eine Menge Dinge erfahren, die mir nichts nützen. Und dann habe ich aufgegeben und bin schlafen gegangen.

Nach dem Aufwachen ist mein erster Gedanke, dass Leguerche tot ist. Hakim hat ihn umgebracht, und er hat ihm diese Zigarette in den Mund gesteckt, um es mir mitzuteilen. Nur Hakim konnte es sich ausdenken, die Schranke außer Betrieb zu setzen, damit sein schnelles Entkommen gesichert war. Auf ihn hatte Leguerche gewartet. Leguerche wusste, dass der Moment der Abrechnung gekommen war. Hakim ist ihm zweifellos seit Jahren auf der Spur gewesen, seit die Zusammenarbeit zwischen den Polizeikräften der beiden Länder aufgrund des islamistischen Terrors verstärkt wurde. Für Hakim, der davon besessen war, den Mörder seiner Eltern zu finden, war das ein echter Glücksfall. Deshalb wurde er zum Rattenkiller, zum Terroristenjäger. Jede seiner Reisen nach Frankreich gab ihm Gelegenheit, seine kleine private Ermittlung voranzutreiben. Leguerche zu finden dürfte ihn nicht vor allzu große Probleme gestellt haben. Die französische Armee hat schließlich ihre Archive. Jede Operation wird im Truppenbericht der einzelnen Kampfeinheiten dokumentiert und enthält jeweils das Datum und die Namen der Beteiligten. Hakim kannte das Datum und den Ort, es fehlten ihm nur die Namen.

Ich frage mich, was er empfunden hat, als er Leguerche das erste Mal in Fleisch und Blut vor sich sah. Erinnerte er sich an ihn? Hatte Leguerche wirklich noch dasselbe Gesicht, oder war ein anderer Mann aus ihm geworden, älter, dicker? Fühlte Hakim wieder den gleichen Schmerz? Den gleichen Hass?

Sicher ist, dass Leguerche ihn nicht wiedererkennen konnte. Doch er konnte sich beobachtet fühlen, verfolgt … Wenn man von Leguerches Zustand ausgeht, hat Hakim wohl eine Weile Katz und Maus mit ihm gespielt. Ihn spüren lassen, dass seine Zeit um war. Einen kleinen Psychokrieg geführt, den ich Hakim ohne weiteres zutraue.

Von Giselle wusste er sicher nichts. Im Zuge seiner Nachforschungen ist ihm irgendwann klar geworden, dass der Unteroffizier eine Tochter im Alter seiner Schwester hatte. Bevor er richtig darüber nachdenken kann, sitzt sie wegen Mordes im Gefängnis. Und von da an geht die Sache schief. Wenn Giselle Aïcha ist, wird er sie auf keinen Fall in Frankreich lassen, erst recht nicht, wenn sie ein Kind hat. Entschlossen, seine Verwandten um jeden Preis wieder in die Heimat zu bringen, hat Hakim unendlich viele Tricks und Energie eingesetzt, um ans Ziel zu kommen. Es war Glück für ihn, dass er mich gefunden hat.

Ein ebenso beharrliches wie unangenehmes Klingeln an der Tür reißt mich aus meinen Überlegungen.

Mir wird bewusst, dass ich mitsamt den Kleidern geschlafen habe, nicht mal die Decke habe ich zurückgeschlagen. Ich taumle an die Wohnungstür und hoffe gegen jede Vernunft, dass Hakim sich entschlossen hat, mir auf Wiedersehen zu sagen. Ich kann mir noch so oft vorbeten, dass das vollkommen unmöglich ist. Ich hoffe es trotzdem.

Es ist Victor. Er stützt sich auf einen Krankenpfleger in einem weißen Kittel.

«Ich wollte mich bei dir bedanken», fängt er mit schwacher Stimme an.

Ich lasse ihn nicht weitersprechen. Ich nehme ihn in die Arme und drücke ihn an mich. Und ohne irgendeinen Grund, falls es nicht an dieser untypischen, schmalzigen Gefühlswelle liegt, die in mir hochschwappt, löse ich mich in Tränen auf.

Fünf Minuten später finden wir uns in meinem Wohnzimmer wieder. Er hat seinen mageren Körper auf meinem Sofa ausgestreckt, und ich bin dabei, mit roter Nase und fettigen Haarsträhnen im Gesicht, den Tee zu servieren.

«Man kann sich fragen, wer von uns beiden gerade aus dem Krankenhaus kommt», sagt er und mustert mich. «Du siehst wirklich zum Abgewöhnen aus.»

Ich werfe ihm einen finsteren Blick zu. Auf Witze habe ich jetzt gerade überhaupt keine Lust.

«Piesackt dich Hugo?», erkundigt er sich.

Hugo? Wer war das nochmal?

«Nein, wieso? Hugo hat damit gar nichts zu tun.»

«Was?», schnappt Victor hysterisch. «Sein Bruder rammt mir ein Messer in den Rücken, und du tust so, als hätte er nichts damit zu tun!»

«Es war nicht sein Bruder, der dich angegriffen hat.»

Victor lacht höhnisch auf.

«Ach nein? Warst du vielleicht dabei? Stell dir vor, ich hab ihn auf dem Überwachungsbildschirm gesehen, deinen Fabrice!»

«Hinter ihm ist noch jemand reingekommen. Ein Unteroffizier Leguerche. Er hat sich bei den Mülleimern versteckt, weil er sich bei mir einschleichen wollte.»

«Woher willst du das wissen?»

«Ich weiß sogar, wo er sein Messer gekauft hat.»

Ich denke an die Zeitschriften, die Leguerche in seiner Schublade versteckt. All diese Waffen, fein säuberlich im Katalog abgebildet. Was wäre logischer, als sich noch ein Kampfmesser zu besorgen, wenn man schon ein Maschinengewehr hat?

Ich kenne Victor gut genug, um zu wissen, dass ihn nichts, was ich sage, umstimmen kann, aber ich versuche es trotzdem.

«Du hast deinen Angreifer gestört, als du den Müll wegbringen wolltest. Nebenbei bemerkt, das ist überhaupt nicht deine Aufgabe, aber darüber reden wir ein anderes Mal. Was ich sagen will, ist, dass du Leguerche dabei überrascht hast, wie er ein Päckchen dalassen wollte.»

«Was für ein Päckchen? Die Polizei hat auch davon gesprochen, aber bei mir hat niemand etwas abgegeben.»

«Das ist auch logisch, es war nämlich für mich. Leguerche hat es in deinem Wohnzimmer deponiert, weil du deine Tür offen gelassen hattest.»

Ich erwähne nicht, dass Fabrice zur gleichen Zeit dabei war, bei mir alles kurz und klein zu schlagen, und dass ich deshalb viel zu beschäftigt war, um auf etwas anderes zu achten.

Und dann packt es mich wieder, packt mich die Angst, die quälende Vorstellung von all dem Leiden. Wo ist dieses Kind? Schleppt es sich gerade irgendwo entlang mit seiner Verstümmelung? Stirbt es gerade? Ist es schon tot? Ich kann diese Ungewissheit nicht länger ertragen.

«Victor, bitte entschuldige, ich muss los.»

«Kann ich hierbleiben? Ich fürchte mich allein in meiner Wohnung.»

«Fühl dich ganz wie zu Hause.»

Als ich aus der Dusche komme, döst er auf dem Sofa vor sich hin. Der Fernseher läuft, der Ton ist abgeschaltet. Ein Chefkoch mit weißer Mütze erteilt der dicken, lächelnden Dame, die neben ihm das Gemüse schält, einen Kochkurs. Wie kommt man dazu, im Fernsehen Gemüse zu schälen? Veranstalten sie für solche Jobs ein Casting?

«Willst du nicht noch ein buntes Halstuch umbinden, oder so was?», fragt Victor, der mich kritisch in Augenschein nimmt. «Ganz in Schwarz siehst du ja aus wie ein Vampir.»

Ich schätze, sie nehmen im Fernsehen keine wandelnden rothaarigen Leichen.

Das Wetter draußen passt sehr gut zu meiner Kleidung. Der Himmel ist beerdigungsgrau, das Licht ist fahl wie das Gesicht eines Toten. Die letzten Blätter fegen vor mir her, als hätte ich die Pest, und verenden bald darauf in den Brackwasserpfützen, die überall auf den Rasenflächen des Klinikparks stehen. Man sinkt fast bis zu den Knöcheln ein, und während ich über den Rasen wate, spüre ich, wie das Wasser die dünnen Ledersohlen meiner Schuhe durchdringt. Dass die Schuhfabrikanten so wenig Rücksicht auf die klimatischen Bedingungen nehmen, dass sie Stiefel fabrizieren, die nicht mal einen einzigen Regenguss überstehen, werde ich nie kapieren.

Das Wichtigste für mich ist jetzt, einen Bogen um das Zentrum zu machen. Ich bin krankgeschrieben, und wenn man mich hier auf dem Rasen rumspazieren sieht, könnte das einen gewissen Unmut erregen. Außerdem befürchte ich mitleidige Kommentare zum Bruch zwischen Hugo und mir, oder, noch schlimmer, dass ich nach Kiki gefragt werde. Antoine wäre glatt imstande, mir zehn Euro für die Kasse abzuknöpfen. Offensichtliches Versagen der Abkapselungstheorie. In meinem Zustand kann ich es mir nicht erlauben, meinen Gegnern unter die Augen zu kommen, deshalb schleiche ich mich zum abgelegensten Eingang.

Gerade mogle ich mich zwischen den Besuchern und den Kranken auf der Ambulanz durch, als hinter mir eine Stimme ertönt.

«Véra!»

Alle Welt dreht sich um, bloß ich nicht. Ich erstarre vor dem Aufzug. Am liebsten würde ich einfach einsteigen, aber dann drehe ich mich doch langsam um.

«Sarah?»

In einem anderen Leben war diese Frau mal meine beste Freundin. Heute, wie ich sie so auf mich zukommen sehe, mit ihren langen, seidenbestrumpften Beinen unter dem weißen Kittel, ihrer braunen Mähne und ihrem schwindelerregenden Dekolleté, jagt sie mir Angst ein. Sarah arbeitet im Leichenschauhaus. Sie wird mir gleich eröffnen, dass Giselle umgebracht worden ist. Dass Giselles Kind umgebracht worden ist. Dass sie mit Hakim gesprochen hat und ich als Nächste auf der Liste stehe.

«Véra, das mit neulich Abend tut mir wirklich leid. Ich weiß, das klingt blöd, aber sei bitte nicht sauer auf mich. Hugo hat sich nicht getraut, es dir zu sagen, also habe ich in den sauren Apfel gebissen.»

«Das war die richtige Entscheidung. Es ist besser so …», murmle ich und tue so, als stünde ich über der Sache.

Was ist besser so?, schreit eine Stimme in meinem Kopf. Ist es wirklich besser, von seinem Typen und seiner besten Freundin belogen, betrogen und lächerlich gemacht zu werden? Ist es besser, sich allein in Gesellschaft seiner Chipstüte wiederzufinden? Ist es besser, sich in einen Serienmörder zu verlieben? Sei ehrlich, meine Liebe! Nichts ist besser! Alles ist schlimmer geworden!

«Ich hätte nie gedacht, dass ich einer Freundin den Mann ausspannen könnte», gesteht sie mir. «Ich dachte, ich wäre loyal und würde über so etwas stehen. Aber ich liebe Hugo … Ich liebe ihn wirklich. Bei dir hatte man immer den Eindruck, dass er dir mehr oder weniger egal ist …»

Was? Ich habe den Eindruck erweckt, er wäre mir egal?

Wie betäubt sehe ich sie an.

«Hat dir Hugo von uns erzählt?»

«Na ja, die Sache mit seinem Bruder, entschuldige, das ist ganz normal, dass er das Bedürfnis hat, darüber zu sprechen … Das war der Moment, in dem er begriffen hat, dass er dir nicht besonders viel bedeutet …»

«Aber da hattet ihr doch schon wieder miteinander geschlafen, oder?»

«Also ... ja, aber nur so.»

Ich lächle sie an und klopfe ihr auf die Schulter.

«Na, dann viel Glück, meine Liebe.»

Anschließend besteige ich mit königlicher Haltung den Aufzug. Es liegt an der Sache mit den Stiefeln. Ich glaube einfach nicht mehr, was man mir erzählt.

Ohne weitere Zwischenfälle erreiche ich die Neurochirurgie, wo ich erfahre, dass Giselle Leguerche inzwischen auf die Abteilung für Allgemeine Psychiatrie verlegt worden ist. Also lasse ich noch ein paar Streckenkilometer Flure hinter mir, bis ich auf der «geschlossenen» Station ankomme, wo sie ihre Rückverlegung nach Fleury abwartet. Der Pfleger kennt mich gut genug, um mich mit ihr sprechen zu lassen, und nicht gut genug, um zu wissen, dass ich krankgeschrieben bin.

Nach großem Schlüsselrasseln betrete ich Giselles Zimmer.

Sie liegt zusammengerollt wie ein Embryo und mit dem Gesicht zur Wand auf dem Bett. Auf dieser Station sind die Fenster eher vergittert, um Selbstmorde als um Fluchtversuche zu verhindern, aber ich schätze, dass sie mit den Gittern negative Erinnerungen verbindet.

«Giselle? Schlafen Sie?»

Sie wendet mir nur den Kopf zu.

«Ach, Sie ...?»

Nicht erstaunt, bloß gleichgültig.

«Ich habe schlechte Neuigkeiten ...»

Sie richtet sich auf. Ihr schwarzes Haar mit den weißen Strähnen fällt ihr ins Gesicht. Ihre brennenden Augen sind von den Medikamenten etwas glasig, doch sie strahlt immer noch diese animalische Sinnlichkeit aus. Ich löse meinen Blick von der Rundung ihres Knies, das unter ihrem Nachthemd hervorlugt.

«Ihr Vater ist tot.»

Ihr Mund öffnet sich, sie wiederholt automatisch: «Mein Vater?»

Sie scheint nicht zu wissen, dass sie als Kind entführt wurde, um einer Sterbenden geschenkt zu werden. Sie weiß nicht, dass sie nicht Leguerches Tochter ist, sondern die Überlebende eines Krieges. Das Geheimnis hat all die Jahre vor sich hingegoren und langsam und heimtückisch ihr Leben zerstört.

«Wie ist er gestorben?», fragt sie mich schließlich.

«Er wurde umgebracht.»

«Geschieht ihm recht», sagt sie mit ruhiger Stimme. «Er war ein Schwein.»

«Sind Sie böse auf ihn?»

Sie sieht mich an, und zum ersten Mal spüre ich, wie sie vibriert, vor Hass, vor Freude, vor Hoffnung, vor Leben.

«Er hat mich vergewaltigt!», bricht es mit beherrschter Wut aus ihr heraus. «Er hat mich vergewaltigt, weil ich mit einem Araber geschlafen hatte!»

«Und dabei sind Sie schwanger geworden?»

«Na ja, es ist ja nicht nur einmal passiert. Er hat sich keinen Zwang mehr angetan, der Dreckskerl!»

«Warum haben Sie denn nichts gesagt …?»

Sie senkt den Kopf, aber ich spüre sehr wohl, dass sie mich weiter beobachtet.

«Ich habe es ja gesagt. Deswegen musste ich sie auch umbringen. Sie wollte sich um mich kümmern. Sie wollte mir helfen.»

«Wer? Evelyne?»

Sie nickt, bevor sie herausfordernd sagt: «Ich habe meine Mutter umgebracht, wissen Sie …»

«Ist Ihre Mutter nicht an Krebs gestorben, als Sie erst ein paar Monate alt waren?»

Sie schüttelt den Kopf.

«Nein, ich habe sie umgebracht. Sie sollte keine Kinder haben, und sie hat mich trotzdem bekommen … Das hat mir mein Vater gesagt. Er hat geglaubt, dass ich sie retten würde, dass sie für mich gesund werden würde. Aber genau das Gegenteil ist passiert.»

«Haben Sie deshalb die Aufseherin umgebracht? Weil sie nett zu Ihnen war?»

«Ich habe meine Mutter umgebracht», wiederholt sie.

Meine Mutter und all die anderen armen Frauen, die als Muttersatz in Frage gekommen wären. Alle, die sich zu mütterlich verhalten haben. Nach Giselle Leguerches Logik ist eine Mutter zum Sterben da und nur zum Sterben. Vielleicht könnte man doch den Artikel 122 anwenden. Diese Frau hat im Gefängnis nicht das Geringste verloren. Sie büßt für ein Verbrechen, das sie nicht begangen und das sie mit ihren Morden nur wiederholt hat.

Ich will gerade gehen, als ich auf dem kleinen Nachttisch ein rechteckiges Stück rotes Papier wahrnehme. Rot mit einem Logo aus großen, weiß schimmernden Zeichen darauf. Das Logo von Air Algérie.

Magnetisch angezogen wie von einem Liebhaber, gehe ich darauf zu. Ich öffne den roten Faltumschlag und betrachte das Ticket, das im Inneren liegt. Ein Ticket zweiter Klasse für den Flug AA 612 nach Algier. Abflug von Orly, Terminal Süd. Und ein grüner Pass, auf dem in lateinischer und arabischer Schrift steht: *République Algérienne Démocratique et Populaire*.

Giselle beobachtet mich mit der Andeutung eines

Lächelns auf den Lippen. Verblüfft blättere ich durch den Pass, der auf den Namen Aïcha Salem ausgestellt ist. Das ist eindeutig ihr Foto.

«Von wem haben Sie das?»

Sie zuckt ihre breiten Schultern.

«Ich kenne ihn nicht. Er hat mich Aïcha genannt und es mir gegeben.»

Hakim war tatsächlich hier? Warum hat mir der Krankenpfleger davon nichts gesagt?

«Er war heute Nacht bei mir», sagt Giselle. «Er hat mir erzählt, dass Leguerche tot ist.»

«Also wussten Sie es schon …»

«Ja. Ich wusste es. Und auch, dass er nicht mein richtiger Vater war. Deshalb kann es mir auch egal sein, dass er tot ist.»

Während sie spricht, fällt mir plötzlich wieder unsere erste Begegnung in ihrer Zelle ein. Auch da hatte sie diesen gewitzten Ausdruck an sich, dieses zweideutige Lächeln, diesen Blick. Seitdem habe ich sie immer nur bewusstlos oder sehr schwach erlebt. Deshalb habe ich eine Kleinigkeit vergessen: Sie kennt überhaupt keine Schranken.

Im selben Augenblick, so als sei sie meinem Gedankengang ganz genau gefolgt, habe ich ein Skalpell an der Kehle, ein ziemlich spitzes Ding mit einer langen Klinge, die auf chirurgischen Stationen zu Dutzenden vorhanden sind. Nach allem, was ich über die Dinger weiß, kann man damit menschliches Fleisch höchst präzise zerschneiden.

Mühselig bringe ich heraus: «Sie müssen mich nicht umbringen. Ich will Ihnen nicht helfen.»

«Ich will Sie auch gar nicht umbringen.»

Wenn sie bei klarerem Verstand wäre, könnte man das direkt als gute Nachricht auffassen. Aber das ist nicht der Fall.

Die Spitze des Skalpells durchbohrt meine obersten Hautschichten, und ich spüre einen feinen, warmen Blutfaden an meinem Hals hinunterlaufen. Ich unterdrücke das Bedürfnis loszuschreien. Sie träumt davon, mich wie ein Ferkel ausbluten zu lassen, aber irgendetwas hält sie noch zurück.

«Ich haue hier ab», sagt sie. «Kommst du mit?»

«Hab ich eine Wahl?»

«Nein. Aber du hast bestimmt eine Karre.»

28

AHNUNGSLOS glaubt mir die Stationsaufsicht sofort, dass ich Giselle auf die Neurologie zu einer Untersuchung bei Doktor Markovitch bringe, und danach hält uns niemand, absolut niemand mehr auf. Ich weiß nicht, ob ich mich über dieses große Vertrauen freuen oder lieber bedauern sollte, dass die Klinik keine besseren Sicherheitsvorkehrungen hat.

Giselle hängt wie ein vorzeitig gealtertes kleines Mädchen an meinem Arm, was in einem psychiatrischen Krankenhaus keinerlei Aufmerksamkeit erregt. Sie hat ein weites Kapuzensweatshirt übergestreift und den Reißverschluss bis zum Kinn hochgezogen. Die Kapuze auf dem Kopf, bewegt sie sich mit steifem Schritt und starrem Blick vorwärts. In der Tasche umklammert sie das Skalpell so fest, dass ihr fast die Gelenke herausspringen. Sie hat mir angekündigt, dass sie mir das Ding ohne zu zögern in den Körper rammen wird, falls ich versuchen sollte, jemanden auf uns aufmerksam zu machen. Ich muss mich nur an die Aufseherin erinnern, die in ihrer Zelle verblutet ist … Ein Leben zählt für Giselle Leguerche nicht viel, weder ihr eigenes noch das der anderen. Sie bewegt sich zwar noch in unserer Welt, aber ihr Geist lebt nicht mehr hier. Sie ist in ihrer eigenen Welt, weit von unserer entfernt. Was wird sie am Flughafen machen? Es besteht für sie nicht die geringste Aussicht, in ein Flugzeug zu kommen. Ich weiß nicht mal, ob sie das tatsächlich vorhat.

Als ich beim Krankenhaus ankam, habe ich auf der Rückseite des Gebäudes, in der Nähe des Lieferanteneingangs geparkt, um der Aufmerksamkeit meiner Kollegen zu entgehen. Ich muss zugeben, dass dieser Plan perfekt funktioniert. Sogar die Tauben ignorieren uns. Giselle lässt mich los, damit ich mich hinters Steuer setzen kann. Ich könnte ihr die Tür vor der Nase zuschlagen, die Knöpfe runterdrücken und über mein Handy Hilfe rufen, aber ich hoffe, sie führt mich zu Hakim. Er wollte sie heute Nacht holen. Aber dann hat er es doch nicht getan. Hat ihn ihr Anblick entsetzt? Hat er verstanden, wie krank sie ist?

Je länger ich nachdenke, umso wahrscheinlicher kommt mir diese Variante vor. Er hat eingesehen, dass er zu spät gekommen ist. Dass sie es nie verstehen wird. Außerdem ist er zu sehr Polizist, um sie einfach dem Zugriff der Justiz zu entziehen. Vielleicht hat er dieses Flugticket nur dagelassen, um sich mit mir zu verabreden.

Ja, so weit ist es mit mir gekommen. Daran kann man sehen, wie unheimlich gerne ich ihn wiedersehen möchte. Ich weigere mich zuzugeben, dass zwischen uns nichts war. Da war etwas. Bloß was?

Die Straße, die durch den Klinikpark führt, schlängelt sich unter dem Regen dahin. Die Scheibenwischer auf meiner Frontscheibe üben eine hypnotische Faszination aus. Giselle und ich sitzen schweigend in der feuchten Wärme des Autos.

Da taucht plötzlich ein dunkelblauer BMW auf und stellt sich vor mir auf der Straße quer. Ich trete das Bremspedal durch. Eine Sekunde später sehe ich Hugo geduckt und die Arme vor der Brust gekreuzt durch den Regen auf mich zulaufen. Ich kurble das Fenster herunter.

«Bist du verrückt? Was ist denn in dich gefahren?»

Er öffnet die hintere Tür und wirft sich auf die Rückbank. Ein komischer Schimmelgeruch breitet sich aus, als er die Seiten seines Regenmantels zurückschlägt und Kiki sichtbar wird.

«Du nimmst den Hund zurück», erklärt er.

Neben mir hat sich Giselle auf beunruhigende Art versteift. Mit der Kapuze auf dem Kopf hat er sie nicht erkannt, und ich lege keinen gesteigerten Wert darauf, dass er uns zusammen sieht.

«Hör mal, Hugo. Ich habe jetzt keine Zeit zum Reden, ich bin mit einer Patientin unterwegs …»

«Du hast nie Zeit, um mit mir zu reden.»

Ich fange seinen Blick im Rückspiegel auf, einen verletzten, erstaunten Blick. Er will wissen, was los ist und warum plötzlich alles kaputtgeht. Er möchte die Zeit zurückdrehen, er möchte, dass ich mit ihm spreche.

Wieso habe ich eigentlich Schuldgefühle? Ich kann mir leicht sagen, dass er an allem schuld ist, aber inzwischen bin ich mir da nicht mehr so sicher. Eine gute Minute lang ist nichts außer dem leise schabenden Geräusch der Scheibenwischer zu hören. Doch ich bleibe hart, weil ich die Horrorvorstellung habe, dass sich Giselle zu ihm umdreht, er Theater macht und sie uns anschließend alle beide umbringt.

«Ich muss los, Hugo. Ich schwöre dir, es geht nicht anders. Wir können uns heute Abend verabreden, wenn du möchtest.»

«Da habe ich Dienst.»

«Dann an einem anderen Tag. Danke für Kiki.»

Er steigt aus, knallt die Tür zu, rennt vor meinem Kühler zu seinem Auto und steigt wieder ein. Beim Vorbeifahren bremst er, als könne er nicht begreifen, was gerade vor sich geht. Wir sehen uns völlig ausdruckslos an, jeder hinter seinem Seitenfenster, an dem der Regen in Strömen herabrinnt.

Wahrscheinlich würden wir heute noch so dastehen, wenn nicht eine zänkische Stimme neben mir geblökt hätte: «Verdammt nochmal, fahren wir jetzt, oder was?»

Orly bei Regen ist kein besonders geeigneter Ort für einen Hund, schon gar nicht, wenn er alt und krank ist.

«Wo kommt denn dieser Köter her?», knurrt Giselle.

Ich spare mir die Antwort. Ich gehe so schnell, wie es Kiki am Ende seiner Leine zulässt. Die jahrelange Haft hat bei Giselle zu einer Passivität geführt, die sich jetzt darin äußert, dass sie genau das tut, was ich erhofft hatte: Sie folgt mir. Sie vergisst das Skalpell in ihrer Tasche.

Zu meiner großen Überraschung geduldet sich eine sehr lange Schlange vor dem Check-in von Air Algérie. Kein Hakim in Sicht. Giselles Pass und ihr Ticket in der Hand, erkundige ich mich bei einer abgehetzten Stewardess, ob ein Monsieur Salem auf diesen Flug gebucht ist. Als Antwort bekomme ich zu hören, dass die Passagierliste vertraulich ist.

Hätte ich mir auch denken können. Als ich mich umdrehe, um es Giselle zu erklären, ist sie weg. Eine Sekunde zuvor stand sie noch neben mir, wie gebannt von der unablässigen Bewegung des Gepäckbandes, und in der nächsten ist sie nicht mehr da. Hat sich in Luft aufgelöst. Und auf dem Gepäckband entschwindet inmitten von Koffern und Taschen langsam Kiki.

«Madame! Ihr Hund!», ruft die Stewardess aus.

«Ich komme gleich wieder!»

Was akzeptabler klingt als: «Passen Sie auf ihn auf!» Ich renne los. Meine Augen streifen über die Menge, die Check-in-Schalter, nichts. Auf dem Rückweg lasse ich meinen Blick über den Gehweg vor den Türen schweifen, über die Leute, die aus den Taxen steigen, und diejenigen, die überladene Gepäckkarren vor sich herschieben. Bei ihrer Größe müsste Giselle mit ihrem Kapuzenshirt und ihrem Nachthemd leicht auszumachen sein. Genau in dem Moment, in dem ich sie am oberen Ende einer Rolltreppe zu sehen glaube, klingelt plötzlich mein Handy. Ohne meinen Schritt zu verlangsamen, drücke ich mir das Telefon ans Ohr.

Es ist Giselles Anwalt. Er ist in Panik.

«Doktor Cabral? Sind Sie auf dem Laufenden? Giselle Leguerche ist aus dem Saint-Guy geflüchtet!»

«Machen Sie sich keine Sorgen. Ich weiß, wo sie ist.»

«Ist sie bei Ihnen?»

«Das kann man nicht direkt sagen. Aber Sie können der

Untersuchungsrichterin mitteilen, dass ich sie ganz bestimmt zurückbringe.»

Ich bete zum Himmel, dass ich das wirklich schaffe, sonst kann ich meine Karriere am Saint-Guy in den Wind schießen. Falls es da überhaupt noch etwas in den Wind zu schießen gibt.

Ich lege auf, weil ich nicht gleichzeitig telefonieren und eine Rolltreppe hinaufrennen kann. Keuchend erreiche ich die erste Etage. Auf dem Rollfeld hinter den Sicherheitsfenstern tanzen die Flugzeuge ein lautloses Ballett, kaum beeinträchtigt von dem ständigen Regen. Männer in Ölzeug steuern kleine Autos, entrollen Schläuche, schieben Gepäckkarren. Alles geschieht ohne Hast und in perfektem Einklang. Mit einem Mal bleibe ich stehen. Zwischen zwei Schlägen meines jagenden Herzens kommt mir in den Sinn, dass ich das falsche Leben führe. Dort will ich sein, dort draußen vor dem Fenster, zusammen mit den Leuten, die in aller Ruhe im Regen arbeiten und Abflüge und Ankünfte von Flugzeugen betreuen. Es muss eine Möglichkeit geben. Es muss irgendwo einen Durchgang nach draußen geben. Außerdem wird es gerade dunkel, das Rollfeld glänzt, und das sieht sehr schön aus.

Eine leichte Bewegung in einer entfernten Ecke neben den Toiletten erregt meine Aufmerksamkeit. Ich laufe los. Bis ich dort bin, hat Hakim Giselle in einen Kunstledersessel gedrückt und hält ihr einen Pistolenlauf an die Schläfe. Als das Skalpell klirrend auf den Boden fällt, hallt es nach wie in einer Kathedrale.

Auf dem Boden kauert ein verängstigter Junge und beobachtet die beiden. Er ist sehr blass, klapperdürr, eine Kopfseite ist rasiert, und an der Stelle, wo sich sein linkes Ohr befinden müsste, klebt ein großer, schmutziger Verband. Er wirkt wie ein Fünfjähriger, obwohl er schon zehn ist.

«Hakim …»

Er nimmt mich nicht wahr. Sein Gesicht zwei Zentimeter von dem Giselles entfernt, starrt er sie an, als würde er auf dem Grunde ihrer Augen nach den Antworten auf seine Fragen suchen. Wer die Pistole nicht bemerkt hat, würde denken, er will sie gerade küssen. Wer sich wie ich die herbe Enttäuschung vorstellen kann, die er erlebt hat, seinen Ekel vor dieser Halbverrückten, die sich nicht mal selbst versteht, denkt eher, er will sie gerade erschießen.

Ich beuge mich ganz nah an sein Ohr: «Hakim, bitte …»

«Geh weg, Véra.»

Er wendet mir nicht einmal den Blick zu. Ich bleibe beharrlich: «Lass sie, ich bringe sie in die Klinik zurück.»

Dieses Mal sieht er mich an.

«Verstehst du denn nicht? Sie wollte den Kleinen umbringen! Zum Glück habe ich gesehen, wie sie dieses Ding rausgezogen hat!»

Automatisch hebe ich das Skalpell vom Boden auf.

«Hakim, deine kleine Schwester ist schon vor langer Zeit gestorben. Aus Aïcha ist Giselle geworden, und dieses Kind ist das Ergebnis eines Inzests. Sie kann seinen Anblick nicht ertragen.»

«Leguerche war nicht ihr Vater!»

«Er war nicht Aïchas Vater, aber er war Giselles Vater.»

Als ob er begriffen hätte, dass Hakim beruhigt werden muss, streichelt ihm der kleine Junge ängstlich über den Fuß. Ich lächle ihn an.

«Wie heißt du?»

«Sofiane.»

Hakim hat für ihn geantwortet. Der Kleine hat die Frage offenbar nicht verstanden. Ich glaube nicht, dass sie ihm das Sprechen beigebracht haben.

Hakim richtet sich auf, die Pistole verschwindet so schnell, wie sie aufgetaucht ist, in einer seiner Taschen. Er legt beschützend einen Arm um Sofiane und streichelt ihm mechanisch übers Haar. Der Junge richtet seinen Blick auf ihn, zuerst erstaunt, dann froh.

Giselle rührt sich nicht. Weit zurückgelehnt starrt sie die Decke an. Sie hat den Kontakt zur Realität komplett verloren.

«Bist du sicher, dass es dort nicht zu schwer für dich wird?», frage ich Hakim und deute auf Sofiane. «Es kann sein, dass er sich nie ganz erholt.»

«Ich weiß, aber ich muss ihn nach Hause bringen. Das ist das Einzige, was zählt. Zuerst hatte ich vor, sie mitzunehmen. Aber du hast recht, für sie ist es zu spät. Jetzt zählt nur noch Sofiane. Ich werde für ihn sorgen. Er wird bei uns glücklich werden.»

Aus den Lautsprechern ertönt die melodische Stimme einer Stewardess. Sie ruft die Passagiere des Fluges von Air Algérie auf.

Ein bisschen unbeholfen nehme ich Hakims Hand.

«Also, mach's gut.»

Endlich zieht er mich in seine Arme und drückt mich an sich.

«Entschuldige, Véra.»

Ich schiebe ihn ein bisschen weg, damit ich ihm direkt in die Augen sehen kann.

«Was soll ich entschuldigen?»

Er windet sich.

«Ich habe nicht immer gelogen. Dcine Mutter gefällt mir unheimlich gut und Rosemarie und sogar deine Brüder. Sie sind ein bisschen seltsam, nicht wahr?»

«Die Zwillinge? Sogar sehr seltsam.»

Er lacht.

«Nächstes Mal bringe ich Kekse mit.»

Der Form halber umarmen wir uns noch einmal. Doch in seinem Kopf ist er schon weit weg. Mir bleibt nichts weiter, als Giselle an der Hand zu nehmen und mit ihr zum Schalter von Air Algérie zu gehen, wo uns Kiki und eine entrüstete Stewardess erwarten. Die Stewardess könnte ruhig ein bisschen netter zu mir sein. Ich würde schließlich unheimlich gern mit ihr tauschen.